자긍심

야망

교묘함

# 해리 포터 시리즈

**읽는 순서:**
해리 포터와 마법사의 돌
해리 포터와 비밀의 방
해리 포터와 아즈카반의 죄수
해리 포터와 불의 잔
해리 포터와 불사조 기사단
해리 포터와 혼혈 왕자
해리 포터와 죽음의 성물

**라틴어로도 읽을 수 있는 책:**
해리 포터와 마법사의 돌
해리 포터와 비밀의 방

**웨일스어, 고대 그리스어, 아일랜드어로도 읽을 수 있는 책:**
해리 포터와 마법사의 돌

**함께 읽을 책**
신비한 동물 사전
퀴디치의 역사
(코믹 릴리프와 루모스를 돕고자 출간되었음)
음유시인 비들 이야기
(루모스를 돕고자 출간되었음)

**이 세 권은 또한 다음의 시리즈로 출간되었습니다:**
호그와트 라이브러리
(코믹 릴리프와 루모스를 돕고자 출간되었음)

**일러스트 에디션**
*짐 케이 일러스트*
해리 포터와 마법사의 돌
해리 포터와 비밀의 방
해리 포터와 아즈카반의 죄수
해리 포터와 불의 잔

*올리비아 L. 길 일러스트*
신비한 동물 사전

*크리스 리델 일러스트*
음유시인 비들 이야기

J.K. ROWLING

# 해리포터
## HARRY POTTER

## 불사조 기사단

### 3

J.K. 롤링 지음 | 강동혁 옮김

SLYTHERIN

문학수첩

**HARRY POTTER & THE ORDER OF THE PHOENIX**

First published in Great Britain in 2003 by Bloomsbury Publishing Plc
This edition Published in October 2020
Text © J.K. Rowling 2003
Cover and interior illustrations by Levi Pinfold © Bloomsbury Publishing Plc 2020
Wizarding World is a trade mark of Warner Bros. Entertainment Inc.
Wizarding World Publishing and Theatrical Rights © J.K. Rowling
Wizarding World characters, names and related indicia are TM and © Warner Bros.
Entertainment Inc. All rights reserved.
Korean translation copyright © 2022 by Moonhak Soochup Publishing Co., Ltd.

나의 세상을

마법처럼 만들어 주는

닐, 제시카, 데이비드에게.

# CONTENTS

# 17장
# 교육 법령 24조

해리는 이번 학기가 시작된 이래 그 주의 남은 주말이 가장 행복했다. 그와 론은 또다시 밀린 숙제를 하느라 일요일 대부분을 보냈다. 재미있는 일이라고 말하기는 어려웠지만 가을의 마지막 햇빛은 계속 이어졌고, 그들은 휴게실 탁자에 웅크리고 앉아 있는 대신 숙제를 들고 밖으로 나가서 호숫가 커다란 너도밤나무 그늘 아래 느긋하게 드러누웠다. 당연히 모든 숙제를 제 날짜에 마친 헤르미온느는 더 많은 털실을 가지고 나왔다. 그녀는 뜨개바늘에 마법을 걸어 그것들이 옆에 둥둥 뜬 채 짤깍짤깍 소리를 내면서 순식간에 더 많은 모자와 스카프를 만들어 내게 했다.

엄브리지와 정부에 대항해 뭔가 일을 벌이고 있으며 자

신이 그 반란의 핵심이라는 사실은 해리에게 엄청난 만족감을 안겨 주었다. 그는 지난 토요일에 있었던 모임을 머릿속에서 계속 재생했다. 그 모든 아이들이 어둠의 마법 방어법을 배우려고 해리를 찾아왔다. 해리가 해낸 몇 가지 일을 들었을 때 그들이 지었던 표정…… 초가 트라이위저드 대회에서 그가 보여 준 성과를 칭찬했던 일……. 그곳에 모인 사람들은 아무도 그를 이상한 거짓말쟁이로 취급하지 않았고 몇몇은 심지어 그가 존경받을 만하다고 생각한다는 사실을 알자 기분이 너무 들뜬 나머지, 가장 싫어하는 수업들이 코앞에서 기다리고 있음에도 불구하고 월요일 아침까지 기분이 좋았다.

그와 론은 그날 밤에 있을 퀴디치 훈련에서 '나무늘보식 붙잡고 돌기'라는 새로운 동작을 연습한다는 앤젤리나의 계획에 대해 이야기하면서 침실을 나와 아래층으로 향했다. 그들은 햇빛이 환하게 비치는 휴게실을 반쯤 가로질러서야 그곳에 붙어 있는 뭔가가 이미 몇몇의 눈길을 끌고 있다는 사실을 눈치챘다.

그리핀도르 게시판에 커다란 공고문이 붙어 있었다. 어찌나 큰지 게시판에 붙어 있는 다른 공고문들(판매용으로 내놓은 중고 마법 책 목록과 아거스 필치가 교칙을 상기시키려고 정기적으로 붙여 놓는 게시물, 퀴디치 팀 훈련 시간표, 특정한 개구리 초콜릿 카드를 다른 것과 교환하자는 제안, 실험 대상자를 구하는 위즐리 형제의 가장 최근 광고, 호그스미드 방문 날짜와 분실물 관련 게시물 등)을 뒤덮을 정도였다. 새로운 공고문은 커다란 검은색 글씨로 인쇄되어 있었고, 맨 아래 깔끔하면서도 꼬불꼬불한 서명 옆에는 매우 공식적으로 보이는 도장이 찍혀 있었다.

## 호그와트 장학관의 지시에 따라

학생 조직, 학회, 팀, 모임, 동호회는 이 시간부로 모두 해산한다.

이때의 조직, 학회, 팀, 모임, 동호회란

학생 3인 이상의 정기적인 모임을 말한다.

단체를 재결성하려면 장학관(엄브리지 교수)의 허가를 받아야 한다.

어떠한 학생 조직, 학회, 팀, 모임, 동호회도 장학관에게 신고하여

허가받기 전에는 존재할 수 없다.

장학관이 허가하지 않은 조직, 학회, 팀, 모임, 동호회를 결성하였거나 그러한 모임에 소속된 것으로 밝혀진 학생은 퇴학 조치한다.

상기 내용은 교육 법령 24조에 의거함.

서명: 장학관 덜로리스 제인 엄브리지

해리와 론은 불안한 표정을 짓고 있는 2학년들 머리 너머로 이 공고문을 읽었다.

"곱스톤 동호회를 없애겠다는 뜻일까?" 2학년 학생 중 한 명이 친구에게 물었다.

"곱스톤은 괜찮을 것 같은데." 론이 음침한 목소리로 말하자 2학년 학생이 깜짝 놀라 펄쩍 뛰었다. "근데 우리는 그렇게 운이 따라 주지 않을 것 같다. 그치?" 2학년들이 허겁지겁 그 자리를 떠나자 그가 해리에게 물었다.

해리는 공고문을 처음부터 다시 읽어 보았다. 토요일 이후 그를 가득 채웠던 행복감이 사그라들었다. 그의 가슴이 분노로 고동치기 시작했다.

"이건 우연이 아니야." 그가 주먹을 불끈 쥐며 말했다. "엄브리지가 알고 있는 거야."

"그럴 리 없어." 론이 즉시 말했다.

"그 술집에는 듣는 귀가 많았어. 그리고 인정할 건 해야지. 그날 나타났던 애들 중 몇 명이나 믿을 수 있는지 모르잖아. 누군가가 엄브리지에게 쪼르르 달려가서 일렀을지도 몰라."

그런데 그들이 자기를 믿는다고, 심지어 존경한다고 생각했다니…….

"재커라이어스 스미스!" 론이 곧바로 외치며 주먹으로
손바닥을 쳤다. "아니면, 그 마이클 코너도 정말 구린 데가
있어 보인다고 생각했어."

"헤르미온느가 아직 이걸 못 봤을까?" 해리가 여학생 기
숙사 문을 돌아보며 말했다.

"가서 말해 주자." 론이 말했다. 앞으로 달려 나간 그는
문을 열고 나선형 계단을 올라가기 시작했다.

하지만 그가 여섯 번째 계단을 디딘 순간, 시끄럽게 울부
짖는 자동차 경적 같은 소리가 나더니 계단이 한데 녹아내
리면서 길고 매끄러운 나선형 돌 미끄럼틀로 변했다. 론은
짧은 순간 양팔을 풍차처럼 마구 휘두르며 계속 달리려고
하다가 뒤로 벌렁 넘어지더니, 새롭게 만들어진 미끄럼틀
을 타고 해리의 발밑까지 쭉 미끄러져 내려왔다.

"어…… 여학생 침실에는 들어갈 수 없나 봐." 해리가 론
을 일으켜 세우고 애써 웃음을 참으며 말했다.

4학년 여학생 두 명이 돌 미끄럼틀을 타고 신나게 쌩 내
려왔다.

"이야아, 누가 올라오려던 거야?" 그들은 즐겁게 킥킥거
리며 벌떡 일어서더니 해리와 론에게 장난을 걸어 왔다.

"나." 론이 말했다. 아직도 머리가 헝클어진 채였다. "저

런 일이 일어날 줄은 몰랐어. 이건 불공평해!" 여학생들이 여전히 정신없이 키득거리며 초상화 구멍 쪽으로 가자 론이 해리에게 덧붙였다. "헤르미온느는 우리 침실에 들어올 수 있었잖아. 어째서 우리는 안 되는 거야?"

"뭐, 구시대의 규칙이지." 방금 그들 앞의 깔개 위로 깔끔하게 미끄러져 내려온 헤르미온느가 몸을 일으키며 말했다. "《호그와트의 역사》에 따르면, 창립자들은 남학생들을 여학생들보다 못 미더워했어. 그나저나, 넌 왜 들어오려고 한 거야?"

"네가 혹시 봤나 해서. 이것 좀 봐!" 론이 그녀를 게시판으로 끌고 가며 말했다.

헤르미온느의 눈이 빠르게 공고문을 훑었다. 그녀의 표정이 돌처럼 굳었다.

"누가 그 여자한테 찌른 게 틀림없어!" 론이 화를 내며 소리쳤다.

"그랬을 리 없어." 헤르미온느가 나직하게 말했다.

"너 진짜 순진하다." 론이 말했다. "넌 네가 정직하고 신뢰할 만한 사람이라고 해서 다른 사람도……."

"아니, 그럴 리가 없다니까. 내가 우리 모두가 서명한 양피지에 저주를 걸어 놨단 말이야." 헤르미온느가 음침하게

말했다. "내 말 믿어. 만약 누군가가 달려가서 엄브리지한
테 얘기했다면 우리는 그게 누군지 확실히 알 거고, 그 앤
그렇게 한 걸 정말 후회하게 될 거야."

"어떻게 되는데?" 론이 기대에 차서 물었다.

"뭐, 이렇게 설명하면 될까." 헤르미온느가 말했다. "엘
로이즈 미전의 여드름은 그저 귀여운 주근깨 정도로밖에
안 보이게 된다고. 가자, 아침 먹으러 가서 다른 애들은 어
떻게 생각하는지 보게……. 이게 기숙사마다 다 붙은 건지
모르겠네?"

대연회장에 들어서자마자 엄브리지의 공고문이 그리핀
도르 탑에만 나붙은 게 아니라는 사실이 분명해졌다. 학생
들이 공고문 내용에 대해 서로 이야기하면서 자신들의 기
숙사 식탁을 분주하게 왔다 갔다 하고 있었기에 대연회장
안은 평소보다 시끌벅적하고 소란스러웠다. 해리, 론, 헤르
미온느가 자리에 앉자마자 네빌, 딘, 프레드와 조지, 지니
가 들이닥쳤다.

"너희도 봤어?"

"그 여자가 아는 걸까?"

"우리 어쩌지?"

그들은 모두 해리를 바라보고 있었다. 그는 근처에 교수

들이 없는지 확인하려고 주위를 빠르게 둘러보았다.

"어쨌든 해야지, 당연히." 그가 조용히 말했다.

"너라면 그렇게 말할 줄 알았어." 조지가 활짝 웃으며 해리의 팔을 탁 쳤다.

"반장들 생각은 어때?" 프레드가 론과 헤르미온느를 짓궂게 바라보며 물었다.

"당연히 해야지." 헤르미온느가 담담하게 말했다.

"저기 어니랑 해너 애벗이 온다." 론이 뒤돌아보며 말했다. "거기다 그 래번클로 녀석들이랑 스미스도…….  여드름투성이가 된 녀석은 없는데."

헤르미온느의 얼굴에 불안이 깃들었다.

"여드름 같은 건 신경 쓰지 마. 저 바보들, 지금 여기 오면 안 돼. 정말 수상해 보인단 말이야. 다시 가서 앉아!" 그녀는 후플푸프 식탁으로 돌아가라고 미친 듯이 손짓하면서 어니와 해너에게 입 모양으로 말했다. "나중에! 너희한테도, 말해 줄게, *나중에!*"

"마이클한테 가서 말해 줘야겠어." 지니가 의자에서 벌떡 일어서며 초조한 듯 말했다. "나 참, 저 바보…….."

그녀는 다급히 래번클로 식탁 쪽으로 갔다. 해리는 그녀의 뒷모습을 지켜보았다. 초는 그리 멀지 않은 곳에 앉아서, 호그스 헤드에 데리고 왔던 곱슬머리 친구와 이야기를 나누고 있었다. 초도 엄브리지의 공고문에 겁을 먹었을까? 다시는 그녀와 만나지 못하게 되는 걸까?

하지만 공고문의 여파를 확실히 실감한 건 마법의 역사 수업을 들으러 대연회장을 나설 때였다.

"해리! 론!"

앤젤리나가 완전히 절망한 얼굴로 빠르게 다가왔다.

"괜찮아." 그녀가 말소리를 들을 수 있을 만큼 가까워지자 해리가 조용히 말했다. "그래도 계속할……."

"그 인간이 거기에 퀴디치를 포함시켰다는 거 알아?" 앤젤리나가 그의 말을 잘랐다. "그리핀도르 팀을 재결성하려면 가서 허가를 받아야 해!"

"뭐?" 해리가 말했다.

"말도 안 돼." 론이 끔찍하다는 표정을 지었다.

"공고문 읽었잖아. 거기에 팀도 들어간다고! 그러니까 잘 들어, 해리……. 마지막으로 말하는 거야. 제발, *제발* 다시는 엄브리지한테 성질부리지 마. 그럼 더 이상 경기를 못 하게 될 수도 있어!"

"알았어, 알았어." 해리가 말했다. 앤젤리나는 금방이라도 울음을 터뜨릴 것 같은 얼굴이었다. "걱정하지 마. 조심할게……."

"장담하는데 엄브리지는 마법의 역사 수업에 들어올 거
야." 빈스의 수업을 들으러 출발하는데 론이 우울하게 말
했다. "아직 빈스 수업을 감사하러 오지 않았잖아. 그 인간
이 거기 없으면 내 손에 장을 지진다."

하지만 론이 틀렸다. 교실에 들어가 보니 선생은 빈스 교
수뿐이었다. 그는 늘 그랬던 것처럼 자신의 의자 위로 손가
락 한 마디쯤 둥둥 뜬 채 거인 전쟁에 대해 단조롭게 읊어
댈 준비를 하고 있었다. 오늘 해리는 빈스 교수가 하는 말
을 쫓아가려는 시도조차 하지 않고, 헤르미온느의 잦은 눈
길과 쿡 찌르는 손길을 무시한 채 한가롭게 양피지에 뭔가
를 끼적거렸다. 그러다가 유난히 아프게 옆구리를 찔리자
그가 화를 내며 고개를 들었다.

"왜?"

그녀가 창문을 가리켰다. 해리는 고개를 돌렸다. 헤드위
그가 좁은 창턱에 걸터앉아 두꺼운 유리창 너머로 그를 빤
히 바라보고 있었다. 다리에는 편지가 묶여 있었다. 해리는
이해할 수가 없었다. 그들은 방금 아침을 먹었다. 왜 평소
처럼 그때 편지를 전해 주지 않았던 걸까? 교실 안의 학생
들이 서로에게 헤드위그를 가리켜 보이고 있었다.

"아, 나는 전부터 저 올빼미가 참 마음에 들었어. 너무 아름답잖아." 라벤더가 파르바티에게 한숨 쉬듯 말하는 소리가 들렸다.

해리는 필기 내용을 계속 읽어 나가는 빈스 교수를 힐끗 돌아보았다. 그는 속 편하게도 학생들의 집중력이 평소보다 더 흐트러져 있다는 사실을 모르고 있었다. 해리는 의자에서 조용히 일어나 몸을 웅크리고 책상들 사이로 빠르게 창문을 향해 다가갔다. 그러고는 걸쇠를 풀고 아주 천천히 창문을 열었다.

해리는 헤드위그가 다리를 내밀고 편지를 떼어 내게 한다음 부엉이장으로 날아갈 거라고 예상했지만, 창문이 활짝 열리는 순간 헤드위그는 애절하게 울면서 깡충거리며 교실 안으로 들어왔다. 그는 불안한 눈으로 빈스 교수를 힐끔 보며 창문을 닫은 다음, 헤드위그를 어깨에 얹은 채 다시 몸을 바짝 웅크리고 재빨리 자리로 돌아갔다. 그는 의자에 앉아 헤드위그를 무릎으로 옮겨 놓고 다리에 묶인 편지를 풀려고 했다.

그제야 그는 헤드위그의 깃털이 이상하게 흐트러져 있다는 사실을 알아차렸다. 어떤 곳은 깃털들이 엉뚱한 방향으로 꺾여 있고, 한쪽 날개도 이상한 각도로 비틀려 있었다.

"다쳤어!" 해리가 헤드위그에게로 바짝 고개를 숙이며 속삭였다. 헤르미온느와 론이 가까이 몸을 기울였다. 헤르미온느는 심지어 깃펜까지 내려놓았다. "봐, 날개가 이상해."

헤드위그는 부들부들 떨고 있었다. 해리가 날개를 만지려 하자 살짝 뛰어오르더니 몸을 부풀리기라도 하듯 온몸의 깃털을 세우고 원망하듯 그를 바라보았다.

"빈스 교수님." 해리가 큰 소리로 말했다. 모든 학생이 고개를 돌려 그를 바라보았다. "제가 몸이 좀 안 좋은데요."

빈스 교수가 필기에서 눈을 들었다. 언제나 그렇듯 눈앞의 교실이 학생들로 가득 차 있는 것을 보고 놀란 표정이었다.

"몸이 안 좋다고?" 그가 몽롱하게 되풀이했다.

"정말 안 좋아요." 해리가 헤드위그를 등 뒤에 숨긴 채 자리에서 일어나며 단호하게 말했다. "병동에 가 봐야 할 것 같아요."

"그래." 빈스 교수가 명백히 당황한 얼굴로 말했다. "그래…… 그래, 병동이라고……. 뭐, 그럼 가 보거라, 퍼킨스……."

일단 교실을 나오자 해리는 헤드위그를 다시 어깨 위에 올려놓고 빠르게 복도를 나아갔다. 겨우 빈스의 교실 문이 보이지 않는 곳에 다다랐을 때 그는 잠시 멈춰서 생각했다. 헤드위그를 치료해 줄 사람을 선택할 수 있다면, 처음 생각나는 사람은 당연히 해그리드였다. 하지만 지금은 해그리드가 어디에 있는지 몰랐으므로, 유일하게 남은 선택은 그러블리플랭크 교수를 찾아가 그녀에게 도움을 청하는 것뿐이었다.

그는 창밖으로 바람이 거세게 몰아치는 컴컴한 교정을 내다보았다. 해그리드의 오두막 근처 어디에도 그러블리플랭크 교수의 모습은 보이지 않았다. 수업이 없을 땐 아마 교무실에 있을 것이다. 그는 아래층으로 출발했다. 헤드위그는 그의 어깨 위에서 이리저리 흔들리며 힘없이 울고 있었다.

가고일 석상 두 개가 교무실 문 양옆에 하나씩 서 있었다. 해리가 다가가자 그중 하나가 쉰 목소리로 말했다. "수업을 듣고 있어야 할 텐데, 애송아."

"급한 일이야." 해리가 딱 잘라 말했다.

"아아아아, 급하시다 이건가?" 또 다른 가고일이 높은 소리로 말했다. "그러니까, 우리가 나설 자리가 아니다 이거냐?"

해리는 교무실 문을 두드렸다. 발소리가 들리더니 문이

열렸고 그는 어느새 맥고나걸 교수와 얼굴을 마주하고 있었다.

"또 방과 후 징계를 받은 건 아니겠지!" 그녀가 대번에 입을 열었다. 정사각형 안경이 경고하듯이 번뜩였다.

"아니에요, 교수님!" 해리가 서둘러 대답했다.

"그럼 왜 교실에서 나와 있는 거냐?"

"급한 일이라는뎁쇼." 두 번째 가고일이 비꼬듯 말했다.

"그러블리플랭크 교수님을 찾고 있어요." 해리가 설명했다. "제 올빼미 때문에요. 다쳤거든요."

"올빼미가 다쳤다고?"

그러블리플랭크 교수가 맥고나걸 교수의 뒤에서 나타났다. 그녀는 파이프 담배를 피우며 《예언자일보》를 손에 들고 있었다.

"네." 해리가 헤드위그를 조심스럽게 어깨에서 내리며 말했다. "다른 우편 부엉이들이 왔다 간 다음에 나타났는데 날개가 완전히 엉망이에요. 보세요."

그러블리플랭크 교수가 파이프를 단단히 문 채 해리에게서 헤드위그를 받아 드는 동안 맥고나걸 교수는 그 모습을 지켜보았다.

"흠." 그러블리플랭크 교수가 입을 열자 파이프가 살짝 움찔거렸다. "뭔가에 공격당한 것 같구나. 그게 뭔지는 모르겠지만. 물론 가끔 세스트럴이 새를 노릴 때도 있지만, 호그와트의 세스트럴들은 부엉이를 건드리지 못하게 해그리드가 잘 훈련시켜 놨는데."

해리는 세스트럴이 뭔지도 몰랐고 관심도 없었다. 그저 헤드위그가 괜찮을지만 알고 싶었다. 그러나 맥고나걸 교수가 날카롭게 해리를 바라보며 물었다. "이 올빼미가 어디를 갔다 왔지, 포터?"

"어……." 해리가 말했다. "런던에서 왔을 거예요."

순간적으로 그녀와 눈을 마주친 해리는 그녀의 눈썹이 가운데로 모인 것을 보고 그녀가 '런던'이란 말을 '그리몰드가 12번지'로 알아들었다는 사실을 눈치챘다.

그러블리플랭크 교수는 로브 안에서 외알 안경을 꺼내 눈에 끼우고 헤드위그의 날개를 자세히 살펴보았다. "나한테 맡겨 놓으면 어떻게든 치료할 수 있을 것 같다, 포터." 그녀가 말했다. "어쨌든 며칠 동안 장거리 비행은 안 돼."

"아, 네…… 고맙습니다." 해리가 말했다. 바로 그때 쉬는 시간을 알리는 종이 울렸다.

"별말씀을." 그러블리플랭크 교수가 무뚝뚝하게 말하더니 등을 돌려 교무실로 들어갔다.

"잠깐만요, 윌헬미나!" 맥고나걸 교수가 말했다. "포터의 편지!"

"아, 맞아요!" 해리가 말했다. 그는 헤드위그의 다리에 묶여 있는 두루마리를 잠깐 잊고 있었다. 그러블리플랭크 교수는 편지를 건네준 다음 헤드위그를 데리고 교무실로 사라졌다. 헤드위그는 이런 식으로 자기를 넘겨줬다는 사실을 믿을 수 없다는 듯 그를 바라보고 있었다. 해리는 약간 죄책감을 느끼며 발길을 돌렸지만 맥고나걸 교수가 그를 불러 세웠다.

"포터!"

"네, 교수님?"

그녀는 복도 이쪽저쪽을 살폈다. 양쪽 방향에서 학생들이 오고 있었다.

"명심해라." 그녀가 조용한 목소리로 빠르게 말했다. 그녀의 눈은 해리의 손에 들린 두루마리를 향해 있었다. "호그와트를 드나드는 의사소통 수단들은 감시당하고 있을지 몰라. 알겠니?"

"저는……." 해리가 입을 열었지만, 복도로 밀려오는 학생들의 물결이 거의 코앞에 닥쳐 있었다. 맥고나걸 교수는 간단히 고개를 끄덕이더니 교무실로 들어갔고, 그 자리에 남겨진 해리는 학생들에 휩쓸려 교정으로 나갔다. 그는 론과 헤르미온느가 이미 비바람이 들이치지 않는 구석에 서 있는 것을 보았다. 바람을 막기 위해 망토 깃을 바짝 세운 채였다. 해리는 다급히 그들에게 걸어가며 두루마리를 펼쳐 보았다. 시리우스의 손 글씨로 딱 다섯 단어가 적혀 있었다.

오늘, 같은 시간, 같은 장소.

"헤드위그는 괜찮아?" 말소리가 들릴 만큼 해리가 가까이 다가오자 헤르미온느가 걱정스럽게 물었다.

"어디로 데려갔어?" 론이 물었다.

"그러블리플랭크 교수한테." 해리가 말했다. "그리고 맥고나걸 교수님을 만났는데…… 잘 들어 봐……."

그는 맥고나걸 교수가 한 말을 들려주었다. 놀랍게도 둘 중 누구도 충격을 받은 표정이 아니었다. 그들은 오히려 의미심장한 눈빛을 주고받았다.

"뭐야?" 해리가 론에게서 헤르미온느에게로, 다시 론에게로 시선을 돌리며 물었다.

"음, 방금 론한테도 얘기했는데…… 누가 헤드위그를 중

간에 가로채려 한 거라면? 그러니까, 예전에는 한 번도 날

다가 다쳤던 적이 없잖아?"

 "그건 그렇고, 편지는 누구한테서 온 거야?" 론이 해리에

게서 편지를 받아 들며 물었다.

 "멍멍이." 해리가 조용히 말했다.

 "'같은 시간, 같은 장소?' 휴게실 벽난로를 말하는 건가?"

 "틀림없어." 헤르미온느도 편지를 보더니 말했다. 그녀

는 불안한 얼굴을 하고 있었다. "아무도 이걸 읽지 않았어

야 할 텐데."

 "그렇지만 봉인도 되어 있고, 다 괜찮았어." 해리가 그

녀뿐만 아니라 자기 자신도 안심시키려고 애쓰며 말했다.

"그리고 우리가 지난번에 어디에서 만났는지를 모르면 무

슨 말인지 전혀 모를 거야. 안 그래?"

 "난 잘 모르겠어." 헤르미온느가 불안한 듯 말했다. 또 한

번 종이 울리자 그녀는 가방을 어깨에 걸쳤다. "마법으로

두루마리를 다시 봉인하는 건 별로 어렵지 않아……. 그리

고 누가 플루 네트워크를 감시하고 있다면……. 하지만 중

간에서 편지를 가로채이지 않고 어떻게 멍멍이한테 오지

말라고 경고할 수 있을지도 모르겠어!"

 그들은 마법약 수업을 들으러 지하 감옥을 향해 돌계단

을 터덜터덜 내려갔다. 셋 모두 생각에 잠겨 있었지만, 계단을 다 내려가자마자 들려온 드레이코 말포이의 목소리에 정신을 차렸다. 말포이는 스네이프의 교실 문 앞에 서서 공식 서류처럼 보이는 양피지를 흔들며 그들에게 한 마디 한 마디 다 들리도록 필요 이상으로 크게 떠들고 있었다.

"그래, 엄브리지 교수님은 슬리데린 퀴디치 팀이 곧바로 훈련을 재개할 수 있도록 허가해 주셨어. 오늘 아침에 일어나자마자 물어보러 갔거든. 뭐, 거의 자동적이었달까. 내 말은, 엄브리지 교수님이 우리 아버지를 아주 잘 안다는 거야. 아버지는 항상 정부를 드나드시니까……. 그리핀도르가 훈련을 계속하도록 허가받을 수 있는지 지켜보는 것도 재미있겠는걸?"

"화내지 마." 헤르미온느가 해리와 론에게 간절히 속삭였다. 둘 다 굳은 얼굴로 주먹을 꽉 움켜쥔 채 말포이를 바라보고 있었다. "그게 바로 쟤가 바라는 거야."

"그러니까" 하고, 말포이가 목소리를 좀 더 높였다. 그의 회색 눈이 해리와 론 쪽을 향해 악의적으로 번뜩였다. "이게 정부에 대한 영향력의 문제라면 걔들한테는 별로 기회가 없을 것 같아서……. 우리 아버지 얘기로는 정부에서 벌써 몇 년째 아서 위즐리를 쫓아낼 구실을 찾고 있대. 그리고 포터 말인데…… 정부가 그 녀석을 세인트 멍고로 보내는 건 시간문제라고 하셨어. 마법으로 머리가 망가진 사람들을 위한 특별한 병동이 있는 모양이더라."

말포이가 입을 헤 벌리고 눈알을 굴리면서 기괴한 표정을 지어 보였다. 크래브와 고일은 평소처럼 꺽꺽대는 웃음을 터뜨렸다. 팬지 파킨슨이 자지러지게 웃었다.

뭔가가 해리의 어깨에 세게 부딪쳐 오더니 그를 옆으로 밀쳤다. 다음 순간 그는 네빌이 막 그를 지나서 말포이에게로 곧장 돌진하고 있다는 사실을 깨달았다.

"네빌, 안 돼!"

해리는 앞으로 달려 나가 네빌의 로브 뒷자락을 잡았다. 네빌은 미친 듯이 몸부림을 치고 주먹을 마구 휘두르면서 필사적으로 말포이를 때리려고 기를 썼다. 말포이는 한동안 심각한 충격을 받은 표정을 짓고 있었다.

"도와줘!" 해리가 네빌의 목에 간신히 팔을 감아 그를 슬리데린 학생들에게서 멀리 끌어당기며 론에게 소리쳤다. 크래브와 고일이 싸울 태세로 말포이 앞으로 나서며 팔 근육을 풀었다. 론이 네빌의 양팔을 잡고 해리와 함께 간신히 그를 다시 그리핀도르 줄로 끌고 갔다. 네빌의 얼굴이 벌게져 있었다. 해리가 목을 누르고 있어서 거의 알아듣기 어려웠지만 그의 입에서 이상한 단어들이 튀어나왔다.

"안…… 웃겨…… 하지 마…… 멍고…… 보여 줘야……
저 자식……."

지하 감옥 문이 열렸다. 스네이프가 모습을 드러냈다. 그
리핀도르 줄을 빠르게 훑던 그의 검은색 눈이 해리와 론이
네빌과 몸싸움을 하고 있는 곳에 이르렀다.

"싸우는 건가, 포터, 위즐리, 롱보텀?" 스네이프가 비웃
는 듯한 차가운 목소리로 말했다. "그리핀도르는 10점 감
점이다. 롱보텀을 놓아줘라, 포터. 안 그러면 방과 후 징계
다. 모두 안으로 들어가도록."

해리가 놓아주자 네빌은 숨을 헐떡이며 서서 그를 노려
보았다.

"널 말릴 수밖에 없었어." 해리가 가방을 집어 들며 가쁜
숨을 내쉬었다. "크래브랑 고일이 너를 갈가리 찢어 놨을
거야."

네빌은 아무 말도 하지 않고 그저 가방만 잡아채더니 성
큼성큼 지하 감옥 교실로 들어갔다.

"멀린의 이름을 걸고……." 네빌을 따라 들어가며 론이
천천히 말했다. "방금 그게 뭔 일이야?"

해리는 대꾸하지 않았다. 그는 정신에 마법적인 손상을

입고 세인트 멍고에 있는 사람들 얘기가 네빌을 그토록 고통스럽게 만든 이유를 정확히 알고 있었지만, 덤블도어에게 네빌의 비밀을 누구에게도 말하지 않겠다고 맹세한 터라 아무 말도 하지 않았다. 네빌조차 해리가 알고 있다는 사실을 몰랐다.

해리, 론, 헤르미온느는 교실 뒤쪽 늘 앉는 자리에 앉아 양피지와 깃펜, 《1,000가지 마법 약초와 버섯》을 꺼냈다. 주위 학생들은 네빌이 방금 한 짓에 대해 수군대고 있었지만, 스네이프가 쩌렁쩌렁 울리는 소리를 내면서 지하 감옥 교실 문을 쾅 닫자 모두 곧바로 입을 다물었다.

"너희도 알게 되겠지만" 하며, 스네이프가 비아냥이 깃든 목소리로 나직하게 말했다. "오늘 우리 수업에 손님 한 분이 오셨다."

그는 지하 감옥 교실의 어둑어둑한 구석을 가리켰다. 엄브리지 교수가 무릎에 필기판을 올려놓고 앉아 있는 모습이 보였다. 해리는 눈썹을 치켜올리고 곁눈으로 론과 헤르미온느를 보았다. 스네이프와 엄브리지, 그가 가장 싫어하는 두 교수였다. 어느 쪽이 이기는 게 좋은지 결정하기가 어려울 정도였다.

"오늘은 강화 마법약을 계속 다룬다. 지난번 수업 때 남겨 놓은 혼합물이 그대로 있을 것이다. 올바른 방법으로 만들었다면 주말 내내 잘 숙성됐겠지. 조제법은……." 그는 이번에도 칠판을 향해 마법 지팡이를 휘둘렀다. "……칠판에 적혀 있다. 계속하도록."

엄브리지 교수는 수업이 시작되고 30분 동안 구석에서 뭔가를 끼적였다. 해리는 그녀가 스네이프에게 무슨 질문을 던질지 너무 궁금했다. 그 생각에 너무 정신이 팔려서 또다시 마법약 만드는 데 주의를 기울이지 못했다.

"샐러맨더 피야, 해리!" 헤르미온느가 벌써 세 번째로 잘못된 재료를 집어넣으려 하는 그의 손목을 붙들며 신음했다. "석류즙이 아니고!"

"그러네." 해리는 멍하니 말한 뒤 병을 내려놓고 계속 교실 구석을 바라보았다. 엄브리지가 막 자리에서 일어났다. "하." 그녀가 두 줄로 늘어선 책상들 사이로 스네이프에게 성큼성큼 다가가자 해리가 조용히 내뱉었다. 스네이프는 딘 토머스의 솥단지 위로 허리를 구부리고 있었다.

"음, 학생들 실력에 비해서 수업 수준이 높군요." 그녀가 스네이프의 등에 대고 활기차게 말했다. "강화 마법약 같은 것을 가르치는 게 권장할 만한 일인지는 의문이네요. 제 생각에 정부는 이 마법약을 강의 계획안에서 빼는 쪽을 선호할 것 같은데요."

스네이프가 천천히 허리를 펴고 고개를 돌려 그녀를 바라보았다.

"그럼…… 호그와트에서 학생들을 가르치신 지는 얼마나 되었죠?" 깃펜을 필기판에 대고 적을 준비를 하며 그녀가 물었다.

"14년입니다." 스네이프가 대답했다. 표정만 봐서는 무슨 생각을 하는지 알 수가 없었다. 해리는 시선을 스네이프에게 둔 채 마법약에 뭔가를 몇 방울 떨어뜨렸다. 마법약이 위협적으로 쉭쉭거리더니 청록색에서 오렌지색으로 바뀌었다.

"처음에는 어둠의 마법 방어법 과목에 지원하셨던 걸로 아는데요?" 엄브리지 교수가 스네이프에게 물었다.

"네." 스네이프가 조용히 대답했다.

"그런데 맡지 못하셨군요?"

스네이프의 입술이 비틀려 올라갔다.

"보시다시피."

엄브리지 교수가 필기판에 뭔가를 휘갈겨 썼다.

"또, 학교에 처음 들어온 뒤로 계속해서 어둠의 마법 방어법 과목에 지원하신 걸로 알고 있습니다만?"

"네." 스네이프가 입술을 거의 움직이지 않고 조용히 말했다. 몹시 화가 난 표정이었다.

"덤블도어 교수가 왜 계속 그 과목에 교수님을 임명하기를 거부했는지 알고 계신가요?" 엄브리지가 물었다.

"직접 물어보시죠." 스네이프가 내뱉었다.

"아, 그래야겠네요." 엄브리지 교수가 생긋 웃으며 말했다.

"그게 무슨 관계가 있습니까?" 스네이프가 검은색 눈을 가늘게 뜨며 물었다.

"아, 그럼요." 엄브리지 교수가 말했다. "네, 정부는 교수들의…… 음…… 배경을 철저하게 파악하고자 하거든요."

그녀는 돌아서서 팬지 파킨슨에게 걸어가더니 수업에 관한 질문을 던지기 시작했다. 스네이프가 고개를 돌려 해리를 바라보았다. 짧은 순간 둘의 눈이 마주쳤다. 해리는 얼른 마법약으로 시선을 떨어뜨렸다. 이제 그의 마법약은 지저분하게 엉겨붙은 채 고무 타는 냄새를 강하게 풍기고 있었다.

"이번에도 0점이군, 포터." 스네이프가 심술궂게 말하며 마법 지팡이를 휘둘러 해리의 솥단지를 비웠다. "다음 수업 때까지 이 마법약의 올바른 제조법에 대한 작문 숙제를 제출해라. 어떻게, 왜 틀렸는지 적도록. 알았나?"

"네." 해리는 화가 나서 대답했다. 스네이프는 이미 학생들에게 숙제를 내준 상태였다. 게다가 오늘 저녁에는 퀴디치 훈련이 있었다. 즉, 하루 이틀 정도는 또 잠을 잘 수 없다는 뜻이었다. 그날 아침만 해도 기분 좋게 깨어났다는 사실이 믿기지 않았다. 이제 마음속에 있는 것은 오늘이 끝나기를 바라는 열망뿐이었다.

"아무래도 점술은 건너뛰어야겠다." 점심 식사를 마친 뒤 교정에 나갔을 때 해리가 침울하게 말했다. 세찬 바람에 로브 자락과 모자챙이 펄럭였다. "아픈 척하고 그 시간에 스네이프의 작문 숙제를 해야겠어. 그러면 밤을 꼬박 샐 필요는 없겠지."

"점술을 땡땡이치면 어떡해." 헤르미온느가 엄격한 목소리로 말했다.

"네가 할 말은 아니지, 헤르미온느. 넌 점술 수업 도중에 걸어 나갔잖아. 트릴로니가 싫다면서!" 론이 발끈하며 말했다.

"난 트릴로니가 싫은 게 아니야." 헤르미온느가 도도하게 말했다. "그냥 교수로서는 완전히 형편없고, 교활한 진짜 사기꾼이라고 생각할 뿐이지. 하지만 해리는 이미 마법의 역사 수업을 놓쳤는데 오늘 다른 수업을 더 놓쳐서는 안 된다고 봐!"

무시하기에는 너무 많은 진실이 담긴 말이었다. 그래서 30분 뒤 해리는 뜨겁고 향기가 지나치게 진동하는 점술 교실 안에 앉아 있었다. 모두가 그의 성질을 돋우는 것 같았다. 트릴로니 교수가 또다시 《꿈의 신탁》을 나눠 주었다. 해리가 생각하기에는 여기 앉아서 지어낸 꿈들이 뭘 의미하는지 찾느니 차라리 스네이프가 벌로 내준 작문 숙제를 하는 게 훨씬 나을 게 뻔했다.

그러나 점술 수업에서 화가 나 있는 사람은 그뿐만이 아닌 듯했다. 트릴로니 교수는 해리와 론의 탁자에 《꿈의 신탁》을 탁 내려놓더니 입술을 꽉 다문 채 몸을 홱 돌리고 가 버렸다. 다음에는 셰이머스와 딘에게 《꿈의 신탁》을 던졌다가 하마터면 셰이머스의 머리에 맞힐 뻔했다. 마지막으로 네빌의 가슴에 책을 너무 세게 떠미는 바람에 네빌이 쿠션에서 떨어지고 말았다.

"자, 주목!" 트릴로니 교수가 어쩐지 신경질이 깃든 높은 목소리로 크게 외쳤다. "뭘 해야 하는지 알 텐데! 아니면 내가 수준이 너무 떨어지는 교수라 학생들이 책 펴는 방법조차 배우지 못한 건가?"

학생들은 당황한 눈으로 그녀를 본 다음 서로를 바라보았다. 그러나 해리는 그녀가 무엇 때문에 저러는지 알 것 같았다. 등받이가 높은 교수용 의자에 다시 풀썩 주저앉는 트릴로니의 확대된 두 눈에 분노의 눈물이 가득 어려 있었다. 해리는 론에게로 더 가까이 머리를 기울이고 중얼거렸다. "감사 결과를 받았나 봐."

"교수님?" 파르바티 파틸이 숨죽인 목소리로 입을 열었다(그녀와 라벤더는 예전부터 트릴로니 교수를 존경해 왔다). "교수님, 무슨…… 어…… 뭐가 잘못됐나요?"

"잘못됐냐고!" 트릴로니 교수가 감정에 북받쳐 소리쳤다. "그럴 리가! 물론, 모욕을 당한 건 분명해……. 나한테 불리한 얘기를 은근슬쩍 써 놓고…… 나를 겨냥한 근거 없는 비난이 있긴 했지만…… 하지만, 아니, 잘못된 건 아무것도 없단다. 절대로!"

그녀는 세차게 몸을 떨고 숨을 들이쉬더니 파르바티에게서 시선을 돌렸다. 안경 아래로 분노의 눈물이 흘러내렸다.

"헌신적으로 봉사한 16년의 세월에 대해서는" 하더니 그녀는 잠시 목이 멘 듯했다. "결코 누구의 눈에도 띄지 않고 흘러간 그 세월에 대해서는 아무 말 하지 않겠어……. 하지만 모욕까지 당할 수는 없지. 암, 그렇고말고!"

"그런데 교수님, 누가 교수님을 모욕했는데요?" 파르바티가 조심스럽게 물었다.

"정부가!" 트릴로니 교수가 깊고 극적이며 떨리는 목소리로 말했다. "그래, 그자들은 세속에 눈이 흐려져, 내가 보는 것을 보지 못하고 내가 아는 것을 알지 못하는 사람들이란다……. 물론, 우리 예언자들은 항상 다른 이들의 두려움을 샀고 박해를 받아 왔지……. 그건, 아아…… 우리의 운명이야."

그녀는 침을 꿀꺽 삼키고 숄 끝으로 눈물 젖은 뺨을 훔치더니, 소매에서 수놓인 작은 손수건을 꺼내 피브스가 혀를 내밀고 메롱 할 때 내는 것과 비슷한 소리를 내면서 격하게 코를 풀었다.

론이 킬킬거렸다. 라벤더가 혐오스럽다는 듯 그를 노려보았다.

"교수님." 파르바티가 말했다. "교수님 말씀은…… 혹시 엄브리지 교수님이……?"

"그 여자 얘기는 꺼내지 말아라!" 트릴로니 교수가 울부짖으며 자리에서 벌떡 일어나는 바람에 구슬들이 짤랑거렸다. 그녀의 안경이 번뜩였다. "부디 하던 일이나 계속하려무나!"

그녀는 남은 수업 시간 동안 학생들 사이를 성큼성큼 돌아다녔다. 안경 뒤에서는 여전히 눈물이 줄줄 흘러나왔고, 이따금씩 숨죽인 목소리로 위협하듯 중얼대기도 했다.

"……차라리 떠나는 게 낫지……. 이런 모욕을 주다니…… 근신…… 두고 보자……. 어떻게 감히……."

"너랑 엄브리지한테 공통점이 있더라." 어둠의 마법 방어법 시간에 다시 만났을 때 해리가 헤르미온느에게 조용히 말했다. "엄브리지도 트릴로니를 교활한 사기꾼이라고 생각하는 게 분명해. 근신 처분을 내린 것 같던데."

그가 말을 하는데 엄브리지가 교실에 들어왔다. 검은색 벨벳 리본을 머리에 얹은 그녀는 한껏 의기양양한 표정을 짓고 있었다.

"안녕하세요, 여러분."

"안녕하세요, 엄브리지 교수님." 그들은 따분하게 구호를 외쳤다.

"마법 지팡이는 치워 주세요."

하지만 이번에는 그 말에 아무런 부산스러운 움직임도 일지 않았다. 굳이 마법 지팡이를 꺼내 둔 사람이 아무도 없었던 것이다.

"《방어 마법 이론》 34페이지를 펼쳐서 '마법 공격에 대한 비공격적 반응의 사례'라는 제목의 3장을 읽어 주세요. 말할 필요는……."

"없을 거예요." 해리, 론, 헤르미온느가 숨죽인 목소리로 동시에 말했다.

"퀴디치 훈련은 없어." 그날 밤 해리, 론, 헤르미온느가 저녁을 먹고 휴게실에 들어섰을 때 앤젤리나가 공허한 어조로 말했다.

"난 성질 죽이고 있었는데!" 해리가 깜짝 놀라 소리쳤다. "난 그 여자한테 아무 말도 안 했어, 앤젤리나. 맹세해. 나는……."

"알아, 알아." 앤젤리나가 비참한 어조로 말했다. "그냥 생각할 시간이 조금 필요하대."

"뭘 생각한다는 거야?" 론이 화를 냈다. "슬리데린은 허가해 줬는데 우린 왜 안 되냐고?"

하지만 해리는 엄브리지가 그리핀도르 퀴디치 팀을 없애겠다고 위협하며 그들의 목에 칼날을 겨누면서 얼마나 즐거워하고 있을지 충분히 상상할 수 있었다. 그녀가 너무 빨리 그 무기를 치우고 싶어 하지 않는 것도 금방 이해가 됐다.

헤르미온느가 말했다. "뭐, 밝은 면을 봐. 적어도 이젠 스네이프의 작문 숙제를 할 시간이 생겼잖아!"

"엄청 밝은 면이다. 그치?" 해리가 쏘아붙였고, 론은 어이가 없다는 듯 헤르미온느를 쏘아보았다. "퀴디치 훈련 대신 마법약 공부를 더 하게 됐네?"

해리는 의자에 몸을 푹 파묻고 마지못해 가방에서 마법약 작문 숙제를 꺼내 써 내려가기 시작했다. 집중하기가 꽤 힘들었다. 시리우스가 벽난로에 나타날 때까지 시간이 한참 남아 있다는 것은 알았지만 만일에 대비해 몇 분마다 한 번씩 불꽃을 힐끗 들여다보지 않고는 견딜 수 없었다. 휴게실은 엄청나게 소란스러웠다. 프레드와 조지가 마침내 꾀병 과자 세트 한 종류를 완성한 모양이었다. 그들이 돌아가면서 시범을 보일 때마다 아이들은 환호성과 함성을 질러 댔다.

먼저 프레드가 캐러멜의 오렌지색 부분 끝을 한입 깨물어 먹더니 앞에 놓인 양동이에 보란 듯이 구토를 했다. 이어 캐러멜의 보라색 부분을 억지로 삼키자 곧바로 구토가 멈췄다. 시범을 돕던 리 조던은 느긋한 태도로 틈틈이 마법을 걸어 토사물을 없애 버리고 있었다. 스네이프가 해리의 마법약에 줄곧 사용했던 바로 그 소멸 마법이었다.

구토하는 소리와 환호성, 프레드와 조지가 예약 주문을 받는 소리가 반복적으로 들려오자 해리는 강화 마법약의 올바른 제조법에 집중하기가 유독 힘들다는 것을 깨달았다. 헤르미온느도 도움이 되지 않았다. 프레드와 조지의 양동이에 토사물이 떨어지는 소리와 환호성 사이사이로 그녀가 못마땅한 듯 크게 콧방귀 뀌는 소리가 들려오면서 주의가 더욱 흐트러졌을 뿐이다.

"그럴 거면 그냥 가서 못 하게 하든가!" 해리가 벌써 네 번째로 그리핀 발톱 가루의 용량을 잘못 썼다가 박박 그으며 짜증스럽게 말했다.

"그럴 수 없어. 엄밀히 말해서 잘못을 저지르고 있는 건 아니니까." 헤르미온느가 이를 악물고 말했다. "자기들 스스로 더러운 걸 먹겠다고 선택할 권리는 있어. 어떤 식으로든 위험이 입증되지 않는 한 다른 멍청이들한테 저걸 사지 말라고 할 수 있는 규칙도 없고. 그런데 위험해 보이지가 않잖아."

그녀와 해리, 론은 조지가 양동이 안에다 발사하듯 구토를 하다가 캐러멜 나머지 반쪽을 삼키고 허리를 펴는 모습을 지켜보았다. 조지는 오래도록 갈채를 받으며 두 팔을 쫙 편 채 환하게 웃고 있었다.

"나 원, 프레드랑 조지가 왜 O.W.L.을 세 개씩밖에 못 받았는지 모르겠네." 해리는 프레드와 조지, 리가 열광하는 아이들에게서 금화를 거둬들이는 모습을 바라보며 말했다. "저렇게 뛰어난데."

"그야 실제로는 아무짝에도 쓸모가 없고 겉만 번드르르한 것들만 잘 아니까." 헤르미온느가 얕보듯 말했다.

"아무짝에도 쓸모가 없다고?" 론이 불편한 목소리로 말했다. "헤르미온느, 저 둘은 벌써 26갈레온을 벌어들였어."

위즐리 쌍둥이 주위에 몰려 있던 아이들은 한참이 지나서야 흩어졌다. 프레드, 리, 조지는 받은 돈을 헤아리느라 한참 앉아 있었다. 해리, 론, 헤르미온느가 마침내 휴게실을 독차지하게 된 건 자정이 한참 지나서였다. 오랜 시간이 흐르고 마침내 프레드가 헤르미온느의 눈총을 받으면서도 과시하듯 갈레온 상자를 짤랑거리며 남학생 기숙사로 들어갔다. 마법약 작문 숙제 진도를 거의 나가지 못하고 있던 해리는 그날 밤은 포기하기로 결정했다. 그가 책들을 치우는데 안락의자에 앉아 가볍게 졸고 있던 론이 입을 다문 채 끙끙거리다가 깨더니 게슴츠레한 눈으로 벽난로를 들여다보았다.

"시리우스!" 그가 말했다.

해리가 휙 돌아보았다. 시리우스의 헝클어진 검은 머리카락이 또다시 난롯불 속에 나타나 있었다.

"안녕." 그가 씩 웃으며 말했다.

"안녕하세요." 해리, 론, 헤르미온느가 합창했다. 셋 모두 벽난로 깔개 위에 무릎을 꿇고 앉았다. 크룩섕스가 큰 소리로 가르랑거리더니 난롯가로 다가갔다. 그 열기에도 시리우스에게 얼굴을 가까이 대려는 것이었다.

"잘 지내니?" 시리우스가 물었다.

"별로요." 해리가 말했다. 헤르미온느는 크룩섕스가 수염을 그슬리지 않도록 자기 쪽으로 끌어당겼다. "정부가 법령을 또 하나 억지로 통과시켰어요. 그것 때문에 퀴디치 팀도 없어질 판이고……."

"어둠의 마법 방어법 비밀 모임도?" 시리우스가 말했다.

짧은 침묵이 흘렀다.

"그건 어떻게 아셨어요?" 해리가 물었다.

"만나는 장소를 더 신중하게 골랐어야지." 시리우스가 더욱 활짝 웃으며 말했다. "호그스 헤드라니, 이런."

"뭐, 스리 브룸스틱스보다는 낫잖아요!" 헤르미온느가 변명하듯 말했다. "거기는 항상 사람들로 가득 차 있으니까……."

"엿듣기가 더 힘들겠지." 시리우스가 말했다. "아직 배울 게 많구나, 헤르미온느."

"누가 우리 말을 엿들었어요?" 해리가 물었다.

"물론 먼덩거스지." 시리우스가 말했다. 모두가 어리둥절한 표정을 짓자 그가 웃었다. "베일을 쓰고 있던 여자 마법사가 먼덩거스였어."

"그게 먼덩거스였다고요?" 해리가 충격을 받아 말했다. "호그스 헤드에서 뭘 하고 있었던 거예요?"

"뭘 하고 있었겠니?" 시리우스가 못 참겠다는 듯 말했다. "당연히 너를 지켜보고 있었지."

"아직도 저한테 미행이 붙어 있어요?" 해리가 화를 냈다.

"그래, 맞다." 시리우스가 말했다. "차라리 다행이지. 안 그러냐? 네가 주말에 처음으로 하려는 일이 불법으로 어둠의 마법 방어법 모임을 만드는 것이었다니."

하지만 시리우스는 화가 나거나 걱정하는 표정이 아니었다. 오히려 그는 자랑스럽다는 빛이 역력한 얼굴로 해리를 바라보고 있었다.

"덩이 왜 우리한테까지 모습을 숨기고 있었어요?" 론이 실망한 목소리로 물었다. "만나면 반가웠을 텐데."

"먼덩거스는 20년 전에 호그스 헤드 출입을 금지당했

어." 시리우스가 말했다. "그리고 그 술집 주인은 기억력이 아주 좋아. 스터지스가 체포되면서 무디의 여벌 투명 망토를 잃은 바람에 덩은 요즘 주로 여자 마법사로 변장하고 다닌다. 아무튼, 먼저, 론…… 너한테 네 어머니의 메시지를 전해 주기로 약속했다."

"아, 그래요?" 론이 걱정스러운 목소리로 말했다.

"네 어머니는 어떤 경우에도 네가 불법적인 비밀 모임에 참여해서는 안 된다고 하셨다. 틀림없이 퇴학당할 거고 앞날을 망칠 거라는구나. 너 자신을 지킬 방법을 배울 시간은 나중에 얼마든지 있을 거고, 지금 당장 그런 일을 걱정하기에 넌 너무 어리다고 하셨다. 그리고…… (시리우스의 눈이 다른 두 사람에게 돌아갔다) 해리와 헤르미온느에게도 이 모임을 더 진행하지 말라고 충고하셨어. 두 사람에게 이래라저래라 할 권한이 없다는 건 알지만, 부디 자신이 너희 두 사람에게 뭐가 가장 좋은지 마음속 깊이 생각하고 있다는 것만 기억해 달라고 하셨다. 몰리는 이 모든 얘기를 편지에 써서 보내려고 했어. 하지만 중간에서 누가 부엉이를 가로채기라도 하면 너희 모두 정말 곤란해질 테니까 그럴 수 없었지. 오늘 밤 당번이라서 직접 전할 수도 없었고."

"무슨 당번요?" 론이 재빨리 물었다.

"신경 쓰지 마라. 그냥 기사단 일이야." 시리우스가 말했다. "그래서 내가 메시지 전하는 일을 맡게 된 거다. 내가 말을 전부 전했다는 걸 어머니께 꼭 말씀드려라. 날 믿지 않으시는 것 같으니까."

다시 짧은 침묵이 이어졌다. 크룩섕스가 야옹거리며 시리우스의 머리를 앞발로 건드리려 했고 론은 벽난로 깔개에 난 구멍을 만지작거렸다.

"그럼 아저씨도 제가 방어법 모임에 참여하지 않길 바라세요?" 론이 마침내 웅얼거렸다.

"내가? 당연히 아니지!" 시리우스가 놀란 표정으로 말했다. "난 아주 훌륭한 계획이라고 생각한다!"

"정말요?" 해리가 말했다. 마음이 한결 가벼워졌다.

"당연하지!" 시리우스가 말했다. "넌 네 아버지랑 내가 얌전히 앉아서 엄브리지 같은 늙은 마귀할멈의 지시를 따랐을 거라고 생각하니?"

"하지만, 지난 학기에는 저한테 몸조심하고 위험을 무릅쓰지 말라고 하셨잖……."

"그땐 호그와트 안에 있는 누군가가 너를 죽이려 한다는 분명한 증거가 있었잖아, 해리!" 시리우스가 못 참겠다는 듯 내뱉었다. "이번엔 호그와트 바깥에 우리를 죽이고 싶어 하는 자가 있다는 것을 모두가 아니까, 스스로를 지키는 법을 제대로 배우는 건 아주 좋은 계획이라고 생각한다!"

"그러다 정말 퇴학당하면요?" 헤르미온느가 약간 난처한 얼굴로 물었다.

"헤르미온느, 이건 다 네 머릿속에서 나온 거잖아!" 해리가 그녀를 보며 말했다.

"나도 알아. 그냥 시리우스 생각이 궁금했어." 그녀가 어깨를 으쓱하며 말했다.

"뭐, 영문도 모르고 학교에 무탈하게 머물러 있는 것보다는 너희 자신을 지킬 수 있는 상태로 퇴학당하는 게 낫지." 시리우스가 말했다.

"맞아요, 맞아요." 해리와 론이 열정적으로 동조했다.

시리우스가 말했다. "그래서, 이 모임은 어떻게 조직하고 있니? 어디에서 모이지?"

"음, 지금 그게 좀 문제예요." 해리가 말했다. "어디에서 모여야 할지 모르겠어요."

"악쓰는 오두막은 어때?" 시리우스가 제안했다.

"와, 그거 괜찮은 생각이네요!" 론이 신이 나서 말했지만 헤르미온느는 미심쩍다는 소리를 냈다. 시리우스의 머리가 불길 속에서 돌아가면서 셋 모두 그녀를 바라보았다.

"음, 시리우스. 아저씨가 학교에 다니던 시절에는 악쓰는 오두막에 모인 사람이 겨우 네 명이었잖아요." 헤르미온느가 말했다. "다들 동물로 변신할 줄도 알았고요. 아마 필요할 때는 투명 망토 한 벌에 모두가 몸을 숨길 수도 있었을 거예요. 근데 우리는 스물여덟 명이에요. 애니마구스는 한 명도 없고요. 그러니까 투명 망토 같은 건 아예 소용이 없을 거예요. 투명 천막이면 모를까⋯⋯."

"맞는 말이구나." 시리우스가 살짝 의기소침해진 얼굴로 말했다. "뭐, 나는 너희가 분명 어딘가를 찾아낼 거라고 믿는다. 전에는 5층 커다란 거울 뒤에 상당히 넓은 비밀 통로가 있었어. 거기에는 저주를 연습할 만큼 큰 공간이 있을지도 모른다."

"프레드랑 조지가 그러는데 거기는 막혔대요." 해리가 고개를 저으며 말했다. "무너졌다고 했던가."

"아⋯⋯." 시리우스가 얼굴을 찌푸렸다. "뭐, 나도 좀 생각해 보고 다시⋯⋯."

그가 말을 멈췄다. 그의 얼굴이 갑자기 놀라서 딱딱하게 굳었다. 그는 고개를 옆으로 돌려 벽난로의 단단한 벽돌 벽을 바라보았다.

"시리우스?" 해리가 걱정스럽게 물었다.

하지만 그는 이미 사라지고 없었다. 해리는 입을 딱 벌린 채 잠시 불길을 바라보다가 고개를 돌려 론과 헤르미온느를 보았다.

"왜……?"

아직도 불길을 들여다보던 헤르미온느가 겁에 질려 숨을 헉 들이켜더니 벌떡 일어섰다.

불길 속에서 손 하나가 나타나 뭔가를 붙잡으려는 것처럼 더듬거렸다. 뭉툭하니 짧은 손가락에 흉측하고 촌스러운 반지들이 잔뜩 끼워져 있는 손이었다.

세 사람은 필사적으로 도망쳤다. 해리는 남학생 기숙사 문에 다다라 뒤를 돌아보았다. 엄브리지의 손이 여전히 불길 속에서 뭔가를 잡아채려는 듯 움직이고 있었다. 방금 전까지 시리우스의 머리카락이 있었던 곳을 정확히 알고 그것을 잡으려고 작정이라도 한 것처럼.

# 18장
# 덤블도어의 군대

"엄브리지가 네 편지를 읽고 있었던 거야, 해리. 그것 말고는 설명할 방법이 없어."

"엄브리지가 헤드위그를 공격한 걸까?" 그는 분노가 치밀어 오르는 것을 느끼며 말했다.

"난 거의 확실하다고 봐." 헤르미온느가 불길한 목소리로 말했다. "개구리 잘 봐, 도망친다."

해리는 책상 반대편으로 희망차게 뛰어가던 황소개구리를 마법 지팡이로 겨눴다. "*아씨오!*" 그러자 개구리는 침울하게 그의 손으로 다시 붕 날아왔다.

일반 마법은 언제나 몰래 수다를 떨기 가장 좋은 수업이었다. 보통 왔다 갔다 하거나 움직일 일이 너무 많아서 누가 엿들을 위험이 아주 적었다. 오늘은 교실 안이 꽥꽥 우는 황소개구리와 깍깍 우는 큰까마귀로 가득 차 있는 데다 덜커덕 소리를 내며 교실 창문을 두드려 대는 비까지 쏟아지고 있어, 시리우스가 하마터면 엄브리지에게 잡힐 뻔한 일에 대해 이야기하는 해리, 론, 헤르미온느의 소곤거림은 누구의 눈에도 띄지 않고 이어질 수 있었다.

"난 필치가 너한테 똥폭탄을 주문했다고 뭐라고 했을 때부터 뭔가 계속 의심스러웠어. 그런 멍청한 거짓말을 왜 하나 싶었거든." 헤르미온느가 속삭였다. "그야, 일단 네 편지를 읽으면 네가 똥폭탄을 주문하지 않았다는 게 금방 밝혀졌을 테니까. 네가 곤란해질 일도 전혀 없었을 테고. 좀 엉성한 장난 아냐? 하지만 그때 생각나더라. 그냥 네 편지를 읽을 구실이 필요했던 거라면? 만약 그렇다면, 엄브리지한테는 그게 완벽한 방법이었겠지. 필치한테 귀띔해서 지저분한 일은 다 시키고 편지를 몰수하게 한 다음, 나중에 필치한테서 편지를 빼내거나 보여 달라고 요구할 방법을 찾는 거야. 필치도 거부했을 것 같지는 않아. 필치가 언제 학생들의 권리를 옹호한 적이나 있니? 해리, 너 그러다 개구리 터뜨려 죽이겠어."

해리는 아래를 내려다보았다. 그가 너무 꽉 움켜쥐는 바람에 황소개구리의 눈이 튀어나오려 하고 있었다. 그는 재빨리 황소개구리를 다시 책상에 올려놓았다.

"어젯밤에는 무지무지 아슬아슬했어." 헤르미온느가 말했다. "엄브리지도 아슬아슬했다는 걸 아는지 궁금하네. 실렌시오."

헤르미온느의 침묵 마법에 걸린 황소개구리가 꽥꽥 울던 것을 뚝 그치고 원망하듯 그녀를 노려보았다.

"그 여자가 멍멍이를 잡았다면……."

해리가 그녀 대신 말을 맺었다.

"오늘 아침에 다시 아즈카반으로 끌려갔겠지." 그는 그다지 집중하지 않은 채 마법 지팡이를 휘둘렀다. 그의 황소개구리는 초록색 풍선처럼 부풀어 오르더니 높은 휘파람 소리를 냈다.

"실렌시오!" 헤르미온느가 자기 마법 지팡이로 해리의 개구리를 가리키며 다급히 외쳤다. 개구리는 눈앞에서 조용히 쭈그러들었다. "멍멍이도 다시는 그런 짓을 해선 안 돼. 근데 이 사실을 어떻게 알려 줘야 할지 모르겠네. 부엉이를 보낼 수도 없고."

"또 그런 위험을 무릅쓸 것 같지는 않은데." 론이 말했다. "멍멍이도 바보는 아니야. 하마터면 그 여자한테 잡힐 뻔했다는 걸 알 거라고. *실렌시오.*"

론 앞에 있던 커다랗고 못생긴 큰까마귀가 조롱하듯 깍깍 울었다.

"실렌시오. ***실렌시오!***"

큰까마귀는 더 시끄럽게 깍깍댔다.

"마법 지팡이 휘두르는 법이 잘못됐어." 헤르미온느가 론을 보며 나무라듯 말했다. "흔드는 게 아니야. 날카롭게 쿡 찔러야지."

"큰까마귀가 개구리보다 어려워서 그런 거야." 론이 퉁명스럽게 내뱉었다.

"좋아, 그럼 바꾸자." 헤르미온느가 론의 큰까마귀를 잡아 자신의 뚱뚱한 황소개구리와 바꿔 놓으며 말했다. "실렌시오!" 큰까마귀는 계속 날카로운 부리를 열었다 닫았다 했지만 소리는 나오지 않았다.

"아주 잘하는구나, 그레인저 양!" 플리트윅 교수의 높고 가느다란 목소리가 들려오는 바람에 해리, 론, 헤르미온느 모두 깜짝 놀랐다. "자, 이번에는 네가 하는 걸 보자, 위즐리 군."

"네? 아…… 아, 네." 론이 몹시 허둥지둥하며 말했다. "어…… 실렌시오!"

론은 너무 힘을 준 탓에 마법 지팡이로 황소개구리의 눈을 쿡 찌르고 말았다. 개구리는 귀청이 떨어지도록 꽥꽥 울더니 책상에서 폴짝 뛰어내렸다.

해리와 론이 침묵 마법 추가 연습 숙제를 받은 건 그리 놀라운 일이 아니었다.

밖에 폭우가 쏟아지는 탓에 학생들은 쉬는 시간 동안 교실 안에 머물 수 있었다. 그들은 2층의 시끄럽고 사람 많은 교실에 자리를 잡았다. 피브스가 교실 샹들리에 근처를 꿈꾸듯 둥둥 떠다니며 이따금씩 학생들의 뒤통수에 대고 잉크 총알을 날려 보내고 있었다. 그들이 자리에 앉자마자 앤젤리나가 수다 떠는 학생들을 힘겹게 헤치며 다가왔다.

"허가를 받았어!" 그녀가 말했다. "퀴디치 팀을 다시 결성해도 된대!"

"잘됐다!" 론과 해리가 동시에 소리쳤다.

"그러게." 앤젤리나가 활짝 웃으며 말했다. "내가 맥고나걸 교수님을 찾아갔거든. 근데 *아마* 맥고나걸 교수님이 덤블도어 교수님한테 말씀하신 것 같아. 어쨌든 엄브리지는 물러날 수밖에 없었어. 하! 그러니까 오늘 저녁 7시에 경기장으로 내려왔으면 해. 괜찮지? 그동안 훈련 못 한 걸 보충해야 하니까. 첫 경기까지 겨우 3주 남았다는 건 알지?"

그녀는 인파를 헤치며 그들에게서 멀어져 가다가 피브스가 쏜 잉크 총알을 가까스로 피했다. 총알은 대신 가까이에 있던 1학년생을 맞혔다. 이윽고 앤젤리나는 시야에서 사라졌다.

창밖을 내다보던 론의 미소가 살짝 흐려졌다. 창문은 이제 마구 두드려 대는 빗방울로 불투명해졌다.

"비가 그쳤으면 좋겠다. 넌 왜 그래, 헤르미온느?"

그녀도 창밖을 바라보고 있었지만, 정말로 그것을 보고 있는 것 같지는 않았다. 눈에는 초점이 없었고 얼굴은 찌푸려져 있었다.

"그냥 생각 중이야……." 그녀가 빗물에 씻겨 내린 창문을 향해 여전히 얼굴을 찡그린 채 말했다.

"시리…… 멍멍이 생각?" 해리가 물었다.

"아니…… 꼭 그런 건 아닌데……." 헤르미온느가 천천히 말했다. "그보다는…… 궁금해서……. 잘하고 있는 거겠지……? 혹시라도…… 그렇지?"

해리와 론이 서로 시선을 주고받았다.

"이야, 이제 의혹이 싹 가시네." 론이 말했다. "네가 제대로 설명해 주지 않으면 정말 짜증 났을 거야."

헤르미온느는 론이 그 자리에 있다는 걸 방금 깨달은 것처럼 그를 바라보았다.

"그냥 궁금해서." 그녀가 좀 더 힘주어 말했다. "우리가 옳은 일을 하고 있는 건지. 이 어둠의 마법 방어법 모임을 시작한 것 말이야."

"뭐?" 해리와 론이 동시에 소리쳤다.

"헤르미온느, 이건 애초에 네 생각이었잖아!" 론이 버럭 화를 내며 말했다.

"나도 알아." 헤르미온느가 양쪽 손가락을 꼬며 말했다. "하지만 멍멍이랑 이야기한 다음부터……."

"하지만 멍멍이는 대찬성이었잖아." 해리가 말했다.

"그래." 헤르미온느가 다시 창문을 바라보았다. "그래, 그래서 이게 어쩌면 별로 좋은 계획이 아닐지도 모른다는 생각을 하게 됐어……."

피브스가 장난감 총을 쥐고 엎드린 채 그들 위로 둥둥 떠 왔다. 셋 모두 자동적으로 가방을 들어 피브스가 지나갈 때까지 머리를 가렸다.

"제대로 짚고 넘어가자." 해리가 가방을 다시 바닥에 내려놓으며 화를 냈다. "시리우스가 우리와 생각이 같기 때문에 더 이상 그 일을 해서는 안 될 것 같다는 거야?"

헤르미온느는 긴장했다기보다는 절박한 표정이었다. 이

제 그녀는 자기 손을 응시하며 입을 열었다. "솔직히 해리
넌 시리우스의 판단력을 믿어?"

"응, 믿어!" 해리가 곧바로 답했다. "시리우스는 언제나
우리한테 훌륭한 조언을 해 줬어!"

잉크 총알이 그들을 휙 지나가 케이티 벨의 귀를 정통으
로 맞혔다. 헤르미온느는 케이티가 벌떡 일어나 피브스에
게 물건을 마구 던지기 시작하는 모습을 지켜보았다. 아주
조심스럽게 단어를 고르고 있는 듯 헤르미온느가 다시 입
을 열기까지 한참 시간이 흘렀다.

"너 혹시 그런 생각은 안 해 봤어? 시리우스가…… 뭐랄
까…… 무모해졌다고 말이야. 그리몰드가에 꼼짝 못 하고
갇힌 뒤로. 혹시 시리우스가…… 그러니까…… 우리를 통
해서 대리 만족을 느끼고 있다는 생각 안 들어?"

"무슨 뜻이야? '우리를 통해서 대리 만족을 느낀다'니?"
해리가 반문했다.

"내 말은…… 음, 시리우스라면 정부 사람 코앞에서 비밀
방어법 모임을 만들고 싶어 안달했을 거란 얘기야. 시리우
스는 지금 자기가 있는 자리에서 할 수 있는 일이 거의 없
기 때문에 정말 좌절해 있을 거야……. 그래서 우리를, 뭐
랄까…… 부추기고 싶어 하는지도 몰라."

론은 완전히 당혹스러운 표정이었다.

"시리우스 말이 맞네." 그가 말했다. "너 *진짜* 우리 엄마랑 똑같이 말하는구나."

헤르미온느는 입술을 깨물고 대답하지 않았다. 피브스가 케이티에게 휙 날아내리더니 그녀의 머리에다 잉크를 몽땅 쏟아부었다. 바로 그 순간 종이 울렸다.

그날은 시간이 지나도 날씨가 좀처럼 나아지지 않았다. 저녁 7시가 되자 해리와 론은 훈련을 하러 퀴디치 경기장에 갔다가 순식간에 온몸이 쫄딱 젖고 말았다. 발은 흠뻑 젖은 잔디밭에서 자꾸만 미끄러졌다. 짙은 잿빛 하늘에서는 천둥이 쳤다. 한숨 돌려 봐야 잠깐이라는 걸 알면서도, 따뜻하고 밝은 탈의실에 들어가는 것이 다행스럽게 느껴졌다. 프레드와 조지는 꾀병 과자 세트를 써서 비행 훈련을 빼먹을지 말지를 놓고 토론을 벌이고 있었다.

"……근데 분명 우리가 무슨 짓을 했는지 알 거야." 프레드가 입술을 한쪽만 움직여서 말했다. "내가 어제 앤젤리나한테 속 뒤집어지는 사탕을 팔겠다고 하지만 않았어도."

"'펄펄 열나는 퍼지'를 써 볼 수 있잖아." 조지가 중얼거렸다. "그건 아직 아무도 못 봤……."

"그게 효과가 있어?" 론이 기대에 차서 물었다. 비는 더욱 거세게 지붕을 두드렸고, 건물 주위로 바람이 울부짖고 있었다.

"있지, 그럼." 프레드가 말했다. "체온이 바로 올라갈 거야."

"하지만 고름으로 가득 찬 엄청난 물집이 생겨." 조지가 말했다. "그걸 없애는 방법을 아직 못 찾았어."

"물집 같은 거 안 보이는데." 론이 쌍둥이들을 바라보며 말했다.

"응, 뭐. 너한텐 안 보이겠지." 프레드가 음침한 목소리로 말했다. "평소에 드러내 놓고 다닐 수 있는 부위가 아니거든."

"하지만 빗자루에 앉을 땐 제대로 아픈……."

"좋아, 다들 잘 들어." 앤젤리나가 주장 대기실에서 나오며 큰 소리로 말했다. "이상적인 날씨가 아니라는 건 알지만, 이런 상황에서 슬리데린과 경기를 해야 할 가능성도 있으니까 이런 조건들에 어떻게 대처해야 할지 알아보는 것도 좋은 생각이야. 해리, 지난번 폭풍우 속에서 후플푸프랑 시합했을 때 말이야, 그때 비 때문에 안경에 김이 서리는 걸 막으려고 뭔가 하지 않았어?"

"헤르미온느가 했지." 해리가 말했다. 그가 마법 지팡이를 꺼내 안경을 두드리며 말했다. "임페르비우스!"

"우리 모두 저걸 해 보는 게 좋을 것 같아." 앤젤리나가 말했다. "비가 얼굴에 들이치는 것만 막을 수 있어도 시야 확보에 큰 도움이 될 거야. 다 같이 해 보자……. 임페르비우스! 좋아, 가자."

모두 로브 안주머니에 마법 지팡이를 집어넣고 빗자루를 어깨에 걸친 채 앤젤리나를 따라 탈의실을 나섰다.

그들은 점점 깊게 파이는 진흙을 철벅거리며 경기장 한가운데로 갔다. 임페르비우스 마법을 걸었는데도 여전히 눈앞이 잘 보이지 않았다. 빠른 속도로 어둠이 깔리고 있었다. 비의 장막이 경기장 전체를 휩쓸었다.

"좋아, 내가 호루라기를 불면 시작하는 거야." 앤젤리나가 소리쳤다.

해리는 사방으로 진흙을 흩뿌리며 땅을 박차고 위로 솟구쳤다. 바람에 떠밀린 탓에 경로를 살짝 벗어났다. 이런 날씨에서 어떻게 스니치를 볼 수 있을지 막막하기만 했다. 훈련할 때 쓰는 블러저를 보는 것조차 어려웠다. 훈련을 시작하고 1분이 지났을 때 그 블러저에 맞아 하마터면 빗자루에서 떨어질 뻔했던 것이다. 해리는 블러저를 피하느라

나무늘보식 붙잡고 돌기 기술을 써야 했다. 안타깝게도 앤
젤리나는 이 장면을 보지 못했다. 사실, 그녀는 아무것도
볼 수 없는 것 같았다. 그들 중 누구도 다른 사람들이 뭘 하
고 있는지 감조차 잡을 수 없었다. 바람이 심해지고 있었
다. 해리는 먼 거리에서도 쏴아 쏟아지는 비가 호수 표면을
두드리는 소리를 들을 수 있었다.

앤젤리나는 팀 선수들을 이 상태로 한 시간 가까이 붙잡
아 놓은 끝에 패배를 시인했다. 그녀는 쫄딱 젖은 채 불만
스러워하는 선수들을 이끌고 다시 탈의실로 들어가면서,
그 어떤 진정한 확신도 깃들지 않은 목소리로 이 훈련이
시간 낭비는 아니었다고 우겼다. 프레드와 조지는 유독 짜
증이 난 것처럼 보였다. 둘 다 다리를 벌린 채 어기적어기
적 걸으면서 한 번 움직일 때마다 움찔거렸다. 해리는 수
건으로 머리를 말리면서 그들이 나직이 불평하는 소리를
들었다.

"내 건 몇 개 터진 것 같아." 프레드가 공허한 목소리로
말했다.

"내 건 아니야." 조지가 움찔했다. "하지만 미친 듯이 욱
신거려……. 변한 게 있다면, 더 커진 것 같아."

"**아얏!**" 해리가 소리쳤다.

그는 수건으로 얼굴을 감쌌다. 통증 때문에 눈이 질끈 감겼다. 이마의 흉터가 다시 불타오르듯 아프기 시작했다. 지난 몇 주 동안 아팠던 것보다 훨씬 고통스러웠다.

"왜 그래?" 몇몇 목소리가 물었다.

해리는 수건 뒤에서 얼굴을 드러냈다. 안경을 쓰지 않았기에 탈의실이 흐릿하게 보였지만 모두의 얼굴이 자기 쪽으로 향해 있다는 것은 알 수 있었다.

"아무것도 아냐." 그가 중얼거렸다. "내가…… 실수로 눈을 찔러서. 그래서 그래."

그러면서도 그는 론에게 의미심장한 눈길을 던졌다. 다른 선수들은 망토로 몸을 감싼 채 모자를 귀까지 푹 눌러쓰고 줄지어 밖으로 나갔지만 두 사람은 뒤에 남았다.

"무슨 일이야?" 얼리샤가 문밖으로 사라지자마자 론이 물었다. "흉터 때문에 그래?"

해리가 고개를 끄덕였다.

"하지만……." 론은 겁에 질린 얼굴로 성큼성큼 창가로 걸어가 바깥에 내리는 비를 바라보았다. "그자가, 그자가 지금 우리 근처에 있을 리는 없잖아?"

"그렇지." 해리는 중얼거리면서 탈의실 의자에 주저앉아 이마를 문질렀다. "아마 몇 킬로미터는 떨어져 있을 거야.

흉터가 아픈 건…… 그자가…… 화가 났기 때문이야."

해리는 그런 말을 할 생각이 전혀 없었다. 그 단어들은 꼭 낯선 사람이 내뱉은 말처럼 들렸다. 그런데도 그 말이 사실이라는 것을 단번에 알 수 있었다. 어떻게 아는지는 몰랐지만 그는 알았다. 어디에 있는지, 뭘 하고 있는지는 몰라도 볼드모트는 머리끝까지 분노를 터뜨리고 있었다.

"그자를 봤어?" 론이 겁에 질린 얼굴로 물었다. "너…… 환영을 보거나 뭐 그런 거야?"

해리는 자기 발을 내려다보며 그저 가만히 앉아 있었다. 그는 정신과 기억을 고통의 여파에서 벗어나게 하려고 애쓰는 중이었다.

혼란스럽게 뒤얽힌 형체들, 울부짖는 듯한 목소리들…….

"그자는 어떤 일이 이루어지기를 바라는데, 그 일이 만족스러울 만큼 빨리 진행되지 않고 있어." 그가 말했다.

이번에도 그는 자기 입에서 나온 말을 듣고 놀랐지만, 그럼에도 그 말이 사실이라고 확신했다.

"근데…… 너는 그런 걸 어떻게 알아?" 론이 물었다.

해리는 고개를 젓고 손바닥으로 눈을 가린 채 지그시 눌렀다. 눈앞에서 작은 별들이 번쩍였다. 그는 론이 옆에 앉는 것을 느꼈고, 론이 자신을 바라보고 있음을 알았다.

"지난번에도 그랬던 걸까?" 론이 숨죽인 목소리로 말했다. "엄브리지 연구실에서 네 흉터가 아팠을 때 말이야. '그 사람'이 화가 나 있어서 아팠던 걸까?"

해리는 고개를 저었다.

"그럼 뭐야?"

해리는 그때의 자신을 떠올려 보았다. 그는 엄브리지의 얼굴을 들여다보고 있었고…… 흉터가 아프기 시작했고…… 가슴속에서 그 이상한 감정이 치솟았다……. 가슴이 두근대는 이상한 느낌…… 기분 좋은 느낌……. 물론 그때는 그것이 어떤 감정인지 알지 못했다. 그 자신은 무척 비참한 심정이었으니까…….

"지난번에는 그자가 기뻐했기 때문이었어." 그가 말했다. "정말 기뻐했어. 그자는…… 뭔가 좋은 일이 일어날 거라고 생각했어. 그리고 우리가 호그와트로 돌아오기 전날 밤에는……." 해리는 그리몰드가에 있을 때 론과 함께 쓰던 방에서 흉터가 아주 심하게 아팠던 순간을 돌이켜보았다. "화가 나 있었고……."

해리는 론을 돌아보았다. 론은 입을 쩍 벌린 채 그를 바라보고 있었다.

"야, 너 트릴로니 자리를 이어받아도 되겠다." 그가 경외감에 사로잡힌 목소리로 말했다.

"난 예언을 하는 게 아냐." 해리가 말했다.

"물론 아니지. 네가 하는 게 뭔지 알아?" 론이 두려우면서도 깊은 감명을 받은 목소리로 말했다. "해리, 넌 '그 사람'의 마음을 읽고 있는 거야!"

"그건 아냐." 해리가 고개를 저으며 말했다. "그렇다기보다…… 그자의 기분을 느끼고 있는 것 같아. 그냥 그자의 감정이 문득문득 느껴져. 지난번에 덤블도어 교수님이 이런 일이 일어날 거라고 했어. 볼드모트가 내 근처에 있거나 그자가 증오심을 느끼면 내가 그걸 알 수 있다고. 뭐, 이제는 그자가 기뻐할 때도 느끼게 됐네."

잠깐 침묵이 흘렀다. 비바람이 탈의실 건물을 세차게 때렸다.

"누군가한테 얘기해야 돼." 론이 말했다.

"저번에 시리우스한테 말했어."

"그럼 이번에도 얘기해!"

"못 하지!" 해리가 단호하게 말했다. "엄브리지가 부엉이랑 벽난로를 지켜보고 있잖아. 기억 안 나?"

"뭐 그럼, 덤블도어한테 얘기해."

"방금 말했잖아. 덤블도어 교수님은 이미 알아." 해리가 짧게 말하며 자리에서 일어나 벽걸이 못에서 망토를 집어 휙 둘렀다. "다시 말씀드리는 건 아무 의미도 없어."

론은 생각에 잠긴 채 해리를 바라보며 망토를 여몄다.

"덤블도어는 알고 싶어 할 거야." 그가 말했다.

해리는 어깨를 으쓱했다.

"가자…… 아직 침묵 마법 연습이 남아 있어."

그들은 진흙투성이 잔디밭에서 미끄러지고 비틀거리면서 말없이 어두운 교정을 빠르게 되짚어 갔다. 해리는 열심히 생각했다. 볼드모트가 이루어지길 바라는 일이 뭐지? 무슨 일이길래 빨리 진행되지 않는 거지?

'……다른 계획들도 있지. 아주 은밀하게 실행에 옮길 수 있는 계획들 말이야……. 오직 비밀스럽게만 손에 넣을 수 있는 것…… 무기 같은 것 말이다. 지난번에는 갖지 못했던 것.'

해리는 지난 몇 주 동안 그 말에 대해 생각해 본 적이 없었다. 호그와트에서 벌어지는 일에 정신을 빼앗긴 탓에, 엄브리지와 진행 중인 전투에 대해, 정부의 그 모든 부당한 간섭에 대해 생각하느라 너무 바빴기 때문에……. 하지만 이제 그 말이 떠오르자 다시 궁금해졌다……. 뭔지 모를 무기를 손에 넣는 일에 전혀 진전이 없다면 볼드모트가 분노하는 것도 이해가 됐다. 기사단이 그를 방해한 걸까? 그 무기를 손에 넣지 못하도록 막은 걸까? 그 무기는 어디에 보관되어 있을까? 지금 누가 가지고 있을까?

"밈뷸러스 밈블토니아." 론의 목소리가 들렸다. 해리는 그제야 정신을 차리고 초상화 구멍을 지나 휴게실로 들어갔다.

헤르미온느는 일찍 잠자리에 든 모양이었다. 크룩섕스는 근처 의자 위에서 몸을 둥글게 말고 있었고, 여기저기 울퉁불퉁 튀어나온 집요정 모자들이 벽난로 근처 탁자에 놓여 있었다. 헤르미온느가 없어서 오히려 다행이었다. 흉터가 아프다고 하면 헤르미온느도 덤블도어에게 가 보라고 재촉할 텐데 그런 얘기는 더 듣고 싶지 않았다. 론은 계속 불안한 눈길로 그를 바라봤지만 해리는 마법 책을 꺼내 작문 숙제를 마무리하기 시작했다. 물론 그저 집중하는 시늉만 하고 있긴 했지만. 론이 자기도 가서 자겠다고 말했을 때까지도 해리는 거의 한 줄도 쓰지 못했다.

양고추냉이와 러비지(미나리과 식물의 하나—옮긴이), 산톱풀의 쓰임새에 관한 문단을 읽고 또 읽었는데도 한 글자도 이해하지 못하는 동안 시간은 자정을 지나 계속 흘러갔다.

이 식물들은 뇌를 자극하는 데 매우 효과적이므로 혼란 및 정신착란 마법약에 많이 쓰인다. 상대를 욱하게 하거나 무모한 행동을 하게 만들고자 하는 마법사들은 이 물약을…….

……헤르미온느는 시리우스가 그리몰드가에 처박혀 있어 분별력을 잃어 간다고 말했다…….

……뇌를 자극하는 데 매우 효과적이므로…….

……해리가 볼드모트의 감정을 느낀다는 사실이 밝혀지면, 《예언자일보》는 그의 뇌가 자극받았다고 생각할 것이다…….

……혼란 및 정신착란 마법약에 많이 쓰인다…….

……그래, 혼란이라는 말이 딱 맞다. 그는 왜 볼드모트의 감정을 느끼는 걸까? 그들 사이의 이 이상한 연결은 뭘까? 덤블도어가 단 한 번도 만족스럽게 설명해 주지 못했던 이 연결은?

……상대를 욱하게 하거나…….

……어찌나 자고 싶은지…….

……만들고자 하는 마법사들은 이 물약을…….

……벽난로 앞 안락의자는 따뜻하고 편안했다. 비는 아직도 세차게 유리창을 두드려 댔고, 크룩생스는 가르랑거렸고, 불길은 타닥거렸다…….

헐거워진 해리의 손에서 책이 미끄러지더니 둔탁한 소리를 내면서 벽난로 깔개 위에 떨어졌다. 그의 머리가 옆으로 기울어졌다…….

그는 또다시 창문 없는 복도를 걷고 있었다. 발소리가 정적을 뚫고 울려 퍼졌다. 복도 끝에 있는 문이 점점 가까이 다가오자 흥분으로 심장이 빠르게 뛰었다. 저 문을 열 수만 있다면…… 그 안으로 들어갈 수만 있다면…….

그는 손을 뻗었다……. 손가락 끝이 문손잡이에서 겨우 몇 센티미터 떨어져 있었다…….

"해리 포터!"

그는 흠칫하며 깨어났다. 휴게실의 촛불들은 다 꺼진 뒤였지만 근처에서 뭔가가 움직이고 있었다.

"누, 누구야?" 해리가 의자에서 몸을 일으켜 앉으며 말했다. 난롯불도 거의 꺼져서 휴게실은 아주 어두웠다.

"도비가 해리 포터의 올빼미를 데리고 왔어요!" 꽥꽥거리는 목소리가 말했다.

"도비?" 해리는 목소리가 들려오는 어둠 속을 바라보며 잔뜩 잠긴 소리로 말했다.

헤르미온느가 뜨개질한 모자 대여섯 개를 놔둔 탁자 옆에 집요정 도비가 서 있었다. 그의 크고 뾰족한 귀는 헤르미온느가 지금껏 만든 모자 전부처럼 보이는 것 아래로 삐져나와 있었다. 모자를 겹겹이 쓰는 바람에 머리가 50센티에서 100센티미터는 더 길어진 것처럼 보였으며, 꼭대기의 털실 방울 위에는 헤드위그가 앉아 침착하게 부엉부엉 울고 있었다. 치료가 끝난 게 틀림없었다.

"도비가 해리 포터의 올빼미를 돌려주겠다고 자원했어요." 집요정이 새된 목소리로 말했다. 얼굴에는 존경심 가득한 표정이 떠올라 있었다. "그러블리플랭크 교수님께서 올빼미가 이제 다 나았다고 말씀하셨어요." 그는 연필 같은 코가 벽난로 깔개의 해진 표면에 닿도록 깊숙이 허리를 숙였다. 헤드위그는 화난 울음소리를 내더니 해리의 의자

팔걸이로 푸드덕 날아왔다.

"고마워, 도비!" 해리는 헤드위그의 머리를 쓰다듬으면서 그렇게 말하고, 눈을 힘주어 깜빡여 꿈속에서 본 문의 영상을 떨쳐 버리려고 애썼다. 정말 생생한 꿈이었다. 도비를 돌아본 그는 그 집요정이 스카프 여러 장을 두르고 셀수 없이 많은 양말을 신고 있다는 사실도 눈치챘다. 그 바람에 도비의 발은 몸에 비해 지나치게 커 보였다.

"어…… 헤르미온느가 내놓은 옷가지를 다 가져간 거야?"

"아아, 아녜요." 도비가 기분 좋은 듯 말했다. "윙키한테도 몇 개 가져다줬어요."

"그래, 윙키는 어때?" 해리가 물었다.

도비의 귀가 약간 처졌다.

"윙키는 아직도 술을 많이 마시고 있어요." 그가 서글프게 말했다. 테니스 공만 한 커다란 녹색 눈이 풀죽은 듯 보였다. "여전히 옷에는 관심이 없어요. 다른 집요정들도 그렇고요. 이제 아무도 그리핀도르 탑을 청소하지 않으려고 해요. 다들 사방에 모자와 양말이 숨겨져 있는 걸 모욕적으로 받아들이고 있어요. 도비가 혼자서 다 하고 있어요. 하지만 도비는 괜찮아요, 항상 해리 포터를 만날 거라는 기대를 품고 있으니까요. 그리고 오늘 밤에 그 소원이 이루어 졌어요!" 도비가 다시 깊숙이 허리를 숙였다. "하지만 해리 포터는 기뻐 보이지 않네요." 도비가 다시 허리를 펴고 조심스럽게 해리를 쳐다보며 말을 이었다. "도비는 해리 포터가 잠결에 중얼거리는 소리를 들었어요. 나쁜 꿈을 꾸셨나요?"

"그렇게 나쁜 꿈은 아니었어." 해리가 하품을 하고 눈을 비비며 말했다. "더 나쁜 꿈도 꿔 봤는걸."

집요정은 크고 동그란 눈으로 해리를 살피더니 귀가 처진 채 아주 진지한 목소리로 말했다. "도비는 해리 포터를 도울 수 있으면 좋겠어요, 해리 포터가 도비를 해방시켜 주어서 도비는 지금 아주아주 많이 행복하거든요."

해리가 미소를 머금었다.

"날 도울 수는 없어, 도비. 하지만 말만으로도 고마워."

그는 허리를 구부려 마법약 책을 집어 들었다. 작문 숙제는 내일 마무리할 생각이었다. 책을 덮는데 벽난로에서 흘러나온 빛이, 엄브리지의 방과 후 징계가 손등에 남긴 가늘고 하얀 흉터를 비췄다.

"잠깐만. 네가 날 위해 해 줄 수 있는 일이 있어, 도비." 해리가 천천히 말했다.

집요정이 활짝 웃으며 그를 돌아보았다.

"말씀만 하세요, 해리 포터!"

"스물여덟 명이 어떤 교수에게도 들키지 않고 어둠의 마법 방어법을 연습할 수 있는 공간을 찾아야 돼. 특히……." 해리가 책 위에 놓인 손을 꽉 쥐자 흉터가 진주처럼 하얗게 빛났다. "엄브리지 교수한테."

그는 집요정의 얼굴에서 미소가 사라지고 귀가 처질 거라고 예상했다. 그런 일은 불가능하다거나, 찾아보긴 하겠지만 가능성이 높지는 않다고 말할 거라고. 하지만 예상과 달리 도비는 살짝 뛰어오르며 명랑하게 귀를 흔들더니 양손을 짝 마주쳤다.

"도비가 완벽한 장소를 알고 있어요!" 그가 기뻐서 어쩔 줄 몰라 하며 말했다. "호그와트에 왔을 때 다른 집요정들한테서 그 얘기를 들었거든요. 저희 사이에서는 왔다 가는 방으로 알려져 있어요. 또는 필요의 방이라고 부르기도 해요!"

"왜 그렇게 부르는 거야?" 해리가 호기심 어린 목소리로 물었다.

"왜냐하면 그 방에 들어갈 수 있는 건" 하고, 도비가 진지하게 말했다. "그 방이 정말로 필요할 때뿐이거든요. 그 방은 있을 때도 있고 없을 때도 있지만, 일단 나타나면 그 방

을 찾는 사람이 필요로 하는 것을 항상 갖추고 있어요. 도
비도 그 방을 써 봤어요." 집요정이 목소리를 낮추고 죄책
감 어린 표정을 지으며 말했다. "윙키가 아주 많이 취했을
때요. 도비는 윙키를 필요의 방에 숨겨 놨고 거기서 버터맥
주 해독제를 발견했어요. 윙키가 술이 깰 때까지 누워 잘
수 있는 집요정 크기의 멋진 침대도 있었고요. 또 도비는
필치 씨가 청소 용품들이 부족하면 거기에서 여분을 찾곤
했다는 것도 알고 있어요. 또……."

해리는 갑자기 덤블도어가 작년 크리스마스 무도회에서
했던 말을 떠올리고 물었다. "화장실이 정말 급할 땐 그 방
이 저절로 변기들로 가득 차겠지?"

"도비는 그럴 거라고 생각해요." 도비가 진지하게 고개
를 끄덕이며 말했다. "거긴 정말정말 놀라운 방이에요."

"그 방을 아는 사람이 얼마나 돼?" 해리가 의자에서 허리
를 더 곧게 펴면서 말했다.

"아주 적어요. 사람들은 필요한 순간에 우연히 그 방을
마주치지만 보통은 다시 찾지 못해요. 왜냐하면 그 방이 항
상 그 자리에서, 누가 사용해 주기를 기다리고 있다는 걸
모르거든요."

"근사하게 들리는데." 해리가 말했다. 심장이 두방망이

질 쳤다. "완벽한 장소인 것 같아, 도비. 거긴 언제 보여 줄 수 있어?"

"언제든지요, 해리 포터." 해리의 열광적인 반응에 기분이 좋은 듯 도비가 말했다. "원하시면 지금 갈 수도 있어요!"

순간 해리는 도비와 같이 가고 싶은 유혹을 느꼈다. 그는 서둘러 위층으로 올라가 투명 망토를 가져올 생각에 몸을 반쯤 일으켰다. 그때, 또다시, 헤르미온느의 것과 아주 비슷한 목소리가 귓가에 속삭였다. 무모해. 어쨌거나 지금은 아주 늦은 시간이었고 그는 기진맥진한 상태였다.

"오늘 밤엔 안 되겠다, 도비." 해리가 의자에 다시 주저앉으며 마지못해 말했다. "이건 정말 중요한 일이거든……. 망치고 싶지 않아. 제대로 계획을 세워야 해. 저기, 이 필요의 방이 정확히 어디 있는지, 어떻게 들어가는지만 얘기해 줄래?"

그들은 홍수가 난 채소밭 한가운데를 철벅거리며 약초학 연강을 들으러 갔다. 로브가 바람에 부풀어 올라 그들의 몸을 휘감았다. 약초학 수업에서는 우박이 떨어지듯 온실 지붕을 두들기는 빗소리 때문에 스프라우트 교수가 하는 말을 거의 알아들을 수가 없었다. 오후의 마법 생명체 돌보기 수업은 폭풍우가 몰아치는 교정이 아닌 1층의 빈 교실로 옮겨졌고, 아주 다행스럽게도 앤젤리나가 점심시간에 팀 선수들을 찾아와 퀴디치 훈련이 취소되었다고 말해 주었다.

"잘됐다." 그녀의 말에 해리가 조용히 답했다. "첫 번째 어둠의 마법 방어법 모임을 가질 만한 곳을 찾아냈어. 오늘 밤 8시, 8층 '바보 같은 바너버스'가 트롤들한테 두들겨 맞는 태피스트리 맞은편이야. 케이티랑 얼리샤한테도 전해 줄래?"

앤젤리나는 살짝 놀란 것처럼 보였지만 다른 사람들에게도 말해 주겠다고 약속했다. 해리는 배가 고파서 소시지와 으깬 감자로 눈을 돌렸다. 호박 주스를 마시려고 고개를 드니 헤르미온느가 그를 바라보고 있었다.

"왜?" 그가 음식을 가득 물고 말했다.

"음…… 그냥, 도비의 계획이 꼭 안전한 건 아니니까. 도비 때문에 네 팔뼈가 전부 없어졌던 건 기억하지?"

"그 방은 단순히 도비가 꾸며 낸 헛소리가 아니야. 덤블도어 교수님도 그곳을 알아. 크리스마스 무도회 때 얘기하신 적 있어."

헤르미온느의 표정이 밝아졌다.

"덤블도어 교수님이 너한테 직접 얘기하셨다고?"

"그냥 지나가면서." 해리는 어깨를 으쓱했다.

"아 뭐, 그럼 괜찮겠네." 헤르미온느는 활기차게 말하더니 그 이상 이의를 제기하지 않았다.

그들은 론과 함께 호그스 헤드에서 명단에 서명한 사람들을 찾아가 그날 저녁에 만날 장소를 말해 주느라 대부분의 시간을 보냈다. 해리에게는 조금 실망스럽게도 초 챙과 그녀의 친구를 가장 먼저 찾아낸 사람은 지니였다. 어쨌든 저녁 식사를 마칠 때쯤에는 이 소식이 호그스 헤드에 모였던 스물다섯 명 전원에게 전달됐다는 사실을 확실히 알 수 있었다.

해리, 론, 헤르미온느는 7시 30분에 그리핀도르 휴게실을 나섰다. 해리는 손에 웬 낡은 양피지를 쥐고 있었다. 5학년들은 9시까지 복도를 돌아다니는 것이 허용됐지만, 세 사람 모두 8층으로 올라가는 내내 초조하게 주위를 둘러보았다.

"잠깐 이것 좀 들고 있어 봐." 해리가 마지막 계단 꼭대기에서 경고하듯 말하고 양피지를 펼치더니 마법 지팡이로 양피지를 톡톡 두드리며 중얼거렸다. "나는 못된 짓을 꾸미고 있음을 엄숙히 맹세합니다."

텅 빈 양피지 위에 호그와트 지도가 나타났다. 이름이 붙

은 채 움직이는 작디작은 검은색 점들이 다양한 사람들이
있는 장소를 보여 주었다.

"필치는 3층에 있어." 해리가 지도를 눈 가까이 들고 말
했다. "노리스 부인은 5층에 있고."

"엄브리지는?" 헤르미온느가 불안한 듯 물었다.

"자기 연구실에." 해리가 손가락으로 짚으며 말했다. "좋
아, 가자."

그들은 도비가 해리에게 설명해 준 장소를 향해 서둘러
복도를 나아갔다. 그곳은 트롤들에게 발레를 가르치려는
바보 같은 바너버스의 어리석은 시도를 그린 거대한 태피
스트리 맞은편, 쭉 뻗어 있는 텅 빈 벽이었다.

"좋아." 해리가 조용히 말했다. 좀먹은 태피스트리 속 트
롤이 발레를 가르치려는 바너버스를 무자비하게 두들겨
패다가 잠깐 멈추고 그들을 돌아보았다. "도비는 이 벽 앞
을 세 번 지나가면서 우리에게 필요한 것에 열심히 집중하
라고 했어."

그들은 그 말대로 했다. 텅 빈 벽 저쪽에 있는 창문까지
갔다가 몸을 휙 틀어 반대편의 사람 키만 한 꽃병에서 다시
방향을 틀었다. 론은 집중하느라 눈을 찌푸렸고, 헤르미온
느는 숨죽인 채 끊임없이 뭔가 속삭였다. 해리는 앞을 보는

내내 주먹을 꽉 움켜쥐고 있었다.

'우리는 싸우는 법을 배울 장소가 필요해…….' 그가 생각했다. '연습할 공간만 줘……. 사람들이 우리를 찾지 못하는 곳…….'

"해리!" 세 번째로 지나간 직후 몸을 돌렸을 때 헤르미온느가 날카롭게 외쳤다.

벽에 눈부시게 반들거리는 문 하나가 나타나 있었다. 론은 살짝 경계하는 표정으로 그 문을 바라보았다. 해리는 손을 뻗어 놋쇠 손잡이를 잡고 힘껏 당겼다. 그러고는 여덟 층 아래 지하 감옥처럼 깜빡이며 타오르는 횃불들로 밝혀진 넓은 방으로 앞장서서 들어갔다.

나무 책꽂이들이 벽을 따라 둘러서 있고 바닥에는 의자 대신 커다란 비단 방석이 놓여 있었다. 방 저쪽 끝에 있는 여러 개의 선반에는 스니코스코프, 거짓말 감지기, 지난 학년 가짜 무디의 연구실에 걸려 있었던 게 분명한 금이 가 있는 커다란 적 탐지경 등 다양한 기구가 놓여 있었다.

"기절 마법 연습할 때 좋겠다." 론이 발로 방석 하나를 쿡쿡 찌르며 신이 나서 말했다.

"그리고 이 책들 좀 봐!" 헤르미온느가 가죽 장정의 두꺼운 책들의 등을 손가락으로 쓸면서 흥분했다. "《보편적 저

주와 그 반격법》…… 《어둠의 마법 뒤통수치기》…… 《자기
방어를 위한 주문》…… 우아…….” 그녀가 환해진 얼굴로
해리를 돌아보았다. 해리는 이 수백 권의 책이 마침내 헤르
미온느에게 자신들이 옳은 일을 하고 있다는 확신을 주었
음을 알았다. “해리, 정말 멋지다. 우리한테 필요한 게 여
기 다 있어!”

　그녀는 책꽂이에서 지체 없이 《저주당한 사람들을 위한
저주 마법》을 꺼내더니 가장 가까운 방석에 주저앉아 읽기
시작했다.

　조용히 문 두드리는 소리가 들렸다. 해리는 뒤돌아보았
다. 지니, 네빌, 라벤더와 파르바티, 딘이 도착해 있었다.

　“우아.” 딘이 감동한 듯 주위를 둘러보며 말했다. “여긴
뭐야?”

　해리는 설명을 시작했지만, 말을 마치기도 전에 더 많은
사람들이 도착하는 바람에 처음부터 다시 시작해야 했다.
8시가 되었을 때쯤에는 방석이 다 찼다. 해리는 문으로 걸
어가서 자물쇠에 꽂혀 있는 열쇠를 돌렸다. 그러자 만족스
러울 만큼 크게 딸깍 소리가 났다. 모두가 입을 다물고 그
를 바라보았다. 헤르미온느는 읽던 곳을 조심스럽게 표시
한 다음 《저주당한 사람들을 위한 저주 마법》을 옆으로 치

웠다.

"음." 해리가 약간 긴장한 목소리로 입을 열었다. "여긴 우리가 연습하기 위해서 찾아낸 장소야. 그리고 다들……어…… 확실히 괜찮다고 생각하는 것 같네."

"환상적이야!" 초가 말하자, 몇몇 사람이 동의한다는 뜻으로 웅성거렸다.

"이상하네." 프레드가 주위를 둘러보며 얼굴을 찌푸렸다. "필치를 피해서 여기 숨은 적이 있어. 기억나지, 조지? 하지만 그땐 그냥 빗자루 창고였는데."

"어이, 해리. 이건 뭐야?" 딘이 뒤쪽에서 스니코스코프와 적 탐지경을 가리키며 물었다.

"어둠의 마법 탐지기들이야." 해리가 방석들 사이로 그 물건들 가까이 다가가며 말했다. "이 물건들은 기본적으로 근처에 나타난 어둠의 마법사들이나 적들을 보여 주지만, 별로 믿음직스럽지는 않아. 속을 수도 있거든……."

그는 잠시 금이 간 적 탐지경을 들여다보았다. 그 안에서 그림자 같은 형상들이 움직이고 있었지만 전혀 알아볼 수 없었다. 그는 적 탐지경에서 몸을 돌렸다.

"음, 처음에 뭘 해야 할지 생각해 봤는데…… 어……." 그는 누가 손을 들고 있는 것을 보았다. "왜, 헤르미온느?"

"내 생각엔 리더를 뽑아야 될 것 같아." 헤르미온느가 말했다.

"해리가 리더잖아." 초가 어이없다는 듯 헤르미온느를 보면서 대번에 말했다.

해리의 가슴이 또다시 두근거렸다.

"그래, 하지만 제대로 투표해야 한다고 생각해." 헤르미온느가 꿋꿋이 말을 이었다. "그래야 공식적인 게 되고, 해리한테 권위도 생기잖아. 그럼…… 해리가 리더가 되어야 한다고 생각하는 사람?"

모두가 손을 들었다. 매우 꺼림칙한 표정이긴 했지만 재커라이어스 스미스도 손을 들었다.

"어…… 그래, 고마워." 얼굴이 뜨겁게 달아오르는 것을 느끼며 해리가 말했다. "그리고…… 또 왜, 헤르미온느?"

"모임 이름도 있어야 할 것 같아." 그녀가 여전히 손을 든 채 밝은 목소리로 말했다. "그러면 연대 의식과 단결력을 고취할 수 있잖아. 안 그래?"

"반엄브리지 연맹은 어때?" 앤젤리나가 기대에 차서 말했다.

"아니면 '마법 정부는 머저리' 모임이라든지?" 프레드가 제안했다.

"내 생각에는" 하고, 헤르미온느가 프레드를 향해 얼굴을 찌푸리며 입을 열었다. "우리가 뭘 하는지 드러나지 않는 이름이 더 좋을 것 같아. 그래야 모임 밖에서도 안전하게 이야기할 수 있지."

"방어법 연맹(Defence Association)?" 초가 말했다. "줄여서 D.A.라고 부르면 아무도 우리가 무슨 얘기를 하는지 모르겠지?"

"그래, D.A. 좋다." 지니가 말했다. "근데 뜻은 '덤블도어의 군대(Dumbledore's Army)'로 하자. 그게 정부가 가장 두려워하는 거잖아?"

이 말에 다들 감탄하며 웅성거리고 웃음을 터뜨렸다.

"다들 D.A.가 마음에 들어?" 헤르미온느가 사회자라도 된 것처럼 말하며, 방석 위에 무릎을 대고 몸을 일으켜 수를 헤아렸다. "과반수네……. 통과!"

그녀는 모두의 서명이 적힌 양피지를 벽에 핀으로 고정하고 맨 위에다 큼직하게 써넣었다.

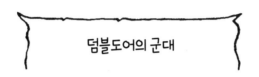

덤블도어의 군대

"좋아." 그녀가 다시 앉자 해리가 말했다. "그럼 연습을 시작할까? 내 생각에, 우리가 제일 처음 연습해야 할 마법은 '엑스펠리아르무스'야. 너희도 아는 무장해제 마법 말이야. 아주 기초적인 마법이라는 건 나도 아는데, 이게 진짜 쓸모 있었……."

"아, *제발*." 재커라이어스 스미스가 눈을 굴리고 팔짱을 끼면서 말했다. "엑스펠리아르무스가 '그 사람'을 상대로 딱히 도움이 되진 않을 것 같은데?"

"내가 그자한테 써 봤어." 해리가 조용히 말했다. "그 덕분에 지난 6월에 목숨을 건졌지."

재커라이어스는 멍청하게 입을 딱 벌렸다. 다른 아이들은 아주 조용했다.

"하지만 네 수준에 안 맞는다고 생각하면 가도 좋아." 해리가 말했다.

재커라이어스는 꼼짝하지 않았다. 모두 마찬가지였다.

"좋아." 해리가 말했다. 모두의 눈길이 자신에게 쏠려 있어서 평소보다 입이 약간 더 말랐다. "모두 둘씩 짝을 지어서 연습해 보자."

지시를 내리고 있자니 기분이 아주 이상했지만, 다른 아이들이 그 지시를 따르는 걸 보는 기분에 비할 수는 없었다. 모두가 곧바로 자리에서 일어나 둘씩 짝을 지었다. 역시나 네빌은 짝 없이 혼자 남겨졌다.

"넌 나랑 연습하면 돼." 해리가 그에게 말했다. "좋아. 그럼 셋 하면 시작하자. 하나, 둘, 셋……."

방은 갑자기 엑스펠리아르무스를 외치는 소리로 가득 찼다. 마법 지팡이들이 사방으로 날아갔다. 빗나간 주문들이 책꽂이를 맞히며 책들을 공중으로 날려 보냈다. 네빌이 상대하기에 해리는 너무 빨랐다. 네빌의 마법 지팡이는 그의 손을 빠져나가 빙글빙글 돌더니 불꽃을 내뿜으면서 천장에 부딪쳤다가 달그락 소리와 함께 책꽂이 위에 떨어졌다. 해리는 소환 마법을 써서 마법 지팡이를 불러왔다. 주위를 힐끗 둘러본 그는 기초부터 연습하자고 제안하길 잘했다는 생각이 들었다. 사방에서 어설픈 마법이 펼쳐지고 있었던 것이다. 아예 상대방을 무장해제시키지 못한 사람도 많았다. 아주 약한 주문이 휙 하고 상대에게 날아가긴 했지만, 상대는 그저 뒤로 몇 걸음 펄쩍 뛰거나 움찔거렸을 뿐이었다.

"엑스펠리아르무스!" 네빌이 외쳤다. 방심한 해리의 손에서 마법 지팡이가 날아갔다.

"**해냈어!**" 네빌이 신이 나서 외쳤다. "한 번도 성공한 적 없었는데…… **내가 해냈어!**"

"잘했어!" 해리는 격려하는 말로 그의 용기를 북돋아 주었다. 실제 결투 상황에서 네빌의 상대가 마법 지팡이를 느슨하게 늘어뜨린 채 반대 방향을 바라보고 있을 가능성은 거의 없다는 사실은 지적하지 않기로 했다. "저기, 네빌. 잠깐만 론, 헤르미온느랑 번갈아 가면서 연습하면 안 될까? 돌아다니면서 다른 애들이 어떻게 하고 있는지 좀 봐야 할 것 같아."

해리는 방 한복판으로 향했다. 재커라이어스 스미스에게 아주 이상한 일이 벌어지고 있었다. 앤서니 골드스틴은 아무 소리도 내지 않는 것 같은데, 재커라이어스가 그를 무장 해제시키려고 입을 열 때마다 그의 손에서 마법 지팡이가 날아갔던 것이다. 해리는 멀지 않은 곳에서 그 수수께끼의 답을 찾을 수 있었다. 프레드와 조지가 재커라이어스에게서 1미터쯤 떨어진 곳에서 번갈아 가며 그의 등에 마법 지팡이를 겨누고 있었던 것이다.

"미안, 해리." 해리와 눈이 마주치자 조지가 재빨리 말했다. "참을 수가 없었어."

해리는 주문을 거는 아이들 사이를 걸어 다니며 잘못된 점을 바로잡아 주려고 애썼다. 지니는 마이클 코너와 짝을 이루고 있었다. 지니의 솜씨는 훌륭했지만, 마이클은 실력이 아주 형편없거나 그녀에게 저주를 걸 의지가 없는 것처럼 보였다. 어니 맥밀런은 마법 지팡이를 불필요하게 휘둘러 대서 상대에게 파고들 틈을 주었다. 크리비 형제는 열정이 넘쳤지만 실수 또한 넘쳤다. 그들이 바로 주변 책꽂이에서 책들이 다 날아가게 만든 장본인이었다. 루나 러브굿도 마찬가지로 실력이 들쭉날쭉해서, 가끔은 저스틴 핀치플레츨리의 마법 지팡이가 그의 손에서 빙글빙글 날아가게 만들기도 했지만 대부분의 경우는 그저 그의 머리카락만 꼿꼿이 서게 만들었다.

"좋아, 그만!" 해리가 소리쳤다. "*그만! 그만!*"

'호루라기가 있어야겠는데'라고 생각하자마자 옆에 늘어선 책들 위에 놓여 있는 호루라기가 눈에 들어왔다. 해리는 그것을 집어 들고 힘차게 불었다. 모두가 마법 지팡이를 내렸다.

"나쁘지 않았어." 해리가 말했다. "하지만 개선해야 할 점이 분명히 있어." 재커라이어스 스미스가 그를 노려보았다. "다시 해 보자."

그는 다시 아이들 사이를 돌아다니며 여기저기 멈춰 서서 조언을 해 주었다. 전반적으로 실력이 조금씩 향상되었다. 해리는 잠깐 동안 초와 그녀의 친구 곁에 가지 않으려 했지만, 방 안의 다른 아이들을 모두 두 번씩 돌아본 다음에는 더 이상 그들을 못 본 척할 수 없을 것 같았다.

"앗, 안 돼." 그가 다가가자 초가 조금 긴장해서 말했다. "엑스펠리아르미우스! 아니, 엑스펠리멜리우스! 난…… 아, 미안해, 매리에타!"

곱슬머리 친구의 소매에 불이 붙었다. 매리에타는 마법 지팡이로 불을 끄더니, 그것이 해리의 잘못이라는 양 그를 쏘아보았다.

"너 때문에 긴장했잖아. 아까까지는 제대로 하고 있었는데!" 초가 안타깝다는 듯 해리에게 말했다.

"꽤 괜찮았어." 해리는 거짓말을 했지만 그녀가 눈썹을 치켜들자 다시 말했다. "음, 그래, 방금 건 형편없었지만 네가 제대로 할 수 있다는 건 알아. 저기서 지켜보고 있었거든."

그녀가 웃었다. 친구 매리에타가 상당히 눈꼴시다는 듯 그들을 흘겨보더니 돌아섰다.

"쟤는 신경 쓰지 마." 초가 작은 목소리로 말했다. "별로 오고 싶어 하지 않았는데 내가 억지로 데리고 왔어. 쟤네 부모님이 엄브리지의 기분을 거스를 만한 짓은 아무것도 못하게 하셔서. 그게…… 쟤네 엄마는 정부에서 일하시거든."

"너희 부모님은?" 해리가 물었다.

"음, 우리 부모님도 내가 엄브리지의 반대편에 서는 걸 반대하시지." 초가 자랑스러운 듯 똑바로 서서 말했다. "하지만 내가 '그 사람'과 맞서 싸우지 않을 거라고 생각하신다면 그건 잘못된 생각이야. 세드릭한테 그런 일이 일어났는……."

그녀는 무척 혼란스러운 표정으로 말을 끊었다. 둘 사이에 어색한 침묵이 흘렀다. 그때, 테리 부트의 마법 지팡이가 해리의 귀를 휙 스치고 얼리샤 스피넛의 코를 세게 맞혔다.

"있잖아, 우리 아빠는 반정부 운동이라면 무엇이든 열렬히 지지하셔!" 루나 러브굿이 해리 바로 뒤에서 자랑스럽게 말했다. 저스틴 핀치플레츨리가 머리 위까지 말려 올라간 로브를 비집고 나오려 애쓰는 사이 그들의 대화를 엿들은 게 틀림없었다. "퍼지에 관한 얘기는 다 믿는다고 항상 말씀하셨어! 뭐랄까, 퍼지가 암살한 고블린 숫자 같은 것 말이야! 퍼지는 물론 미스터리부를 이용해서 끔찍한 독약을 개발하고 있기도 해. 누구든 자기 의견에 반대하는 사람에게 그걸 몰래 먹이려고. 게다가 그자의 엄거뷸라 슬래시

킬터도……."

"물을 거 없어." 초가 어리둥절한 표정으로 입을 열려고 하자 해리가 속삭였다. 그녀가 키득거렸다.

"저기, 해리." 헤르미온느가 방 맞은편에서 소리쳤다. "시간 확인했어?"

손목시계를 내려다본 그는 벌써 9시 10분이 지났다는 것을 알고 깜짝 놀랐다. 그 말은 지금 당장 휴게실로 돌아가거나, 통금 시간을 어겼다는 이유로 필치에게 붙잡혀 벌을 받을 위험을 감수해야 한다는 뜻이었다. 그는 호루라기를 불었다. 모두 "엑스펠리아르무스!"라고 외치던 것을 멈췄다. 마지막 마법 지팡이 두어 개가 달그락 소리를 내며 바닥에 떨어졌다.

"음, 아주 좋았어." 해리가 말했다. "하지만 시간이 많이 지났으니까 이만하는 게 좋겠다. 다음 주에도 같은 시간, 같은 장소에서 만날까?"

"더 일찍 만나자!" 딘 토머스가 기대감에 차서 말하자 많은 아이들이 동의의 뜻으로 고개를 끄덕였다.

하지만 앤젤리나가 재빨리 말했다. "곧 퀴디치 시즌이 시작되는데 팀 훈련도 해야지!"

"그럼 다음 주 수요일 밤으로 하자." 해리가 말했다. "더

모일지는 그때 결정하면 될 거야. 자, 이제 돌아가는 게 좋겠어."

그는 다시 도둑 지도를 꺼내 8층에 교수들이 있는지 조심스럽게 살폈다. 그는 모두 삼삼오오 짝을 지어 나가게 한 다음, 작은 점들이 무사히 각자의 기숙사로 돌아가는지 불안한 마음으로 지켜보았다. 후플푸프 학생들은 주방으로도 이어지는 지하 복도로, 래번클로 학생들은 성 서쪽 탑으로, 그리핀도르 학생들은 복도를 따라 뚱뚱한 귀부인 초상화로 향했다.

"정말정말 좋았어, 해리." 마침내 자신과 해리, 론만 남자 헤르미온느가 말했다.

"그래, 진짜야!" 론이 열광하면서 말했다. 문을 슬쩍 빠져나온 그들은 문이 스르르 사라져 돌벽으로 변하는 광경을 지켜보았다. "내가 헤르미온느 무장해제시키는 거 봤냐, 해리?"

"겨우 한 번이잖아." 헤르미온느가 기분 상한 듯 말했다. "네가 날 맞힌 것보다 내가 널 훨씬 많이……."

"겨우 한 번은 아니었어. 적어도 세 번은……."

"뭐, 네가 자기 발에 걸려 넘어지면서 내 손에서 마법 지팡이를 쳐서 떨어뜨린 것도 친다면……."

그들은 휴게실로 돌아가는 내내 말다툼을 했지만 해리는 듣고 있지 않았다. 한 눈은 도둑 지도에 두고 있으면서도, 그는 그 때문에 긴장했다던 초의 말을 떠올리고 있었다.

# 19장
# 사자와 뱀

해리는 이어지는 두 주 동안 가슴에 부적이라도 품고 다니는 듯한 기분이었다. 그것은 엄브리지의 수업 내내 그를 버티게 하고, 그녀의 툭 튀어나온 끔찍한 눈을 바라보는 동안 붙임성 있게 미소 짓는 일까지 가능하게 해 준 빛나는 비밀이었다. 그와 D.A.는 엄브리지의 코앞에서 그녀에게 저항하고 있었다. 그녀와 정부가 가장 두려워하는 바로 그 일을 하고 있었다. 수업 시간에 윌버트 슬링크하드의 책을 읽어야 할 때마다 그는 책 대신 최근 모임에 대한 만족스러운 기억 속에 머물렀다. 네빌이 헤르미온느를 무장 해제시키는 데 성공한 일, 콜린 크리비가 세 번의 모임에서 열심히 노력한 끝에 방해 마법을 완벽하게 익힌 일, 파르바티 파틸이 너무도 훌륭한 분해 저주로 스니코스코프가 놓여 있던 탁자를 먼지로 만들어 버린 일…….

그는 특정한 요일을 정해서 D.A. 모임을 하는 것이 거의 불가능하다는 사실을 깨달았다. 서로 다른 세 팀의 퀴디치 훈련 일정을 고려해야 했는데, 날씨 조건에 따라 일정이 자주 바뀌었던 것이다. 하지만 해리는 그에 대해 불만이 없었다. 모임 시간을 예측할 수 없는 편이 더 나을지도 모른다는 생각이 들었다. 그렇게 하면, 만약 누군가가 그들을 지켜보고 있다 해도 행동 패턴을 짐작하기가 어려울 것이다.

머잖아 헤르미온느는 변경된 일정을 촉박하게 통보해야 하는 경우에 모든 회원에게 다음번 모임 날짜와 시간을 전달하는 아주 기발한 방법을 고안해 냈다. 서로 다른 기숙사 학생들이 대연회장 안을 오가면서 그토록 자주 이야기를 나누면 의심스러워 보일 테니까. 그녀는 D.A. 회원 각자에게 가짜 갈레온을 나눠 주었다(론은 이 금화 바구니를 처음 봤을 때 그녀가 진짜로 금화를 나눠 주는 줄 알고 흥분해서 어쩔 줄을 몰랐다).

"금화 가장자리의 숫자들이 보이지?" 네 번째 모임이 끝날 무렵, 헤르미온느가 금화 하나를 들어 올려 아이들에게 보여 주었다. 금화는 횃불 빛을 받아 노란색 윤기가 자르르 흘렀다. "진짜 갈레온에 찍힌 숫자들은 금화를 찍어 낸 고블린을 나타내는 일련번호일 뿐이야. 하지만 이 가짜 금화의 숫자들은 다음 모임 날짜와 시간에 따라 바뀔 거야. 날짜가 바뀌면 동전이 뜨거워지니까 주머니에 넣고 다니면 느낄 수 있겠지. 각자 하나씩 가져. 해리가 다음번 모임 날짜를 정해서 자기 금화의 숫자들을 바꾸면, 다른 금화들도 모두 해리의 것을 따라서 숫자가 변할 거야. 내가 연쇄 변화 마법을 걸어 뒀거든."

헤르미온느의 말끝에 순전한 침묵이 이어졌다. 그녀는 조금 불안한 표정으로, 자기를 향한 얼굴들을 쭉 둘러보았다.

"음…… 나는 좋은 방법이라고 생각했는데." 그녀가 머뭇거리며 말했다. "내 말은, 엄브리지가 우리 주머니를 뒤진다 해도, 갈레온을 가지고 다니는 건 전혀 수상한 일이 아니잖아? 하지만…… 뭐, 다들 이걸 쓰고 싶지 않다면……."

"연쇄 변화 마법을 쓸 줄 안단 말이야?" 테리 부트가 물었다.

"응." 헤르미온느가 대답했다.

"하지만 그건…… 그건 N.E.W.T. 수준이잖아." 그가 기죽은 듯 말했다.

"아." 헤르미온느는 겸손한 표정을 지으려고 애썼다.

"어…… 그게…… 아마 그럴 거야."

"네가 어떻게 래번클로에 안 왔지?" 그가 존경에 가까운 표정으로 헤르미온느를 바라보며 물었다. "그렇게 머리가 좋은데?"

"뭐, 기숙사 배정 모자가 배정식 때 나를 래번클로에 넣는 걸 심각하게 고려하기는 했어." 헤르미온느가 밝은 목소리로 말했다. "하지만 결국은 그리핀도르로 결정했어. 그럼, 그 말은 갈레온을 쓰겠다는 뜻이지?"

다들 찬성의 뜻으로 웅성거리더니 앞으로 나와 바구니에서 갈레온을 하나씩 챙겨 갔다. 해리는 곁눈질로 헤르미온느를 바라보았다.

"이걸 보니까 뭐가 생각나는지 알아?"

"아니, 뭔데?"

"죽음을 먹는 자들의 흉터. 볼드모트가 그중 하나를 만지면 모두의 흉터가 화끈거리면서 그자가 자기들을 부르고 있다는 걸 알게 돼."

"음…… 그래." 헤르미온느가 조용히 말했다. "실제로 거기서 얻은 아이디어야. 근데 너도 알겠지만, 회원들의 살갗보다는 금속 조각에 날짜를 새기는 게 더 좋을 것 같아서."

"그래. 네 방법이 더 마음에 든다." 해리가 씩 웃으며 자

기 갈레온을 주머니에 찔러 넣었다. "이 동전에 위험 요소
가 있다면 우리가 실수로 써 버리는 것뿐이네."

"퍽이나." 론이 약간 우울한 얼굴로 자신의 가짜 갈레온
을 살피며 말했다. "나한텐 이거랑 헷갈릴 진짜 갈레온이
없거든."

퀴디치 시즌 첫 경기인 그리핀도르 대 슬리데린의 시합
이 점점 다가오자 D.A. 모임은 연기되었다. 앤젤리나가 거
의 매일 훈련해야 한다고 우겼기 때문이다. 퀴디치 대회가
너무나 오랫동안 열리지 않기에 다가오는 경기를 둘러
싼 관심과 흥분은 더욱 컸다. 앞으로 한 해 동안 두 팀 모두
와 경기를 하게 될 래번클로와 후플푸프 학생들도 시합 결
과에 큰 관심을 가지고 있었다. 또한 경쟁 팀의 담임 교수
들은 스포츠 정신으로 품위 있게 가장하려고 노력하기는
했지만, 자기 팀이 승리를 거두는 걸 보고야 말겠다고 작정
한 듯했다. 해리는 맥고나걸 교수가 시합이 있는 주에 숙제
를 내주지 않는 것을 보고 그녀가 슬리데린을 이기는 일에
얼마나 신경 쓰고 있는지 깨달았다.

"지금 너희에겐 그것 말고도 할 일이 태산이겠지." 그녀
가 고고하게 말했다. 그 말을 들은 학생들은 하나같이 자신
의 귀를 믿지 못했다. 마침내 그녀는 해리와 론을 똑바로

바라보며 무시무시한 말투로 말했다. "이제 내 연구실에 퀴디치 우승컵이 보이는 것에 익숙해졌다, 애들아. 그걸 스네이프 교수에게 넘겨주고 싶지는 않아. 그러니 남은 시간은 훈련에 쓰거라. 알겠니?"

스네이프의 편파적인 모습도 분명 그보다 덜하진 않았다. 그가 슬리데린 팀 훈련을 위해 퀴디치 경기장을 너무 자주 예약하는 바람에 그리핀도르 선수들은 훈련을 하러 경기장에 들어가는 것 자체가 어려웠다. 스네이프는 또한 슬리데린 학생들이 복도에서 그리핀도르 선수들에게 공격 마법을 걸려고 한다는 얘기가 수도 없이 들려도 못 들은 척했다. 얼리샤 스피닛이 눈썹이 너무나 빠른 속도로 무성하게 자라서 시야가 가려지고 급기야 입이 막힐 지경이 되어 병동에 나타났을 때도, 스네이프는 그녀가 스스로에게 발모 마법을 걸려고 했던 거라고 우겼다. 그녀가 도서관에서 공부하는 동안 슬리데린의 파수꾼 마일스 블레츨리가 뒤에서 저주를 걸었다는 목격자 열네 명의 진술은 들으려고도 하지 않았다.

해리는 그리핀도르의 승리를 낙관했다. 어쨌거나 그들은 단 한 번도 말포이의 팀에게 진 적이 없었다. 아직 우드만큼 잘하지 못한다는 건 인정해야겠지만, 론도 나아지려고 있는 힘을 다해 열심히 연습하고 있었다. 그의 가장 큰 약점은 실수를 저지른 뒤 자신감을 잃어버리는 경향이 있다는 것이었다. 한 골이라도 먹으면 당황해서 점점 더 많은 실수를 저질렀다. 반면 컨디션이 좋을 때는 정말로 놀라운 수비를 해냈다. 기억에 남는 어느 훈련에서 그는 빗자루에 한 손으로 매달린 채 골대 앞에서 쿼플을 아주 세게 걷어차 날려 버리기도 했다. 쿼플은 경기장을 쭉 날아가 반대편 중앙 골대를 통과했다. 팀 동료들은 이것이 최근 아일랜드 국가 대표팀 파수꾼인 배리 라이언이 폴란드 최고의 추격꾼 라디슬라프 자모이스키를 상대로 보여 주었던 수비와 상당히 유사하다고 느꼈다. 심지어 프레드도 론이 아직은 그와 조지의 자랑스러운 동생이 될 가능성이 있을지 모르겠다면서, 지난 4년간 론과 혈연관계라는 사실을 애써 부정해 왔지만 이제 그 사실을 인정해야 할지 진지하게 고려하고 있다고 말했다.

해리가 진심으로 걱정하는 단 한 가지는, 론이 경기장에 들어서기 전부터 상대를 기분 나쁘게 만드는 슬리데린 팀의 작전에 잘 넘어간다는 사실이었다. 물론 해리는 4년 넘게 그들의 비아냥거림을 견뎌 왔으므로 "야, 또라이, 워링턴이 토요일에 맹세코 널 빗자루에서 떨어뜨리겠다는데"

같은 귓속말을 들어도 소름이 끼치기는커녕 우습기만 했다. "오히려 걔가 내 옆에 있는 사람을 조준한다면 걱정되겠다. 워링턴 조준 실력이 하도 형편없어서 말이야." 해리가 이렇게 맞받아치자 론과 헤르미온느는 웃음을 터뜨렸지만 팬지 파킨슨의 얼굴에서는 히죽거리는 웃음이 싹 씻겨 나갔다.

하지만 론은 단 한 번도 이런 무자비한 모욕과 야유, 위협 같은 작전에 맞닥뜨려 본 적이 없었다. 론보다 덩치가 큰 7학년생까지 섞여 있는 슬리데린 학생들이 복도를 지나는 그들에게 "병동 침대는 예약해 놨냐, 위즐리?"라고 웅얼거리면 그는 웃는 대신 얼굴이 새파랗게 질렸다. 드레이코 말포이가 퀴플을 떨어뜨리는 모습을 흉내 내면(말포이는 마주칠 때마다 그 짓을 했다) 귀가 빨갛게 달아올랐고 손을 너무 심하게 떨어 그 순간 무엇을 들고 있든 다 떨어뜨릴 것 같았다.

울부짖는 바람과 세찬 비가 몰아치는 가운데 어느새 10월이 저물고, 얼어붙은 쇳덩이처럼 차가운 11월이 다가왔다. 매일 아침 서리가 잔뜩 내리고, 얼음 같은 찬바람이 밖으로 드러난 손과 얼굴을 할퀴었다. 하늘과 대연회장 천장은 허옇고 진주 같은 회색으로 변했고, 호그와트 주변의 산들은 꼭대기가 눈으로 뒤덮였다. 성안 기온이 너무 떨어져 수많은 학생이 수업 사이사이 복도에서 두꺼운 보호용 용 가죽 장갑을 끼고 다녔다.

시합 날 아침은 화창하고 추웠다. 잠에서 깨어난 해리는 론의 침대로 고개를 돌려 그가 양팔로 무릎을 감싼 채 똑바로 앉아 허공을 뚫어지게 바라보는 모습을 보았다.

"괜찮아?" 해리가 물었다.

론은 고개를 끄덕였지만 입을 열지는 않았다. 해리는 론이 실수로 스스로에게 민달팽이 토하기 마법을 걸었을 때를 떠올리지 않을 수 없었다. 론은 그때와 똑같이 하얗게 질린 얼굴로 땀까지 흘리는 듯 보였다. 입을 꾹 다물고 있는 건 말할 것도 없었다.

"아침을 좀 먹으면 괜찮을 거야." 해리가 용기를 북돋우려고 그렇게 말했다. "가자."

그들이 도착했을 때 대연회장은 학생들로 빠르게 채워지고 있었다. 평소보다 더 떠들썩하고 활기 넘치는 분위기였다. 그들이 슬리데린 식탁을 지나가자 소음은 급격히 커졌다. 해리가 돌아보니 그들은 늘 하던 녹색, 은색의 스카프와 모자에 더해 하나같이 왕관 모양 은색 배지를 달고 있었다. 어째서인지 그들 중 여럿이 론에게 손을 흔들며 시끌벅적하게 웃어 댔다. 해리는 그 옆을 지나가면서 배지에 뭐라고 쓰여 있는지 보려고 했지만, 론을 빨리 지나가게 하려고 너무 신경 쓴 나머지 읽어 볼 틈이 없었다.

그들은 하나같이 빨간색과 황금색이 섞인 옷을 입고 있는 그리핀도르 식탁에서 열렬한 환영을 받았다. 하지만 환호성은 론의 기분을 북돋아 주기는커녕 마지막 남아 있는 사기마저 무너뜨리는 듯했다. 그는 최후의 식사를 마주하는 것 같은 모습으로 가장 가까운 의자에 주저앉았다.

"이런 짓을 하다니 내가 어떻게 됐나 봐." 그가 쉰 목소리로 속삭였다. "돌았어."

"멍청한 소리 하지 마." 해리가 그에게 시리얼을 건네며 단호하게 말했다. "괜찮을 거야. 긴장하는 게 당연해."

"난 쓰레기야." 론이 쉰 목소리로 중얼거렸다. "난 형편없어. 죽어도 경기에 못 나갈 것 같아. 대체 내가 무슨 생각을 한 거지?"

"정신 차려." 해리가 단호하게 말했다. "전에 네가 발로 방어했던 걸 떠올려 봐. 프레드랑 조지까지 칭찬했잖아."

론은 몹시 고통스러워하는 얼굴을 해리에게 돌렸다.

"그건 실수였어." 그가 비참하게 속삭였다. "그렇게 하려던 게 아니었어. 아무도 날 보지 않을 때 빗자루에서 미끄러졌고, 다시 올라타려던 순간에 실수로 쿼플을 걷어찬 거야."

"뭐······." 해리가 그리 유쾌하지 않은 이 놀라운 소식에서 빠르게 회복하면서 말을 이었다. "그런 실수 몇 번만 하면 승리는 따 놓은 당상이겠네. 안 그래?"

헤르미온느와 지니가 빨간색과 황금색이 섞인 스카프와 장갑, 장미 장식 차림으로 맞은편에 앉았다.

"기분은 어때?" 지니가 론에게 물었다. 그는 이제 텅 빈 시리얼 그릇 밑바닥에 남은 우유 찌꺼기를 바라보고 있었다. 거기에 빠져 죽는 건 어떨지 진지하게 고민하는 듯했다.

"그냥 긴장한 거야." 해리가 말했다.

"뭐, 그거 좋은 징조네. 나는 좀 긴장해야 시험을 잘 볼 수 있는 것 같거든." 헤르미온느가 진심으로 말했다.

"안녕." 뒤에서 몽롱하고 꿈꾸는 듯한 목소리가 들려왔다. 해리는 고개를 들었다. 어느새 루나 러브굿이 래번클로 식탁에서 그들 곁으로 다가와 있었다. 많은 사람이 그녀를 쳐다보고 있었는데, 몇몇은 대놓고 웃으며 손가락질을 하기도 했다. 어디서 구했는지 실물 크기의 사자 머리 모양 모자가 그녀의 머리에 위태롭게 얹혀 있었다.

"나는 그리핀도르를 응원해." 딱히 그럴 필요는 없는데 루나가 자신의 모자를 가리키며 말했다. "어떻게 되는지 봐 봐……."

그녀가 손을 들어 올려 마법 지팡이로 모자를 가볍게 두드렸다. 모자는 입을 크게 벌리더니 사람들이 모두 놀라 펄쩍 뛰게 만들 만큼 굉장히 실감 나는 포효를 터뜨렸다.

"괜찮지?" 루나가 기쁜 듯 말했다. "원래는 슬리데린을 상징하는 뱀을 씹어 먹게 만들고 싶었는데 시간이 없었어. 아무튼…… 행운을 빌게, 로널드!"

그녀는 멀어져 갔다. 그들이 아직 루나의 모자를 본 충격에서 벗어나지 못하고 있는데 앤젤리나가 케이티와 얼리샤를 데리고 황급히 다가왔다. 다행히 얼리샤의 눈썹은 폼프리 선생 덕분에 정상으로 돌아와 있었다.

"준비가 되면" 하고, 앤젤리나가 말했다. "곧바로 경기장으로 내려갈 거야. 경기 조건 확인하고 옷 갈아입어야지."

"금방 갈게." 해리가 그녀에게 대답했다. "론이 아침을 먹어야 해서."

그러나 10분 뒤에는 론이 더 이상 아무것도 먹을 수 없다는 것이 분명해졌다. 해리는 그를 데리고 탈의실로 가는 게 최선이라고 생각했다. 식탁에서 일어나는데 헤르미온느가 따라 일어나더니 해리의 팔을 잡고 그를 한쪽으로 끌고 갔다.

"론이 슬리데린 배지에 써 있는 글을 못 보게 해." 그녀가 다급히 속삭였다.

해리는 의아한 얼굴로 그녀를 바라봤지만 그녀는 경고하듯 고개만 저었다. 론이 막 갈팡질팡하는 표정을 짓고 느릿느릿 걸어온 것이다.

"행운을 빌어, 론." 헤르미온느가 까치발을 들고 그의 뺨에 입을 맞추며 말했다. "너도, 해리……."

론은 대연회장을 가로질러 가면서 약간 정신을 차리는 듯했다. 그는 얼떨떨한 얼굴로 헤르미온느가 입 맞춘 곳을 어루만졌다. 방금 무슨 일이 일어났는지 잘 모르는 듯했다. 론은 정신이 딴 데 가 있어서 주위를 살피지 못했지만, 해리는 슬리데린 식탁을 지나가면서 호기심 어린 눈으로 왕관 모양 배지를 살펴보았다. 이번에는 거기에 새겨진 글자가 보였다.

위즐리는
우리의 왕

좋은 뜻일 리 없다는 불쾌한 생각에, 해리는 론을 재촉하며 현관홀을 가로질렀다. 그들은 돌계단을 내려가 얼음장 같은 공기 속으로 나갔다.

경기장을 향해 경사진 잔디밭을 서둘러 걸어가자 서리로 뒤덮인 잔디가 발밑에서 바스러졌다. 바람은 전혀 없었고 하늘은 온통 진주 같은 흰색이었다. 그 말은 눈에 정면으로 햇빛이 비치지 않아 시야가 좋을 것이라는 뜻이었다. 해리는 걸어가면서 론에게 격려가 되는 이런 사실들을 짚어 주었지만 론이 듣고 있는지는 확신할 수 없었다.

탈의실에 들어가 보니 앤젤리나는 이미 옷을 갈아입고 다른 선수들에게 뭔가 이야기하고 있었다. 해리와 론도 로브를 걸치고(론은 얼리샤가 그를 불쌍하게 여기고 도와주러 올 때까지 몇 분 동안이나 옷을 거꾸로 입으려고 했다) 앉아서 경기 전 연설을 들었다. 바깥에서는 성에서 쏟아져 나온 학생들이 경기장으로 다가오며 재잘거리는 소리가 점점 커지고 있었다.

"좋아, 내가 방금 슬리데린의 최종 선발 명단을 입수했어." 앤젤리나가 양피지를 보면서 말했다. "지난 시즌 추격꾼이었던 데릭과 볼은 팀을 나갔어. 몬태규가 둘을 대체할 사람을 뽑았는데, 늘 그랬듯이 비행 실력이 뛰어난 사람 대

신 고릴라들을 뽑은 것 같아. 크래브와 고일이라는 녀석들
인데, 난 걔들에 대해 아는 게 별로 없…….”

“우리가 알아.” 해리와 론이 동시에 말했다.

“뭐, 빗자루 앞뒤를 분간할 만큼 총명해 보이진 않더라.”
앤젤리나가 양피지를 주머니에 넣으며 말했다. “난 데릭과
볼이 표지판을 안 보고 경기장까지 찾아오는 것도 항상 놀
라웠는데.”

“크래브랑 고일도 같은 부류야.” 해리가 그녀의 말을 확
인해 주었다.

수백 명이 층층이 놓인 관중석을 따라 올라가는 발소리
가 들렸다. 몇몇 사람이 노래를 부르고 있었지만 해리는 가
사를 알아들을 수 없었다. 긴장되기 시작했지만 론에 비하
면 이 정도 떨림은 아무것도 아니었다. 론은 배를 움켜쥔
채 다시 앞만 똑바로 바라보고 있었다. 입은 꽉 다물려 있
었고 얼굴색은 창백한 잿빛이었다.

“시간 됐다.” 앤젤리나가 손목시계를 보면서 나직이 말
했다. “모두 나가자……. 행운을 빈다.”

선수들은 자리에서 일어나 빗자루를 어깨에 걸치고 한
줄로 탈의실을 나서서 눈부신 하늘 아래로 나갔다. 우렁찬
함성 소리가 그들을 맞아 주었다. 환호성과 휘파람 소리에

파묻히기는 했지만 그 노랫소리는 계속 들려왔다.

슬리데린 팀이 먼저 나와서 그들을 기다리고 있었다. 그들도 왕관 모양의 은색 배지를 달고 있었다. 새로운 주장인 몬태규는 더들리 더즐리 계열의 체격으로, 팔뚝은 흡사 털난 거대 햄 같았다. 그의 뒤에서는 거의 비슷한 덩치를 가진 크래브와 고일이 새로 얻은 몰이꾼 곤봉을 휘둘러 대면서 멍청하게 눈을 껌뻑이고 있었다. 말포이도 한쪽에 서 있었다. 흰빛을 띤 그의 금발이 햇살을 받아 환하게 빛났다. 해리와 눈이 마주친 그가 히죽 웃으며 가슴에 달린 왕관 모양 배지를 톡톡 두드렸다.

"주장들, 악수." 앤젤리나와 몬태규가 서로에게 다가가자 심판인 후치 선생이 지시했다. 해리는 몬태규가 앤젤리나의 손가락을 으스러뜨리려 한다고 장담할 수 있었다. 물론 앤젤리나는 움찔거리지도 않았지만. "빗자루에 오르도록……."

후치 선생이 호루라기를 입에 대고 불었다.

공들이 풀려나고 열네 명의 선수가 하늘로 솟구쳐 올랐다. 론이 골대를 향해 쏜살같이 날아가는 모습이 힐끗 보였다. 해리는 블러저를 피하면서 더 높이 날아오른 뒤, 반짝이는 황금빛을 찾아 주위를 두리번거리며 경기장을 크게 돌기 시작했다. 경기장 반대편에서는 드레이코 말포이가 정확히 똑같은 행동을 하고 있었다.

"존슨입니다. 존슨이 쿼플을 잡았습니다. 정말 대단한 선수예요. 제가 몇 년 동안 그렇게 매달렸는데 아직도 저랑 사귀어 주지 않⋯⋯."

"**조던!**" 맥고나걸 교수가 소리쳤다.

"⋯⋯그냥 재미있으라고 한 말이에요, 교수님. 약간의 흥미를 더해 주려고요. 존슨이 워링턴을 피했습니다. 존슨이 몬태규를 제치고⋯⋯ 이런! 크래브가 날려 보낸 블러저에 등을 맞았습니다. 몬태규가 쿼플을 잡습니다. 몬태규가 방향을 돌려 날아가고⋯⋯ 조지 위즐리가 멋지게 블러저를 날립니다. 몬태규의 머리를 노린 블러저였는데요. 몬태규가 쿼플을 떨어뜨리고 케이티 벨이 잡습니다. 그리핀도르의 케이티 벨이 다른 곳으로 던지는 척하다가 얼리샤 스피넛에게 패스, 스피넛이⋯⋯."

리 조던의 중계가 경기장에 울려 퍼졌다. 해리는 귓가에 휘파람을 불어 대는 바람 소리와 관중 모두가 소리치고 야유하며 노래를 부르는 소리 속에서도 중계를 듣기 위해 되도록 열심히 귀를 기울였다.

"⋯⋯워링턴을 제치고 블러저를 피합니다. 아슬아슬했어

요, 얼리샤. 그리고 관중이 아주 좋아하고 있습니다. 한번 들어 보세요. 무슨 노래를 부르는 거죠?"

리는 중계를 잠시 멈추고 귀를 기울였다. 그 노랫소리는 관중석 슬리데린 구역의 녹색과 은색 바다에서부터 큰 소리로 선명하게 울려 퍼지고 있었다.

"위즐리는 하나도 못 잡아.

골대 하나도 못 막아.

그래서 슬리데린은 모두 노래하지.

위즐리는 우리의 왕.

쓰레기통에서 태어난 위즐리는

항상 퀴플을 허용하지.

위즐리가 있으니 우리가 반드시 이길 거야.

위즐리는 우리의 왕."

"……얼리샤가 다시 앤젤리나에게 패스합니다!" 리가 소리쳤다. 해리는 방향을 틀면서 방금 들은 노래에 속이 부글부글 끓어오르는 것을 느꼈다. 그는 리가 가사가 들리지 않게 하려고 애쓰고 있다는 사실을 알아차렸다. "자 어서, 앤젤리나. 파수꾼만 제치면 되는 것 같은데요. **앤젤리나가**

던집니다. 앤젤리나…… 아아아…….”

슬리데린의 파수꾼인 블레츨리가 공을 잡았다. 그는 쿼플을 워링턴에게 던졌고 워링턴은 그 공을 들고 속도를 올리며 얼리샤와 케이티 사이를 지그재그로 날아갔다. 워링턴이 론에게 가까이 다가갈수록 밑에서 들려오는 노랫소리가 점점 더 커졌다.

“위즐리는 우리의 왕.

위즐리는 우리의 왕.

항상 쿼플을 허용하는

위즐리는 우리의 왕.”

해리는 참을 수가 없었다. 그는 스니치 찾기를 포기하고 론을 향해 파이어볼트의 방향을 틀었다. 거구의 워링턴이 돌진하는 가운데 론은 경기장 저편에서 혼자 세 개의 골대 앞을 맴돌고 있었다.

“……워링턴이 쿼플을 가지고 있습니다. 워링턴이 골대를 향해 날아갑니다. 앞에는 파수꾼 한 명만 두고 있고, 블러저의 공격 범위에서도 벗어나 있습니다…….”

아래쪽 슬리데린 관중석에서 노랫소리가 커다랗게 울려

퍼졌다.

　"위즐리는 하나도 못 잡아.
　골대 하나도 못 막아……."


　"……자, 그리핀도르의 새로운 파수꾼 위즐리에게는 첫 번째 시험입니다. 몰이꾼 프레드와 조지의 남동생으로, 팀의 새로운 유망주인데요. 자, 론!"

　하지만 슬리데린 응원석에서 기쁨의 함성이 터져 나왔다. 론은 팔을 크게 벌린 채 어설프게 몸을 날렸고, 쿼플은 그 팔 사이로 날아가 중앙 골대를 곧장 통과했다.

　"슬리데린 득점!" 아래쪽 관중의 환성과 야유 속에서 리의 목소리가 들려왔다. "슬리데린이 10 대 0으로 앞섭니다. 운이 나빴네요, 론."

　슬리데린 응원단이 더 시끄럽게 노래했다.


　"쓰레기통에서 태어난 위즐리는
　항상 쿼플을 허용하지……."


　"……그리핀도르가 다시 공을 소유합니다. 케이티 벨이

경기장을 **빠르게 돌진합니다.**" 리가 꿋꿋하게 외쳤지만, 이제는 노랫소리가 귀청이 떨어질 정도로 커서 그의 목소리는 거의 들리지 않았다.

"위즐리가 있으니 우리가 반드시 이길 거야.
위즐리는 우리의 왕……"

"해리, **뭐 해?**" 앤젤리나가 케이티와 보조를 맞추려고 그의 옆을 빠르게 날아가면서 소리쳤다. "**움직여!**"

해리는 스니치의 행방은 아예 찾을 생각도 하지 않고 경기를 지켜보느라 1분 넘도록 공중에 가만히 멈춰 있었다는 사실을 깨달았다. 깜짝 놀란 그는 빗자루를 휙 틀어 다시 경기장을 빙빙 돌면서 주위를 둘러보기 시작했다. 경기장에 쩌렁쩌렁 울려 퍼지는 합창 소리를 무시하려고 애쓰며.

"위즐리는 우리의 왕.
위즐리는 우리의 왕……"

아무리 둘러봐도 스니치는 흔적도 보이지 않았다. 말포이는 여전히 해리와 똑같이 경기장을 빙빙 돌고 있었다. 그들은 반대 방향으로 나아가다가 경기장 한가운데서 서로를 스쳤고, 그때 해리는 말포이가 시끄럽게 노래 부르는 소리를 들었다.

**"쓰레기통에서 태어난 위즐리는……"**

"……다시 워링턴입니다." 리가 소리쳤다. "워링턴이 퓨시에게 패스하고, 퓨시가 스피넷을 제칩니다. 자 어서, 앤젤리나, 잡을 수 있어요. ……아니었나 보네요. 하지만 프레드 위즐리가 멋지게 블러저를 날립니다. 그러니까, 조지 위즐리가요. 아, 무슨 상관인가요. 어쨌든 둘 중 한 명입니다. 워링턴이 쿼플을 떨어뜨리고, 케이티 벨이…… 어…… 역시 떨어뜨립니다. 그리고 몬태규가 쿼플을 잡습니다, 슬리데린 주장 몬태규가 쿼플을 잡고 골대를 향해 날아갑니다. 자 어서, 그리핀도르, 막아!"

해리는 슬리데린 골대 뒤, 경기장 끝을 날아다니며 론이 있는 쪽에서 일부러 눈을 돌렸다. 그가 속도를 올려 슬리데린 파수꾼을 지나치는데 블레츨리가 밑에 있는 관중과 함께 노래 부르는 소리가 들렸다.

"위즐리는 하나도 못 잡아……."

"……퓨시가 다시 얼리샤를 제치고, 곧바로 골대를 향해 날아갑니다. 막아, 론!"

해리는 돌아보지 않고도 무슨 일이 벌어졌는지 알 수 있었다. 그리핀도르 응원석에서 비통한 신음이 터져 나왔다. 슬리데린 응원석의 새로운 함성이며 갈채와는 대조를 이루는 소리였다. 시선을 내리자 관중석 맨 앞에 있는 팬지 파킨슨의 퍼그 같은 얼굴이 보였다. 그녀는 경기장을 등진 채, 함성을 내지르는 슬리데린 응원단을 지휘하고 있었다.

"그래서 슬리데린은 모두 노래하지.
위즐리는 우리의 왕."

하지만 20 대 0쯤은 아무것도 아니었다. 아직 그리핀도르가 점수를 따라잡거나 스니치를 잡을 시간은 있었다. 해리는 몇 골만 더 넣으면 평소처럼 앞서게 될 거라고 스스로를 납득시키며, 뭔가 반짝이는 것을 쫓아 선수들 사이를 이리저리 헤집고 다녔다. 반짝이던 그것은 몬태규의 시곗줄로 밝혀졌다.

하지만 론은 두 골을 더 허용했다. 이제 스니치를 찾으려는 해리의 열망에는 당혹의 빛이 어렸다. 한시라도 빨리 스니치를 잡아 경기를 끝낼 수만 있다면…….

"……그리핀도르의 케이티 벨이 퓨시를 피하고 몬태규를 제칩니다. 멋진 방향 전환이네요, 케이티. 존슨에게 던집니다. 앤젤리나 존슨이 쿼플을 잡아 워링턴을 지나칩니다. 골대로 향하는데요. 자 어서, 앤젤리나…… **그리핀도르 득점!** 40 대 10, 40 대 10으로 슬리데린이 앞선 상황에서 퓨시가 쿼플을 잡습니다……."

해리는 그리핀도르 응원단의 환호성 속에서 루나의 우스꽝스러운 사자 모자가 포효하는 소리를 듣고 용기가 솟는 것을 느꼈다. 겨우 30점 차다. 그 정도는 아무것도 아니다. 금방 따라잡을 수 있었다. 해리는 크래브가 그를 향해 날려 보낸 블러저를 피하고, 스니치를 찾아 다시 미친 듯이 경기장을 훑기 시작했다. 말포이가 스니치를 발견한 기색을 보일 경우에 대비해 한 눈은 그에게 두고 있었지만, 말포이도 해리처럼 경기장을 날아다니며 아무 보람 없는 탐색을 계속하고 있었다.

"퓨시가 워링턴에게 던지고, 워링턴은 몬태규에게, 몬태규는 다시 퓨시에게 던집니다. 존슨이 가로챕니다. 존슨

이 쿼플을 잡습니다. 존슨이 벨에게 던집니다. 좋아 보이
는…… 아니, 나빠 보이네요. 벨이 슬리데린의 고일이 날린
블러저에 맞고, 다시 퓨시가 쿼플을 소유합니다……."

　"쓰레기통에서 태어난 위즐리는

　항상 쿼플을 허용하지.

　위즐리가 있으니 우리가 반드시 이길 거야……."

　하지만 해리는 마침내 그것을 보았다. 골든 스니치가 작
디작은 날개를 파닥거리며 경기장의 슬리데린 진영 끝, 땅
바닥 바로 위에서 맴돌고 있었다.

　그는 밑으로 쭉 내려갔다…….

　다음 순간, 말포이가 해리의 왼쪽을 쏜살같이 지나쳐 날
아갔다. 해리의 눈에는 빗자루에 바짝 엎드린 녹색과 은색
의 흐릿한 형상만 보일 뿐이었다…….

　스니치는 골대 밑을 스치더니 반대편 관중석을 향해 빠르
게 날아갔다. 그것이 방향을 튼 덕분에, 더 가까운 곳에 있
던 말포이에게 유리한 상황이 되었다. 해리는 파이어볼트의
방향을 틀었다. 그와 말포이는 이제 막상막하였다…….

　땅에서 30센티미터쯤 위에 이르자 해리는 오른손을 빗자

루에서 떼고 스니치를 향해 뻗었다. 그의 오른쪽에서 말포이도 팔을 쭉 내밀고 허공을 더듬고 있었다…….

숨 돌릴 틈도 없었다. 강풍이 휩쓸고 간 듯한 격렬한 2초가 지나갔다. 해리의 손가락이 몸부림치는 작디작은 공에 닿았다. 말포이의 손톱이 해리의 손등을 가망 없이 할퀴었다. 해리는 버둥거리는 공을 손에 쥔 채 빗자루를 당겨 올렸고, 그리핀도르 관중은 승리의 환호성을 질렀다.

이걸로 살았다. 론이 몇 골을 허용했든 그것은 별문제가 되지 않았다. 그리핀도르가 이기는 한 아무도 기억하지 못할……

**쾅.**

블러저가 해리의 등을 정통으로 맞혔다. 그는 빗자루에서 앞으로 날아가 땅바닥에 떨어졌다. 다행히 스니치를 잡으려고 아주 낮게 내려와 있었기 때문에 겨우 1.5미터쯤 되는 높이에서 떨어졌지만, 얼어붙은 경기장에 털썩 떨어지자 어쨌거나 숨을 쉬기가 어려웠다. 후치 선생의 날카로운 호루라기 소리가 들리고, 관중석에서 휘파람 섞인 환호성과 격앙된 고함, 야유가 터져 나왔다. 쿵 소리에 이어 극도로 흥분한 앤젤리나의 목소리가 들렸다.

"괜찮아?"

"당연하지." 해리가 단호하게 말하며 그녀의 손을 잡고 일어났다. 후치 선생이 위에 있는 슬리데린 선수에게로 쏜살같이 날아갔다. 해리가 있는 곳에서는 그 선수가 누구인지 보이지 않았다.

"그 크래브라는 깡패였어." 앤젤리나가 화를 내며 말했다. "네가 스니치를 잡는 걸 보자마자 블러저를 날렸어. 하지만 우리가 이겼어, 해리. 우리가 이겼어!"

등 뒤에서 들리는 콧방귀 소리에 해리는 스니치를 움켜쥔 채 돌아섰다. 드레이코 말포이가 가까운 곳에 내려서 있었다. 분노로 얼굴이 하얗게 질려 있었지만 아직 비웃을 힘은 남아 있는 모양이었다.

"위즐리를 살려 줬네?" 그가 해리에게 말했다. "저렇게 형편없는 파수꾼은 본 적이 없어……. 하지만 뭐, 저 녀석은 쓰레기통에서 *태어났으니까.* 내가 만든 가사 마음에 들어, 포터?"

해리는 대답하지 않았다. 그는 이제 한 명 한 명 내려서는 팀 동료들을 맞이하기 위해 고개를 돌렸다. 론을 뺀 모두가 승리의 함성을 지르며 허공에 주먹질을 하고 있었다. 론은 골대 근처에 내려서서 혼자 천천히 탈의실로 돌아가려는 듯했다.

"몇 소절을 더 쓰고 싶었어!" 케이티와 얼리샤가 해리를 끌어안는데 말포이가 소리쳤다. "하지만 뚱뚱하고 못생겼다는 말을 넣으면 운율을 맞출 수가 없더라. 그러니까, 걔네 엄마에 대해서 노래하고 싶었거든."

"졌다고 심통 부리는 거야." 앤젤리나가 혐오스럽다는 듯 말포이를 바라보며 말했다.

"'쓸모없는 패배자'도 넣을 수가 없었어. 뭐, 쟤네 아빠 말이야."

프레드와 조지는 말포이가 무슨 말을 하고 있는지 알아차렸다. 그들은 해리와 악수하다 말고 딱딱하게 굳은 얼굴로 말포이를 돌아보았다.

"놔둬!" 앤젤리나가 대번에 프레드의 팔을 잡으며 말했다. "놔둬, 프레드. 소리 지르게 둬. 졌다고 기분 나빠서 저러는 거야. 별것도 아닌 게 잘난 척은……."

"……근데 넌 위즐리네를 좋아하지. 안 그래, 포터?" 말포이가 비웃으며 말했다. "거기서 방학도 보내고 다 하잖아? 네가 그 악취를 어떻게 견디는지 모르겠다. 하긴, 네가 머글들 손에 자란 걸 생각하면 위즐리네 가축우리쯤이야 아무것도 아니겠……."

해리가 조지를 붙잡았다. 한편 대놓고 웃어 대는 말포이에게 달려들려는 프레드는 앤젤리나와 얼리샤와 케이티가 힘을 합쳐서야 겨우 막을 수 있었다. 해리는 후치 선생을 돌아봤지만 그녀는 아직도 반칙 블러저 공격을 한 크래브를 혼내고 있었다.

"아니, 어쩌면……." 말포이가 뒤로 물러나면서 음흉하게 웃었다. "너희 엄마 집에서 났던 악취를 기억하는 건지도 모르겠다, 포터. 위즐리네 돼지우리가 너한테 그 냄새를 떠올리게 만드는……."

해리는 자신이 조지를 놓아 버린 것도 깨닫지 못했다. 그가 아는 것이라고는 눈 깜짝할 사이에 그와 조지 모두 말포이를 향해 전력 질주하고 있었다는 사실뿐이었다. 선생들이 죄다 지켜보고 있다는 사실도 완전히 잊었다. 그의 바람은 오직 말포이를 최대한 고통스럽게 만드는 것뿐이었다. 마법 지팡이를 꺼낼 시간이 없었기에 그는 스니치를 쥐고 있던 주먹을 뒤로 젖혔다가 있는 힘껏 말포이의 배에 꽂아넣었다.

"*해리! 해리! 조지! **안 돼!***"

여학생들의 고함 소리와 말포이의 비명, 조지가 욕설을 내뱉는 소리, 호루라기 소리와 주위의 관중이 외치는 소리가 들렸지만 그는 신경 쓰지 않았다. 그러다가 근처에서 누군가가 "임페디멘타!" 하고 소리쳤다. 그는 주문을 맞고 뒤로 벌렁 나동그라졌다. 그는 손이 닿는 대로 말포이를 두들겨 패려다 말고 멈췄다.

"대체 뭐 하는 거냐?" 해리가 벌떡 일어나자 후치 선생이 소리쳤다. 방해 마법으로 그를 맞힌 것은 후치 선생인 듯했다. 그녀는 한 손에 호루라기를, 다른 손에는 마법 지팡이를 들고 있었다. 그녀의 빗자루는 1미터쯤 떨어진 곳에 팽개쳐진 채였다. 말포이는 바닥에 몸을 웅크린 채 코피를 흘리면서 훌쩍이고 신음했다. 조지는 퉁퉁 부은 입술을 내보였고, 프레드는 아직도 추격꾼 세 사람에게 붙들려 있었다. 크래브는 뒤에서 낄낄거리며 웃었다. "이런 행동은 본 적도 없다. 둘 다 성으로 돌아가. 그리고 곧장 너희 기숙사 담임 교수님 연구실로 가도록 해라! 어서! 당장!"

해리와 조지는 경기장을 떠났다. 둘 다 거칠게 숨을 쉬면서 서로 한 마디도 하지 않았다. 관중의 고함과 야유 소리가 점점 희미해지더니, 현관홀에 들어서자 그 자신들의 발소리 말고는 아무것도 들리지 않았다. 해리는 뭔가가 아직도 오른손 안에서 버둥거리고 있다는 사실을 깨달았다. 말포이의 턱을 때리는 바람에 손마디에 멍이 들어 있었다. 고개를 숙이니, 빠져나가려고 몸부림치다가 손가락 사이로 삐져나온 스니치의 은빛 날개가 보였다.

맥고나걸 교수의 연구실 문에 다다르자마자 그녀가 그들 뒤에서 복도를 쿵쿵거리며 다가왔다. 그녀는 그리핀도르 스카프를 매고 있었지만, 몹시 화가 난 표정을 지은 채 걸어오면서 떨리는 손으로 그 스카프를 목에서 확 풀어냈다.

"들어가!" 그녀가 문을 가리키며 버럭 소리쳤다. 해리와 조지는 맥고나걸 교수의 연구실 안으로 들어갔다. 그녀는 책상 뒤로 성큼성큼 돌아가 그들을 마주 보고 그리핀도르 스카프를 바닥에 내던지면서 분노로 부들부들 떨었다.

"그래서?" 그녀가 말했다. "그렇게 볼썽사나운 광경은 생전 처음 본다. 둘이서 한 명한테 달려들다니! 변명이라도 해 봐라!"

"말포이가 시비를 걸었어요." 해리가 뻣뻣하게 말했다.

"시비를 걸어?" 맥고나걸 교수가 고함을 지르며 책상을 주먹으로 쾅 내리치는 바람에 격자무늬 깡통이 책상에서 떨어지더니 뚜껑이 벌컥 열리면서 도롱뇽 생강쿠키가 바닥에 흐트러졌다. "그 애는 방금 경기에서 졌잖아! 당연히 너희를 화나게 하고 싶었겠지! 하지만 대체 그 애가 무슨 말을 했기에 너희가 한 일을 정당화……."

"저희 부모님을 욕했어요." 조지가 으르렁거리듯 말했

다. "해리의 어머니하고요."

"그래도 후치 선생님에게 맡겼어야지. 그러는 대신 너희 둘이 머글식으로 손봐 주기로 했다는 거냐?" 맥고나걸 교수가 소리쳤다. "너희가 무슨 짓을 한 건지 알기나……?"

"흠, 흠."

해리와 조지 둘 다 빙글 돌아섰다. 덜로리스 엄브리지가 평소보다 더 거대 두꺼비를 연상시키는 녹색 트위드 외출용 망토를 두른 채 문 앞에 서 있었다. 해리가 익히 알고 있는, 비극적 순간이 곧 닥치리라 예고하는 그 끔찍하고 역겹고 불길한 미소를 지은 채.

"제가 도와드릴까요, 맥고나걸 교수님?" 엄브리지 교수가 유독 상냥한 목소리로 물었다.

맥고나걸 교수의 얼굴로 피가 확 쏠렸다.

"도와줘요?" 그녀가 거북하다는 듯 되풀이했다. "무슨 뜻입니까, 도와준다니?"

엄브리지 교수가 여전히 그 역겨운 미소를 띤 채 연구실로 들어왔다.

"글쎄요, 권위를 좀 더 보태 드리면 교수님이 고마워하실지 모른다고 생각했어요."

해리는 맥고나걸 교수의 콧구멍에서 불꽃이 튀는 걸 봤

다 해도 놀라지 않았을 것이다.

"잘못 생각하셨습니다." 그녀가 엄브리지에게서 몸을 홱 돌리며 말했다. "자, 너희 둘 잘 들어라. 난 말포이가 너희를 어떻게 도발했는지에는 관심 없고, 그 아이가 너희 가족 전부를 모욕했다 해도 상관하지 않아. 너희는 수치스러운 행동을 했고, 나는 너희에게 1주일의 방과 후 징계를 줄 거다! 그런 식으로 쳐다보지 마라, 포터. 네가 자초한 일이야! 그리고 너희 두 사람이 한 번만 더……."

"흠, 흠."

맥고나걸 교수는 인내심을 달라고 기도하기라도 하듯 눈을 감은 다음, 다시 엄브리지 교수 쪽으로 고개를 돌렸다.

"네?"

"제 생각에는 방과 후 징계만으로는 부족할 것 같아서요." 엄브리지가 더욱 활짝 미소 지으며 말했다.

맥고나걸 교수는 눈을 부릅떴다.

"하지만 유감스럽게도" 하고, 맥고나걸 교수가 말했다. 마주 미소 지어 보이려고 애쓰느라 턱이 파상풍에 걸리기라도 한 것처럼 부들부들 떨렸다. "중요한 건 제가 어떻게 생각하느냐입니다. 이 아이들은 제 기숙사 소속이니까요, 덜로리스."

"그게, 실은요, 미네르바." 엄브리지 교수가 멍청하게 웃었다. "아마 제 생각도 중요하다는 걸 알게 되실 거예요. 자, 어디 있더라? 코닐리어스가 방금 보냈는데……. 그러니까 제 말은……." 그녀는 핸드백을 뒤지며 가식적으로 샐샐 웃었다. "총리께서 방금 보내셨다고요……. 아, 여깄네……."

그녀는 양피지를 꺼내 들어 펼치더니 목을 요란스럽게 가다듬고 거기에 적힌 내용을 읽기 시작했다.

"흠, 흠…… '교육 법령 25조.'"

"또 교육 법령입니까!" 맥고나걸 교수가 사납게 소리쳤다.

"음, 그러게요." 엄브리지가 여전히 미소 지으며 말했다. "사실은요, 미네르바. 우리한테 추가적인 수정안이 꼭 필요하다는 것을 알게 해 준 사람은 당신이었어요……. 당신이 절 어떻게 무시했는지 기억하시죠? 제가 그리핀도르 퀴디치 팀 재결성을 허가할지 말지 주저했을 때 말이에요. 당신이 이 문제를 덤블도어 교수에게 이야기한 일이며, 덤블도어 교수가 퀴디치 팀은 경기를 하게 해야 한다고 고집 피웠던 일 같은 것들 말이죠. 음, 저는 그런 일을 두고 볼 수 없었어요. 곧바로 총리님께 연락을 했죠. 그랬더니 총리님께서는 장학관이 학생들의 특권을 박탈할 권한을 가져야 한다는 데 동의하셨어요. 그렇지 않으면 장학관이, 그러니까, 제가 말이죠, 일반 교수들보다도 더 적은 권한을 갖게 될 테니까요! 이제 아시겠죠, 미네르바. 그리핀도르 팀의 재결성을 막으려던 제 시도가 얼마나 바람직한 것이었는지 말이에요. *지독한 성질머리하고는……*. 어쨌든, 수정안을 읽고 있었죠? 흠, 흠……. '장학관은 현 시간부로 호그와트 학생들에게 적용되는 모든 처벌과 제재, 특권의 박탈에 대해 최고의 권한을 갖는다. 또한 장학관은 다른 교직원에 의해 그러한 처벌, 제재, 특권의 박탈 지시가 내려졌을 경우 그것을 수정할 권한을 갖는다. 마법 정부 총리, 1급 멀린 훈장 수훈자 겸 기타 등등, 코닐리어스 퍼지.'"

그녀는 여전히 미소를 머금고 양피지를 말아 올리더니 다시 핸드백에 집어넣었다.

"그러므로…… 저는 정말로 이 두 아이가 다시는 퀴디치를 하지 못하도록 금지해야 한다고 생각해요." 그녀가 해리에게서 조지로, 다시 해리에게로 눈길을 돌리며 말했다.

해리는 손안에서 스니치가 미친 듯이 퍼덕거리는 것을 느꼈다.

"금지한다고요?" 그가 말했다. 자기 목소리가 이상하게 멀리서 들리는 것처럼 느껴졌다. "경기를 못 하도록……

영원히요?"

"그래요, 포터 군. 내 생각에는 평생 금지해야 효과가 있을 것 같네요." 엄브리지가 말했다. 그 말을 이해하려고 애쓰는 해리를 지켜보며 그녀는 더욱더 활짝 미소 지었다. "포터 군이랑, 여기 위즐리 군도 함께요. 그리고 제 생각에는, 안전을 위해서라도 이 젊은 친구의 쌍둥이 형제도 경기 출전을 금지해야 할 것 같아요. 팀 동료들이 말리지 않았다면 그 아이 또한 틀림없이 말포이 군을 공격했을 테니까요. 저는 당연히 이들의 빗자루를 압수했으면 합니다. 제가 제 연구실에 안전하게 보관하겠어요. 금지 조치를 위반하지 못하도록 말이죠. 하지만 저도 비합리적인 사람은 아니에요, 맥고나걸 교수님." 그녀가 맥고나걸 교수에게 돌아서며 말을 이었다. 이제 맥고나걸 교수는 얼음 조각처럼 가만히 서서 그녀를 바라보고 있었다. "팀의 다른 선수들은 계속 경기를 할 수 있습니다. 그 애들한테서는 그 어떤 폭력의 조짐도 보이지 않으니까요. 자…… 즐거운 오후 보내시길."

그러더니 엄브리지는 흐뭇함이 가득한 얼굴로 연구실을 떠났다. 그녀의 뒤에는 끔찍한 침묵만이 남았다.

"금지됐다니." 그날 늦은 저녁, 앤젤리나가 휴게실에서 공허한 목소리로 말했다. "금지됐다니. 수색꾼도, 몰이꾼도 없다니…… 대체 뭘 어떻게 해야 하지?"

시합에서 이긴 기분이 전혀 들지 않았다. 해리가 눈길을 돌리는 곳마다 암담하고 화난 얼굴들이 보였다. 론을 뺀 팀 선수 모두가 벽난로 주위에 털썩 주저앉아 있었다. 론은 시합이 끝난 뒤로 모습을 드러내지 않았다.

"너무 불공평해." 얼리샤가 망연자실해서 말했다. "그러니까, 크래브도 호루라기를 분 다음에 블러저를 날려 보냈잖아? 그 녀석도 출전 금지당했대?"

"아니." 지니가 비참하게 말했다. 그녀와 헤르미온느는 각각 해리의 양옆에 앉아 있었다. "그냥 깜지만 시켰어. 몬태규가 저녁 식사 때 그 얘기를 하면서 웃는 걸 들었어."

"아무 짓도 안 한 프레드까지 금지시키다니!" 얼리샤가 주먹으로 무릎을 내리치며 버럭 화를 냈다.

"내가 아무 짓도 안 한 건 내 탓이 아니잖아." 프레드가 굉장히 험악한 표정을 지으며 말했다. "너희 셋이 나를 말리지 않았다면 내가 그 쓰레기를 두들겨 패서 곤죽으로 만들어 놨을 거야."

해리는 처참한 심정으로 어두운 창밖을 바라보았다. 눈

이 내리고 있었다. 그가 잡은 스니치는 이제 끊임없이 휴게실을 붕붕 날아다니고 있었다. 아이들은 최면에라도 걸린 것처럼 그 궤적을 눈으로 좇았고, 크룩섕스는 이 의자에서 저 의자로 뛰어다니며 그것을 잡으려고 기를 썼다.

"난 가서 자야겠어." 앤젤리나가 천천히 일어나며 말했다. "어쩌면 이 모든 게 악몽인지도 몰라....... 내일 잠에서 깨면 아직 경기를 하지 않았다는 걸 알게 될지도......."

얼리샤와 케이티가 곧 그녀의 뒤를 따랐다. 프레드와 조지는 조금 더 있다가 슬며시 침실로 향하며 주위에 있는 사람을 죄다 노려보았다. 오래지 않아 지니가 자리를 떠났다. 해리와 헤르미온느만이 벽난로 앞에 남아 있었다.

"론 봤어?" 헤르미온느가 나직한 목소리로 물었다.

해리는 고개를 저었다.

"우리를 피하는 것 같아." 헤르미온느가 말했다. "어디 있을......?"

하지만 바로 그 순간, 등 뒤에서 뚱뚱한 귀부인이 삐거덕 소리를 내며 홱 젖혀지더니 론이 초상화 구멍으로 들어왔다. 얼굴은 새하얗게 질렸고 머리카락에는 눈송이가 내려앉아 있었다. 그는 해리와 헤르미온느를 발견하자 가다 말고 우뚝 멈춰 섰다.

"어디 갔었어?" 헤르미온느가 벌떡 일어서며 걱정스럽게 물었다.

"산책." 론이 웅얼거렸다. 그는 아직도 퀴디치 유니폼을 입고 있었다.

"그러다 얼어 죽겠다." 헤르미온느가 말했다. "이리 와서 앉아!"

론은 벽난로 곁으로 다가와 해리에게서 가장 멀리 떨어진 의자에 털썩 주저앉았다. 해리 쪽은 쳐다보지도 않았다. 멋대로 가져온 스니치가 그들의 머리 위를 쌩쌩 날아다녔다.

"미안." 론이 자기 발을 내려다보며 중얼거렸다.

"뭐가?" 해리가 물었다.

"내가 퀴디치를 할 수 있다고 생각한 것 말이야." 론이 말했다. "내일 날이 밝자마자 그만둔다고 말할 거야."

해리가 짜증스럽게 입을 열었다. "네가 그만두면 팀에 선수가 세 명밖에 안 남게 돼." 론이 어리둥절한 표정을 짓자 그가 말을 이었다. "나는 평생 출전 금지를 당했어. 프레드랑 조지도 그렇고."

"뭐?" 론이 소리 질렀다.

해리는 도저히 그 이야기를 다시 할 수 없었기에 헤르미온느가 전후 사정을 모두 들려주었다. 그녀가 말을 마쳤을 때, 론은 어느 때보다도 괴로워 보였다.

"다 내 잘못이야."

"너 *때문에* 말포이를 때린 게 아니야." 해리가 화를 내며 말했다.

"내가 그렇게 형편없지만 않았어도……."

"그거랑은 아무 상관도 없어."

"내가 긴장한 건 그 노래 때문이었어……."

"누구라도 긴장했을 거야."

헤르미온느는 자리에서 일어나, 말다툼이 벌어지는 곳에서 멀리 떨어진 창가로 향했다. 그러고는 눈이 소용돌이를 그리며 창유리에 부딪치는 모습을 지켜보았다.

"야, 그만 좀 하라고. 어?" 해리가 폭발했다. "네가 그 모든 일에 자책하지 않아도 이미 최악의 상황이야!"

론은 아무 말도 하지 않고 축축한 로브 자락을 비참하게 바라보았다. 잠시 후 그가 힘없이 입을 열었다. "내 생애 최악의 기분이다."

"나도 그래." 해리가 씁쓸하게 말했다.

"뭐." 헤르미온느가 살짝 떨리는 목소리로 입을 열었다. "너희 둘 다 기분이 조금 나아질 일이 하나 있을지도 모르겠어."

"아, 그래?" 해리가 회의적으로 대꾸했다.

"응." 헤르미온느가 눈이 점점이 박힌 칠흑같이 어두운 창문에서 고개를 돌리며 말했다. 그녀의 얼굴에 환한 미소가 번졌다. "해그리드가 돌아왔어."

## 20장
# 해그리드의 이야기

해리는 짐 가방에서 투명 망토와 도둑 지도를 가져오려고 남학생 기숙사를 향해 전력으로 달려 올라갔다. 어찌나 빨랐는지, 헤르미온느도 서둘러 여학생 기숙사에 갔다가 돌아왔지만 론과 그가 적어도 5분은 먼저 준비를 마쳤을 정도였다. 그녀는 스카프와 장갑을 착용하고 직접 서툴게 뜬 집요정 모자를 쓰고 있었다.

"뭐, 밖은 춥잖아!" 론이 어이없다는 듯 혀를 차자 그녀가 변명하듯 말했다.

그들은 살금살금 초상화 구멍으로 나가서 서둘러 투명 망토로 몸을 감쌌다. 론은 키가 부쩍 큰 탓에, 이제 발을 감추려면 몸을 움츠려야 했다. 그들은 가끔씩 멈춰 서서 필치

나 노리스 부인이 없는지 지도를 확인하면서 천천히, 조심
스럽게 수많은 계단을 내려갔다. 운이 좋았다. 목이 달랑달
랑한 닉 말고는 누구와도 마주치지 않았던 것이다. 다만 닉
은 끔찍하게도 '위즐리는 우리의 왕'처럼 들리는 곡조를 흥
얼거리며 멍하니 허공을 미끄러져 가고 있었다. 그들은 살
금살금 현관홀을 가로질러 눈이 내린 고요한 교정으로 나
갔다. 가슴이 크게 들썩였다. 저 앞에 작고 네모난 금빛과
해그리드의 오두막 굴뚝에서 피어오르는 연기가 보였다.
해리가 걸음을 재촉하기 시작하자, 다른 두 사람도 거칠게
밀치고 부딪치며 그를 쫓아왔다. 그들은 흥분한 발걸음으
로 점점 두껍게 쌓이는 눈을 뽀드득뽀드득 밟으며 나아간
끝에 나무로 된 현관문 앞에 도착했다. 해리가 주먹으로 문
을 세 번 두드리자 안에서 개가 미친 듯이 짖기 시작했다.

"해그리드, 우리예요!" 해리가 열쇠 구멍에 대고 소리쳤
다.

"이럴 수가!" 걸걸한 목소리가 말했다.

그들은 투명 망토 아래에서 서로를 보며 활짝 웃었다. 해
그리드의 목소리에 기뻐하는 기색이 역력했기 때문이었
다. "집에 온 지 3초쯤 된 것 같은데……. 비켜, 팽…… *비
키라니까, 이 멍청한 개 같으니…….*"

빗장이 젖혀지고 문이 삐걱 열리더니 그 사이로 해그리드의 머리가 나타났다.

헤르미온느가 비명을 질렀다.

"멀린의 턱수염 같으니. 목소리 낮춰!" 해그리드가 그들의 머리 너머를 거칠게 두리번거리며 황급히 말했다. "투명 망토 쓰고 있는 거지? 자, 들어와라, 들어와!"

"죄송해요!" 헤르미온느가 숨을 헐떡거렸다. 세 사람은 해그리드 옆을 비집고 집 안으로 들어가서 망토를 벗고 그에게 모습을 드러냈다. "저는 그냥…… 아, 해그리드!"

"아무것도 아니야, 아무것도!" 해그리드가 얼른 말하며 문을 닫더니 허겁지겁 창문마다 커튼을 쳤다. 하지만 헤르미온느는 겁에 질린 채 계속 그를 올려다보기만 했다.

해그리드의 머리카락에는 피가 엉겨붙어 있었고, 왼쪽 눈은 잔뜩 부어서 검푸른 멍 한가운데 찍 그어진 실금처럼 보였다. 얼굴과 양손에 상처가 가득했고 몇 군데에서는 아직도 피가 흐르고 있었다. 조심스럽게 움직이는 것으로 보아 갈비뼈가 부러졌는지도 몰랐다. 그가 방금 집에 돌아왔다는 건 확실했다. 두꺼운 검은색 여행용 망토가 의자 등받이에 걸쳐 있었고, 작은 아이 몇 명은 실어 나를 수 있을 만큼 큰 배낭이 문 옆에 기대어 있었던 것이다. 보통 사람에 비해 덩치가 두 배는 큰 해그리드 본인은 지금 절뚝거리며 벽난로로 다가가 구리 주전자를 올려놓는 중이었다.

"무슨 일이 있었던 거예요?" 해리가 물었다. 팽은 모두의 주위를 펄쩍펄쩍 뛰어다니며 얼굴을 핥으려 들었다.

"말했잖냐, *아무것도 아니라고.*" 해그리드가 딱 잘라 말했다. "차 한잔 줄까?"

"집어치워요." 론이 말했다. "꼴이 말이 아니잖아요!"

"분명히 말하는데, 난 괜찮아." 해그리드는 허리를 펴고 고개를 돌려 모두에게 활짝 미소 짓다가 살짝 움찔했다. "제기랄, 너희 셋을 다시 보니 좋구나. 여름방학은 잘 보냈냐?"

"해그리드, 공격을 당했잖아요!" 론이 말했다.

"마지막으로 말하는데, 아무 일도 아니야!" 해그리드가 단호하게 말했다.

"우리 중 한 명이 얼굴 대신 다진 고기를 달고 나타나도 아무것도 아니라고 할 거예요?" 론이 밀어붙였다.

"폼프리 선생님한테 가야 해요, 해그리드." 헤르미온느가 걱정스럽게 말했다. "심해 보이는 상처들도 있어요."

"내가 처리할 거다. 알았지?" 해그리드가 더 이상의 말을 막았다.

그는 오두막 한가운데 놓여 있는 커다란 나무 탁자로 가서 그 위에 놓여 있던 마른행주를 홱 잡아챘다. 그 아래 평범한 자동차 타이어보다 살짝 큰, 피투성이 초록빛 날고기가 놓여 있었다.

"그걸 먹으려는 건 아니죠, 해그리드?" 론이 더 자세히 보려고 허리를 구부리며 말했다. "독이 있는 것 같은데요."

"그렇게 보이는 게 당연해. 용의 살코기거든." 해그리드가 말했다. "먹으려고 가져온 게 아니야."

그는 날고기를 집어 들고 얼굴 왼쪽에 철썩 붙였다. 그가 만족스러운 듯 작게 신음하는 내내 녹색 피가 턱수염을 따라 뚝뚝 떨어졌다.

"좀 낫네. 이게 통증을 줄여 주거든."

"그래서, 무슨 일이 있었는지 말해 주실 거예요?" 해리가 물었다.

"그럴 수 없어, 해리. 일급비밀이야. 너희한테 얘기해 주는 건 내 임무에서 벗어나는 일이야."

"거인들한테 맞은 거예요, 해그리드?" 헤르미온느가 조용히 물었다.

해그리드의 손가락이 용 살코기에서 미끄러졌다. 용 고기가 그의 가슴으로 철퍽 떨어졌다.

"거인?" 해그리드는 살코기가 허리띠 밑으로 떨어지기 전에 잽싸게 잡아서 다시 얼굴에 철썩 붙였다. "누가 거인 얘기를 하던? 누가 그런 얘기를 한 거냐? 내가 무슨 일을 했는지…… 내가 어디에 갔는지 누가…… 응?"

"그냥 짐작한 거예요." 헤르미온느가 변명하듯 말했다.

"아, 그랬구나. 정말?" 해그리드가 살코기에 가려지지 않은 한쪽 눈으로 그녀를 엄하게 응시하며 말했다.

"그게 좀…… 뻔하잖아요." 론이 말했다. 해리도 고개를 끄덕였다.

해그리드는 그들을 노려보다가 콧방귀를 뀌더니 살코기를 도로 탁자에 던지고 성큼성큼 주전자로 다가갔다. 주전자에서는 이제 휘파람 소리가 나고 있었다.

"너희 셋처럼 알 필요도 없는 걸 꼭 알고야 마는 애들은 처음 본다." 그가 양동이 모양의 머그잔 세 개에 끓는 물을 부어 넣으며 구시렁거렸다. "칭찬하는 거 아니야. 어떤 사람들은 참견하기 좋아하는 애들이라고 그러겠지. 오지랖 넓은 애들이라고."

하지만 그는 웃는 듯 턱수염을 씰룩거리고 있었다.

"그러니까 거인들을 찾으러 가셨던 거예요?" 그가 탁자 앞에 앉자 해리가 씩 웃으며 말했다.

해그리드는 각자의 앞에 찻잔을 놓고 앉더니 다시 살코기를 집어 얼굴에 철썩 붙였다.

"그래, 맞아." 그가 툴툴댔다. "그랬지."

"찾으셨어요?" 헤르미온느가 숨죽인 목소리로 물었다.

"뭐, 솔직히 찾는 게 그렇게 어렵진 않아." 해그리드가 말했다. "워낙 크니까."

"어디 있는데요?" 론이 물었다.

"산에." 해그리드가 하나 마나 한 대답을 했다.

"그럼 왜 머글들은 못 보……?"

"머글들도 봐." 해그리드가 음울하게 말했다. "단지 머글들이 죽으면 항상 산악 사고로 처리될 뿐이지. 안 그렇겠냐?"

그는 살코기를 약간 움직여 멍이 가장 심하게 든 곳에 갖다 댔다.

"빨리요, 해그리드. 무슨 일을 했는지 말해 주세요!" 론이 말했다. "거인들한테 공격당한 얘기를 해 주면 해리도 아저씨한테 디멘터한테 공격당한 얘기를 해 줄……."

해그리드는 차를 마시다가 사레가 들려 살코기를 떨어뜨렸다. 해그리드가 기침을 하면서 캑캑거리자 엄청난 양의 침과 차, 용의 피가 탁자 가득 흩뿌려졌다. 살코기가 작게

'철퍽' 소리를 내며 바닥으로 떨어졌다.

"무슨 소리냐? 디멘터들한테 공격당하다니?" 해그리드가 거칠게 소리쳤다.

"모르셨어요?" 헤르미온느가 눈을 휘둥그레 뜨고 물었다.

"내가 떠난 뒤에 벌어진 일들은 전혀 몰라. 비밀 임무 중이었잖냐. 부엉이들이 사방에서 날 따라다니게 할 수는 없었지. 젠장, 디멘터라니! 진짜냐?"

"네, 진짜예요. 디멘터들이 리틀 윙징에 나타나서 저랑 제 사촌을 공격했어요. 그러자 마법 정부가 저를 퇴학시켰……."

**"뭐라고?"**

"……그래서 청문회에도 가고 뭐 이것저것 해야 했는데, 아무튼 거인 얘기부터 해 주세요."

"네가 퇴학을 당했다고?"

"아저씨가 여름 동안 겪었던 일을 얘기해 주시면 제 여름 방학 얘기도 해 드릴게요."

해그리드는 한쪽 눈으로 그를 노려보았다. 해리도 그를 똑바로 마주 보았다. 해리의 얼굴에는 순수한 결의가 떠올라 있었다.

"그래, 알겠다." 해그리드가 체념한 목소리로 말했다.

그는 허리를 구부려 팽이 물고 있는 용 살코기를 잡아당 겼다.

"아, 해그리드, 그러지 마세요. 비위생적인……." 헤르미 온느가 입을 열었지만 해그리드는 이미 그 고기를 다시 부은 눈에 철썩 붙인 뒤였다.

그는 기운을 돋우려는 듯 차를 한 모금 더 들이켜더니 말했다. "뭐, 우리는 학기가 끝나자마자 출발했어."

"막심 교장이랑 같이 간 거죠?" 헤르미온느가 말을 끊었다.

"그래, 맞아." 해그리드가 말했다. 턱수염이나 녹색 살코 기로 가려지지 않은 얼마 안 되는 얼굴이 조금 부드러워졌다. "그래, 단둘이서. 확실히 말하는데, 그녀는 어떤 불편함도 두려워하지 않아. 올랭프 말이다. 올랭프는 세련되고 옷도 잘 입는 사람이잖아. 그래서 난 우리가 어디로 가야 하는지 알았을 때 올랭프가 큰 바위를 타 넘거나 동굴에서 자는 그런 일들을 어떻게 여기려나 싶었어. 하지만 불평 한 번 하지 않더라."

"어디로 가야 할지 아셨어요?" 해리가 물었다. "거인들이 어디에 있는지 아셨다고요?"

"뭐, 덤블도어 교수님이 알고 계셨지. 그분이 우리한테 말씀해 주신 거야." 해그리드가 말했다.

"숨어 있나요?" 론이 물었다. "거인들이 어디에 사는지는 비밀인가요?"

"딱히 그렇진 않아." 해그리드가 덥수룩한 머리를 저으며 말했다. "그냥 대부분의 마법사가 거인이 어디 살든 신경 쓰지 않을 뿐이야. 멀리 떨어진 곳이기만 하면 되지. 하지만 거기까지 가는 건 아주 어려워. 어쨌든 인간들한테는 말이야. 그래서 덤블도어 교수님이 가는 길을 알려 주셔야 했어. 거기까지 가는 데 한 달 가까이 걸렸다."

"한 달요?" 론이 그렇게 터무니없이 긴 여행은 처음 들어 본다는 듯 말했다. "하지만…… 왜 포트키를 사용하거나 그러지 않았죠?"

해그리드는 가리지 않은 한쪽 눈을 가늘게 뜨고 론을 바라보았다. 그 눈에는 이상한 빛이 떠올라 있었다. 한심함에 가까운 눈빛이었다.

"론, 우리는 감시당하고 있어." 그가 무뚝뚝하게 말했다.

"무슨 뜻이에요?"

"이해를 못 하는구나." 해그리드가 말했다. "정부에서 덤블도어 교수님을 비롯해, 누구든 그분과 한편이라고 추정되는 사람들을 주시하고 있다는……."

"그건 우리도 알아요." 해그리드의 이야기를 마저 듣고 싶은 마음에 해리가 재빨리 말했다. "정부가 덤블도어 교수님을 감시하고 있다는 거요."

"그러니까 거기에 갈 때 마법을 쓸 수 없었다는 거예요?" 론이 충격을 받은 표정으로 물었다. "가는 내내 머글처럼 굴어야 했다고요?"

"뭐, 정확히 말하면 내내 그러진 않았다." 해그리드는 뭔가 숨기는 듯했다. "그냥 조심해야 했어. 올랭프랑 나는, 우리는 조금 눈에 띄는 편이니까……."

론은 콧방귀와 코웃음 사이의 어중간한 소리를 내다 말고 얼른 차를 한 모금 들이켰다.

"……그러니 우리를 미행하기는 그리 어렵지 않겠지. 우리는 함께 휴가를 떠나는 척했다. 프랑스에 도착해서 올랭프의 학교가 있는 곳으로 가는 척했지. 정부에서 나온 사람이 뒤를 밟고 있다는 걸 알았으니까. 오래 걸릴 수밖에 없었어. 나는 사실 마법을 쓰면 안 되게 돼 있으니까. 정부가 우리를 체포할 구실을 찾고 있다는 걸 알았어. 하지만 우리를 미행하던 멍청이를 디이존 근처에서 간신히 따돌렸단다."

"아아아, 디종 말이죠?" 헤르미온느가 신이 나서 말했다.

"방학 때 가 봤어요. 혹시 거기서 그거 보셨어요? 그……."

그녀는 론의 표정을 보고 입을 다물었다.

"그 뒤로는 마법을 쓸 기회가 조금 있었고 그렇게 나쁜 여행은 아니었어. 폴란드 국경에서 미친 트롤 두엇이랑 마주치고 민스크의 어느 선술집에서는 내가 뱀파이어와 약간 다투기도 했지만, 그걸 빼면 그보다 순조로울 수가 없었다. 그런 다음에는 목적지에 도착해서 산을 오르기 시작했어. 거인들의 흔적을 찾으면서 말이야. 일단 거인들 근처에 가자 마법 쓰는 걸 포기해야 했다. 한편으로는 거인들이 마법사들을 좋아하지 않았기 때문이야. 너무 일찍부터 거인들을 화나게 만들고 싶지는 않았거든. 또 한편으로는 덤블도어 교수님이 '그 사람'은 분명 거인들이니 뭐니 전부 끌어들이고 있을 거라고 경고했기 때문이었지. 그자가 이미 거인들에게 전령을 보냈을 가능성이 크다고 하셨어. 근처에 죽음을 먹는 자들이 있을 경우에 대비해 거인들에게 접근할 때는 이목을 끌지 않도록 아주 조심해야 한다고 하셨지."

해그리드는 잠시 말을 멈추고 차를 길게 들이켰다.

"계속 얘기해 주세요!" 해리가 재촉했다.

"우린 거인들을 찾았다." 해그리드가 거두절미하고 말했다. "어느 날 밤 산등성이 하나를 넘었는데 거기에 그들이 있었어. 우리 아래쪽에 흩어져 있었지. 밑에는 작은 모닥불들이 타오르고 거대한 그림자들이…… 마치 산 일부가 움직이는 걸 보고 있는 것 같았어."

"얼마나 커요?" 론이 숨죽여 물었다.

"6미터쯤 되려나." 해그리드가 태연하게 말했다. "더 큰 거인은 8미터 가까이 됐을 거야."

"몇 명이나 있었어요?" 해리가 물었다.

"아마 70명에서 80명 정도 됐을 거다." 해그리드가 말했다.

"그게 전부예요?" 헤르미온느가 말했다.

"응." 해그리드가 슬픈 듯 말했다. "80명 정도만 남았지. 한때는 엄청나게 많았지만. 아마 전 세계에 100개가 넘는 부족이 있었을 거야. 하지만 거인들은 오랜 세월에 걸쳐 소멸해 갔어. 물론 몇몇은 마법사들의 손에 죽었지만 대부분은 서로가 서로를 죽였지. 지금은 어느 때보다도 빠르게 멸종되고 있어. 원래 거인은 그런 식으로 한곳에 모여서 살지 않거든. 덤블도어 교수님은 그게 우리 마법사들의 잘못이라고, 거인들이 우리한테서 그렇게 멀리 떨어진 곳에 가서 살게 만든 건 마법사들이고 거인들은 스스로를 지키기 위해 함께 모여 살 수밖에 없었다고 하셨지."

해리가 말했다. "그래서, 아저씨는 거인들을 발견한 다음 어떻게 하셨어요?"

"뭐, 아침이 될 때까지 기다렸어. 어둠 속에서 몰래 접근하고 싶지는 않았거든. 우리 자신의 안전을 위해서." 해그리드가 말했다. "새벽 3시쯤 되자 거인들이 앉은 자리에서 잠들더구나. 우리는 감히 잠들지 못했지. 거인 중 한 명이라도 깨어나서 우리가 있는 곳으로 올라오진 않을지 확인하고 싶기도 했고, 하나 더 말하자면 거인들이 코 고는 소리가 믿을 수 없을 정도였거든. 아침 무렵에는 그 소리 때문에 산사태가 일어날 정도였단다. 아무튼, 일단 날이 밝자 우리는 거인들을 만나러 내려갔어."

"그냥 그렇게요?" 론이 경외감에 젖은 목소리로 말했다. "그냥 거인 야영지로 곧장 걸어 들어갔다고요?"

"뭐, 덤블도어 교수님이 방법을 알려 주셨거든." 해그리드가 말했다. "거그한테 선물을 주고, 존경을 표하고, 뭐 그런 것들."

"뭐한테 선물을 준다고요?" 해리가 물었다.

"아, 거그, 족장 말이야."

"어떤 거인이 거그인지는 어떻게 알아요?" 론이 물었다.

해그리드는 끙 소리를 내면서도 즐거워했다.

"그건 아무 문제 없었어." 그가 말했다. "가장 덩치가 크고 가장 흉측하게 생기고 가장 게을렀거든. 거그들은 그렇지. 다른 거인들이 음식을 가져다줄 때까지 앉아서 기다리기만 하더구나. 죽은 염소 같은 것들 말이야. 이름은 카르쿠스였고, 내 생각에는 6.5미터에서 7미터쯤 됐을 것 같아. 몸무게는 수컷 코끼리 두 마리와 맞먹었을 거다. 피부는 코뿔소 가죽 같고, 뭐 그랬지."

"그런데 그냥 다가갔다고요?" 헤르미온느가 숨조차 쉬지 못하고 물었다.

"뭐…… 내려간 거지, 그자가 드러누워 있는 골짜기로. 거인들은 상당히 높은 네 개의 산으로 둘러싸인 골짜기에 있었거든. 옆에는 산속 호수가 있었고, 카르쿠스는 호수 근처에 누워서 자기랑 자기 아내한테 음식을 가져오라고 다른 거인들에게 호통을 치고 있었어. 올랭프와 나는 산등성이를 따라 내려갔……."

"그런데 거인들이 아저씨를 보고 죽이려 들지는 않았어요?" 론이 믿을 수 없다는 듯 물었다.

"확실히 몇몇은 그러려고 했을 거야." 해그리드가 어깨를 으쓱하며 말했다. "하지만 우리는 덤블도어 교수님이

시키신 대로 했어. 선물을 높이 들고 거그에게 눈을 고정한 채 다른 거인들은 무시하라고 하셨거든. 그래서 그렇게 했지. 그러니까 나머지 녀석들이 조용해지더니 우리가 지나가는 걸 지켜보더라. 그렇게 우리는 카르쿠스에게로 곧장 다가가 허리 숙여 인사한 다음 그 앞에 선물을 내려놨어."

"거인한테는 뭘 줘요?" 론이 기대 어린 목소리로 물었다. "음식?"

"아냐, 음식은 얼마든지 알아서 구할 수 있어." 해그리드가 말했다. "우리는 마법을 가져다줬다. 거인들은 마법을 좋아하거든. 그냥 우리 마법사들이 자기들한테 마법 쓰는 걸 싫어할 뿐이지. 아무튼, 첫날에는 구브레이스의 불 가지 하나를 줬어."

헤르미온느가 나지막이 "와!" 하고 말했지만 해리와 론은 둘 다 어리둥절해서 얼굴을 찡그렸다.

"뭔 가지를 줬다고요?"

"영원히 타오르는 불 말이야." 헤르미온느가 짜증 난다는 듯 말했다. "지금쯤이면 알아야지. 플리트윅 교수님이 수업 시간에 적어도 두 번은 말씀하셨는데!"

"뭐, 아무튼." 론이 뭐라고 대꾸할 겨를도 없이 해그리드가 재빨리 끼어들었다. "덤블도어 교수님이 그 나뭇가지에 마법을 걸어서 영원히 타오르도록 만드셨거든. 아무 마법 사나 할 수 있는 일은 아니지. 나는 그것을 눈이 쌓인 카르 쿠스의 발밑에 내려놓고 말했어. '알버스 덤블도어가 거인 들의 거그에게 존경을 담은 인사를 전하고자 드리는 선물 입니다.'"

"그러니까 카르쿠스가 뭐래요?" 해리가 기대감에 차서 물었다.

"아무 말도 안 했어." 해그리드가 말했다. "영어를 못하 거든."

"농담하지 마세요!"

"하지만 상관없었다." 해그리드가 침착하게 말했다. "덤 블도어 교수님이 그럴 수도 있다고 미리 언질을 주셨거든. 카르쿠스도 우리말을 아는 거인 몇 명을 고함쳐서 부를 정 도의 머리는 있었고, 그 거인들이 대신 통역을 해 줬지."

"그래서 카르쿠스가 선물을 마음에 들어 했어요?" 론이 물었다.

"아, 그럼 당연하지. 그게 뭔지 알아채자마자 한바탕 기 쁨의 폭풍이 지나갔단다." 해그리드가 용의 살코기를 뒤 집어 더 차가운 쪽을 부은 눈에 대고 눌렀다. "아주 기뻐했 어. 그래서 내가 말했지. '알버스 덤블도어는 내일 전령이 다른 선물을 가지고 다시 찾아왔을 때 거그가 그와 이야기 나눠 주시기를 간청합니다.'"

"왜 그날 이야기를 나눌 수 없었던 거예요?" 헤르미온느가 물었다.

"덤블도어 교수님은 우리가 아주 천천히 진행하기를 바라셨어." 해그리드가 말했다. "우리가 약속을 반드시 지킨다는 걸 보여 주라는 거지. '내일 다른 선물을 가지고 다시 올 거다' 한 다음 정말로 다른 선물을 가지고 다시 찾아가는 거야. 그럼 좋은 인상을 주겠지? 또 거인들한테는 첫 번째 선물을 시험해 보고 그것이 좋은 선물인지 깨달을 시간을 주는 거야. 또 선물을 받고 싶은 기대감에 차게 만드는 거지. 어쨌든 카르쿠스 같은 거인들은 너무 많은 정보가 주어지면 그냥 상황을 간단하게 만들기 위해서라도 상대를 죽여 버리거든. 그래서 우리는 허리 숙여 인사하고 빠져나온 다음 적당한 동굴을 찾아 거기서 그날 밤을 보내고 이튿날 아침에 다시 갔어. 이번에는 카르쿠스가 아주 기대에 찬 얼굴로 앉아서 우리를 기다리고 있더구나."

"그리고 이야기를 나눴어요?"

"아, 그래. 먼저 훌륭한 투구를 선물했어. 고블린이 만든, 절대로 부서지지 않는 투구였지. 그다음에는 앉아서 이야기를 했단다."

"뭐래요?"

"별말 안 했어." 해그리드가 말했다. "거의 듣기만 했지. 하지만 좋은 조짐도 보였어. 덤블도어 교수님에 대해 들어 봤다는 거야. 그분이 영국에 마지막 남은 거인들을 죽이는 일에 반대했다는 얘기 말이야. 카르쿠스는 덤블도어 교수님이 무슨 말을 하려는지 상당히 관심이 있는 것처럼 보였어. 그리고 몇몇 다른 거인들도, 특히 영어를 좀 할 줄 아는 거인들은 모여서 같이 귀를 기울였지. 우리는 그날 기대에 부풀어서 그곳을 떠났단다. 다음 날 아침에 다른 선물을 가지고 다시 오겠다는 약속을 하고. 그런데 그날 밤에 모든게 틀어졌지 뭐냐."

"무슨 뜻이에요?" 론이 재빨리 물었다.

"뭐, 아까도 말했지만 원래 거인들은 같이 모여 살아선 안 되거든." 해그리드가 슬픈 목소리로 말했다. "그렇게 큰 무리를 이루고서는 말이야. 자제를 못 하고 몇 주에 한 번씩 서로 싸우다 절반쯤 목숨을 잃지. 남자들도 서로 싸우고 여자들끼리도 싸우고, 남은 옛 부족끼리도 서로 싸워. 음식이나 가장 좋은 모닥불이나 잠자리를 두고 다투는 걸 빼고도 말이야. 자기들 종족이 모두 멸종당하기 직전인 걸 알면

서로를 가만히 놔둬야겠다는 생각이 들 법도 한데……."

해그리드는 깊이 한숨을 쉬었다.

"그날 밤에 싸움이 터지고 말았어. 우리가 있는 동굴 입구에서 골짜기를 내려다보니까 그 광경이 보이더구나. 싸움은 몇 시간이나 이어졌어. 얼마나 시끄러웠는지 믿을 수가 없을 정도였다. 그러다가 해가 떴을 때는 눈밭이 온통 붉게 물들고 호수 밑바닥에는 그자의 머리가 뒹굴고 있었지."

"누구 머리요?" 헤르미온느가 숨을 헉 들이켰다.

"카르쿠스." 해그리드가 무거운 목소리로 말했다. "골고마스라는 새로운 거그가 나타났어." 그는 또다시 무거운 한숨을 내뱉었다. "뭐, 첫 거그와 우호적인 접촉을 한 지 겨우 이틀이 지났을 뿐이니 새 거그에게 큰 기대를 걸지는 않았어. 또 골고마스가 우리 얘기에 별로 귀 기울이고 싶어 하지 않을 거라는 이상한 느낌이 들었지. 하지만 시도는 해봐야 했어."

"골고마스랑 이야기하러 갔다고요?" 론이 믿을 수 없다는 듯 물었다. "그자가 다른 거인의 머리를 뜯어내는 걸 보고도요?"

"당연하지." 해그리드가 말했다. "이틀 만에 포기하려고 그 먼 데까지 간 건 아니니까! 우리는 카르쿠스에게 주기로 했던 선물을 가지고 갔어. 근데 입을 열기도 전에 일이 잘 풀리지 않을 거라는 걸 알았지. 골고마스는 카르쿠스의 투구를 쓰고 앉아 있었는데, 우리가 가까이 가니까 음흉하게 웃더라고. 놈은 거대했어. 거기 있는 거인들 가운데 가장 큰 축이었지. 검은 머리카락에 그와 똑같은 색깔의 이빨을 하고 뼈를 엮어 만든 목걸이를 걸고 있었는데 그중 몇 개는 사람 뼈처럼 보였어. 뭐, 그래도 한번 시도는 해 봤어. 큼직한 용 가죽 두루마리를 내밀고 말했지. '거인들의 거그에게 주는 선물입니다.' 다음 순간에는 정신을 차릴 새도 없이 발목이 잡힌 채 공중에 거꾸로 매달렸어. 골고마스의 부하 둘이 나를 붙잡고 있더라."

헤르미온느가 손으로 입을 틀어막았다.

"거기서 어떻게 빠져나왔어요?" 해리가 물었다.

"올랭프가 없었으면 못 빠져나왔을 거야." 해그리드가 말했다. "올랭프가 마법 지팡이를 꺼내더니 주문을 몇 가지 걸더구나. 그렇게 빠른 주문 솜씨는 처음 봤다. 젠장, 정말 장관이었어. 나를 붙잡고 있던 거인 두 놈의 눈에 결막염 저주가 명중하자 놈들은 즉시 나를 떨어뜨렸어. 하지만 그런 다음 곤란해졌지. 왜냐하면 거인들을 상대로 마법을 썼으니까. 그게 바로 거인들이 마법사를 싫어하는 이유인데. 우리는 달아나야 했고, 다시 거인들의 야영지로 들어갈 방법은 없다는 걸 알았지."

"세상에, 해그리드." 론이 조용히 말했다.

"그래서, 거기에는 사흘밖에 안 있었는데 집에 돌아오기까지 왜 그렇게 오래 걸린 거예요?" 헤르미온느가 물었다.

"우리는 사흘밖에 안 있지 않았어!" 해그리드가 발끈한 듯 말했다. "덤블도어 교수님이 우리만 믿고 계셨는데!"

"하지만 방금 다시 들어갈 방법이 없었다고 하셨잖아요!"

"물론 낮에는 없었다. 그냥 생각을 다시 좀 해 봐야 했어. 동굴에 납작 엎드려 지켜보면서 며칠을 보냈지. 근데 상황이 좋지 않더라."

"그자가 다른 거인들 목을 더 뽑아 버렸나요?" 헤르미온느가 비위 상한 목소리로 물었다.

"아니." 해그리드가 말했다. "그랬다면 좋았게."

"무슨 뜻이에요?"

"내 말은, 그자가 모든 마법사에게 적대적인 건 아니라는 사실을 머잖아 알게 됐다는 거야. 우리한테만 그랬던 거지."

"죽음을 먹는 자들이······?" 해리가 재빨리 입을 열었다.

"그래." 해그리드가 험악하게 말했다. "죽음을 먹는 자 두엇이 매일 그자를 찾아오고 있었어. 거그에게 줄 선물을 갖고 말이야. 근데 그자들은 거꾸로 대롱대롱 들어 올리지 않더구나."

"그자들이 죽음을 먹는 자라는 건 어떻게 알았어요?" 론이 물었다.

"그중 한 명을 알아봤으니까." 해그리드가 이를 갈며 말했다. "맥네어 기억나냐? 정부에서 벅빅을 죽이라고 보냈던 놈 말이야. 그 녀석은 미친놈이야. 골고마스만큼이나 죽이는 걸 좋아하지. 둘이 그렇게 잘 지내는 것도 이상할 게 없어."

"그러니까 맥네어가 '그 사람'에게 가담하라고 거인들을 설득한 거예요?" 헤르미온느가 절망적인 어조로 물었다.

"달리는 히포그리프에 채찍질하지 마라. 아직 얘기 안 끝났으니까!" 해그리드가 버럭 화를 내며 말했다. 처음에는 아무것도 말해 주고 싶어 하지 않았던 걸 생각해 보면 지금은 꽤 즐기고 있는 것처럼 보였다. "나랑 올랭프는 이야기를 나눈 끝에, 거그가 '그 사람'을 더 좋아하는 것처럼 보인다고 해서 거인들 전부가 그렇지는 않을 거라는 데 의견을 모았어. 다른 거인들을 설득하려는 노력은 해 봐야 했지.

골고마스가 거그가 되기를 원하지 않았던 거인들 말이야."

"그게 어떤 거인들인지 어떻게 알 수 있어요?" 론이 물었다.

"뭐, 곤죽이 되도록 얻어터진 거인들을 찾으면 되지 않겠냐?" 해그리드가 참을성 있게 말했다. "조금이라도 분별력 있는 거인들은 골고마스를 피해 딱 우리처럼 개울 근처 동굴에 숨어 있었어. 그래서 우리는 밤마다 동굴들을 찾아가 보기로 했지. 그중 몇 명이나 설득할 수 있을지 알아보려고 말이야."

"거인들을 찾아서 어두운 동굴들을 쑤시고 다녔다고요?" 론이 경외감 어린 목소리로 말했다.

"뭐, 우리가 가장 걱정했던 건 거인들이 아니었어." 해그리드가 말했다. "죽음을 먹는 자들이 더 걱정됐지. 출발하기 전에 덤블도어 교수님이 될 수 있으면 그자들과 엮이지 말라고 하셨거든. 그런데 문제는, 그자들이 우리가 근처에 있다는 사실을 알고 있다는 거였어. 골고마스가 우리 얘기를 했겠지. 밤이 되어 거인들이 잠들고 우리가 몰래 동굴로 숨어들어 가려고 하면 맥네어와 또 한 명의 죽음을 먹는 자가 우리를 찾아 조용히 산을 돌아다녔어. 올랭프가 놈들에게 달려들려는 것을 막느라고 힘들었다." 해그리드가 말했다. 그의 입꼬리가 들려 올라가면서 거친 턱수염이 씰룩거렸다. "올랭프는 놈들을 공격하고 싶어서 근질거리는 것 같았어. 화가 나면 장난이 아니거든, 올랭프는…… 불같달까……. 프랑스인 특유의 기질이지."

해그리드는 촉촉한 눈으로 불꽃을 들여다보았다. 해리는 30초 정도 그에게 추억할 시간을 준 뒤 큰 소리로 목을 가다듬었다.

"그래서요? 어떻게 됐어요? 다른 거인들 근처에 가 보기는 했나요?"

"뭐? 아…… 아, 그래, 그랬지. 맞아, 카르쿠스가 살해당한 뒤 사흘째 밤에 우리는 숨어 있던 동굴에서 나와 다시 개울로 내려갔어. 죽음을 먹는 자들이 있는지 눈을 크게 뜨고 살피면서. 동굴 몇 군데에 들어가 봤는데 말짱 헛수고였지. 그러다가 여섯 번째쯤인가, 숨어 있는 거인 셋을 발견했어."

"동굴이 엄청 비좁았겠네요." 론이 말했다.

"크니즐 한 마리 돌아다닐 공간도 없더라." 해그리드가 말했다.

"아저씨를 보고 공격하지는 않았어요?" 헤르미온느가 물었다.

"컨디션이 조금이라도 좋았다면 아마 그랬을 거야." 해그리드가 말했다. "하지만 다들 심하게 다친 상태였어. 셋 모두 말이다. 골고마스 패거리가 정신을 잃을 때까지 두들겨 팬 거지. 그 거인들은 정신을 차리자마자 가장 가까운 은신처로 숨어든 거였어. 아무튼, 그중 하나가 영어를 조금 할 줄 알아서 다른 거인들에게 통역을 해 줬는데, 우리 얘기가 그렇게 안 먹히는 것 같지는 않더구나. 그래서 우리는 다친 거인들을 계속 찾아갔지. 예닐곱 명쯤 설득했던 것 같아. 어느 시점에서는 말이야."

"예닐곱 명이라고요?" 론이 기대감에 차서 말했다. "뭐 나쁘지 않네요. 그 거인들이 여기 와서 우리랑 같이 '그 사람'과 맞서 싸우는 거예요?"

하지만 헤르미온느가 입을 열었다. "'어느 시점'이라는 게 무슨 뜻이에요, 해그리드?"

해그리드는 시무룩한 얼굴로 그녀를 바라보았다.

"골고마스 무리가 동굴들을 습격했거든. 그다음부터는 살아남은 거인들이 더 이상 우리랑 엮이고 싶어 하지 않더구나."

"그래서…… 그래서 거인들이 한 명도 오지 않는 거예요?" 론이 실망한 표정으로 말했다.

"그래." 해그리드가 살코기를 뒤집어 다시 차가워진 쪽을 얼굴에 대더니 깊은 한숨을 내쉬었다. "하지만 우리는 임무를 다했어. 덤블도어 교수님의 메시지를 전했고, 거인들 중 일부는 그 얘기를 들었으니까. 몇 명은 그 이야기를 기억할 거야. 아주 만약이지만, 혹시라도 골고마스 곁에 머물고 싶지 않은 거인들은 산을 나오겠지. 덤블도어 교수님이 자기들에게 우호적이었다는 것을 기억할 수도 있고. 그럼 그 거인들은 찾아올지도 몰라."

이제는 눈이 창문을 가득 채우고 있었다. 해리는 로브 무릎 부분이 푹 젖어 있다는 것을 깨달았다. 팽이 해리의 무릎에 머리를 올려놓은 채 침을 흘리고 있었던 것이다.

"해그리드?" 잠시 후 헤르미온느가 조용히 입을 열었다.

"음?"

"혹시…… 어떤 소식이라도…… 거기 있는 동안 아저씨의…… 아저씨의 어머니에 대해 뭐라도 들으신 게 있나요?"

가리지 않은 해그리드의 한쪽 눈이 그녀에게 머물렀다. 헤르미온느는 약간 겁먹은 표정을 지었다.

"죄송해요……. 저는…… 잊어버리세요."

"죽었어." 해그리드가 툴툴거리듯 말했다. "예전에 죽었대. 그 거인들이 말해 줬다."

"아…… 정말…… 정말 유감이에요." 헤르미온느가 기어들어 가는 목소리로 말했다. 해그리드는 거대한 어깨를 으쓱했다.

"그럴 필요 없어." 그가 딱 잘라 말했다. "어머니는 별로 기억나지 않아. 그렇게 훌륭한 어머니는 아니었어."

그들은 다시 조용해졌다. 헤르미온느는 초조하게 해리와 론을 힐끗 바라보았다. 그들이 무슨 말이라도 하기를 바라는 게 틀림없었다.

"하지만 어쩌다 이런 꼴이 됐는지는 아직 얘기 안 했잖아요, 해그리드." 론이 해그리드의 피투성이 얼굴을 가리키며 말했다.

"왜 이렇게 늦게 돌아왔는지도요." 해리가 말했다. "시리우스가 그러는데 막심 교장은 벌써 한참 전에 돌아왔다고……."

"누군가에게 공격당한 거예요?" 론이 물었다.

"공격당한 게 아니라니까!" 해그리드가 강하게 부인했다. "난……."

하지만 그의 나머지 말은 갑작스럽게 들려온 문 두드리는 소리에 묻히고 말았다. 헤르미온느가 숨을 들이켰다. 그녀의 손에서 머그잔이 미끄러지더니 바닥에 떨어져 박살

났다. 팽이 깨갱거렸다. 네 사람 모두 문 옆 창문을 바라보았다. 땅딸막한 그림자가 얇은 커튼 전체에 어른거렸다.

"그 여자야!" 론이 작게 소리쳤다.

"여기에 숨어!" 해리가 다급히 말했다. 그는 투명 망토를 잡아채서 자신과 헤르미온느의 머리 위로 덮어썼다. 론도 잽싸게 탁자를 돌아와 망토 밑으로 뛰어들었다. 그들은 서로 더 바짝 붙은 채 구석으로 물러났다. 팽이 문에 대고 미친 듯이 짖어 댔다. 해그리드는 아예 넋이 나간 표정이었다.

"해그리드, 우리 머그잔 숨겨요!"

해그리드가 해리와 론이 마시던 머그잔을 집어 팽의 바구니에 있는 쿠션 밑에 밀어 넣었다. 이제 팽은 문을 향해 펄쩍펄쩍 뛰고 있었다. 해그리드는 발로 팽을 밀치고 문을 잡아당겼다.

외출용 녹색 트위드 망토에 그와 같은 색깔의 귀마개 달린 모자를 쓴 엄브리지 교수가 문 앞에 서 있었다. 그녀는 입을 꾹 다문 채 해그리드의 얼굴을 보려고 몸을 뒤로 젖혔다. 키가 해그리드의 배꼽에 닿을락 말락 했다.

"그러니까" 하고, 그녀가 귀먹은 사람에게 말하는 것처럼 큰 소리로 천천히 말했다. "당신이 해그리드군요?"

그녀는 대답도 기다리지 않고 쓰윽 집 안으로 들어왔다.

그녀의 툭 튀어나온 눈이 사방으로 뒤룩뒤룩 굴렀다.

"저리 가." 그녀가 자신에게 뛰어올라 얼굴을 핥으려던 팽에게 핸드백을 휘두르며 쏘아붙였다.

"어…… 무례하게 굴려는 건 아닌데……." 해그리드가 그녀를 보며 말했다. "당신 대체 누구쇼?"

"제 이름은 덜로리스 엄브리지예요."

그녀의 눈이 오두막을 훑었다. 그 눈이 두 차례나 해리가 론과 헤르미온느 사이에 끼어 있는 구석을 똑바로 바라보았다.

"덜로리스 엄브리지?" 해그리드가 완전히 혼란스러운 목소리로 말했다. "정부 사람 아닌가…… 퍼지 밑에서 일하는?"

"총리님의 비서실장이었죠. 맞아요." 엄브리지가 말했다. 그녀는 이제 오두막 안을 돌아다니면서, 벽에 기대 놓은 배낭에서부터 버려진 여행용 망토에 이르기까지 아주 사소한 것들을 눈여겨보고 있었다. "지금은 어둠의 마법 방어법 교수입니다."

"용감하시네." 해그리드가 말했다. "더 이상 그 과목을 맡으려는 사람이 없는데."

"호그와트 장학관이기도 하고요." 엄브리지가 해그리드

의 말을 들은 척도 하지 않고 말했다.

"그게 뭔데요?" 해그리드가 얼굴을 찌푸리며 물었다.

"바로 제가 묻고 싶었던 거군요." 엄브리지가 바닥에 떨어진 사기그릇 파편들을 가리키며 말했다. 헤르미온느가 깨뜨린 머그잔이었다.

"아." 해그리드가 해리, 론, 헤르미온느가 숨어 있는 구석을 쓸데없이 흘낏 바라보며 말했다. "아, 그건…… 팽이 그런 거예요. 팽이 머그잔을 깼어요. 그래서 대신 이걸 써야 했죠."

해그리드는 자기가 마시던 머그잔을 가리켰다. 다른 한 손으로는 여전히 용의 살코기를 눈에 대고 있었다. 엄브리지는 이제 그를 마주 보고 서서, 오두막이 아니라 그의 생김새 하나하나를 뜯어보고 있었다.

"사람 목소리가 들리던데요." 그녀가 조용히 말했다.

"내가 팽한테 뭐라고 했죠." 해그리드가 주저 없이 말했다.

"그런데 팽이 당신한테 대답을 했나 봐요?"

"뭐…… 그런 셈이죠." 해그리드가 불편한 표정으로 말했다. "난 가끔 팽이 거의 사람이나 마찬가지라고 말하는데……."

"성문에서 당신 오두막까지 이어지는 눈밭에 세 개의 발자국이 찍혀 있어요." 엄브리지가 막힘없이 말했다.

헤르미온느가 헉 소리를 냈다. 해리는 손으로 그녀의 입을 막았다. 다행스럽게도 팽이 엄브리지 교수의 로브 자락 주위를 시끄럽게 쿵쿵대는 통에 그녀는 아무 소리도 듣지 못한 것 같았다.

"뭐, 난 방금 돌아왔수다." 해그리드가 커다란 손으로 배낭을 가리키며 말했다. "어쩌면 아까 누가 나를 찾아왔다가 못 만나고 간 건지도 모르죠."

"당신 오두막 문에서 나가는 발자국은 없던데요."

"글쎄요, 그건…… 그건 왜 그런지 모르겠는데……." 해그리드가 초조하게 턱수염을 잡아당기며 도움이라도 청하듯 다시 해리, 론, 헤르미온느가 서 있는 구석을 힐끔 바라보았다. "음……."

엄브리지는 홱 돌아서더니 신중하게 주위를 둘러보면서 오두막 끝까지 성큼성큼 걸어갔다. 그녀는 허리를 구부려 침대 아래를 살펴보고 찬장을 열어 보았다. 해리, 론, 헤르미온느가 벽에 바짝 붙어 있는 곳에서 몇 센티미터 떨어지지 않은 곳을 지나가기도 했다. 실제로 해리는 그녀가 지나갈 때 배를 쑥 집어넣었다. 그녀는 해그리드가 요리할 때

165

쓰는 커다란 솥단지 안을 조심스럽게 살펴보고 다시 홱 돌아서더니 말했다. "무슨 일이 있었던 거죠? 어쩌다가 그런 부상을 당했나요?"

해그리드는 다급히 얼굴에서 용 살코기를 떼어 냈다. 해리가 보기에는 그러지 말았어야 했다. 이제 눈 주위의 검푸른 멍이 분명하게 보였던 것이다. 얼굴에 잔뜩 말라붙은 선명한 핏자국은 말할 것도 없었다. "아…… 조금 사고가 있어서요." 그가 설득력 없는 목소리로 말했다.

"어떤 사고인가요?"

"그게…… 그게 발이 걸려서."

"발이 걸리셨다." 그녀가 싸늘하게 되풀이했다.

"네, 맞아요. 어디에 걸렸냐면…… 친구의 빗자루에 걸렸어요. 난 비행을 안 하거든요. 뭐, 내 덩치를 봐요. 날 받쳐 줄 만한 빗자루가 있을 리 없잖아요. 내 친구가 아브락산 말들을 키우는데, 그 말들을 본 적이 있는지 모르겠지만, 덩치가 큰 짐승이에요. 날개도 달렸고, 뭐 그래요. 그중 하나를 탔는데 그게……."

"어딜 다녀왔나요?" 엄브리지가 해그리드의 주절거림을 냉정하게 자르며 물었다.

"어딜……?"

"네, 어딜 다녀왔냐고요." 그녀가 말했다. "학기는 두 달 전에 시작됐어요. 다른 교수가 당신의 수업을 맡아야 했고요. 당신 동료들 중에서 당신이 어디에 갔는지 아는 사람은 아무도 없더군요. 당신은 행선지도 남겨 놓지 않았어요. 어디에 갔던 거죠?"

잠시 침묵이 흘렀다. 해그리드는 살코기를 대지 않은 눈으로 그녀를 바라보았다. 그의 머리가 열심히 돌아가는 소리가 들리는 듯했다.

"몸이…… 몸이 좀 안 좋아서 멀리 가 있었어요." 그가 말했다.

"몸이 안 좋아서." 엄브리지 교수가 말했다. 그녀의 눈이 해그리드의 변색되고 부은 얼굴로 옮겨 갔다. 용의 피가 그의 조끼로 가만히 흘러내렸다. "그렇군요."

"그래요." 해그리드가 말했다. "그…… 신선한 공기도 좀 쐬고, 뭐 그런……."

"네, 숲지기라 신선한 공기를 쐬기 참 어렵긴 하겠네요." 엄브리지가 다정하게 말했다. 해그리드의 얼굴에서 퍼렇게 멍들지 않은 몇 안 되는 부분이 붉어졌다.

"뭐, 풍경에 변화도 주고 뭐, 그런 거죠……."

"산이 있는 풍경이었나요?" 엄브리지가 재빨리 물었다.

'다 아는 거야.' 해리는 절망적으로 생각했다.

"산요?" 해그리드가 빠르게 머리를 굴리는 게 분명한 목소리로 되풀이했다. "아뇨, 프랑스 남부였는데요. 햇빛도 좀 쐬고…… 바다도 보고."

"정말요?" 엄브리지가 말했다. "별로 타지는 않으셨네요."

"네…… 뭐…… 피부가 예민해서." 해그리드가 환심을 사려는 듯 애써 미소를 지으며 말했다. 해리는 해그리드의 치아 두 개가 부러졌다는 사실을 알아차렸다. 엄브리지는 차가운 눈으로 그를 바라보았다. 해그리드의 미소가 흔들렸다. 잠시 후 그녀가 핸드백을 추켜올려 팔에 탁 끼더니 말했다. "당연하지만, 저는 당신의 늦은 복귀에 대해 총리님께 보고를 드려야 해요."

"네." 해그리드가 고개를 끄덕이며 말했다.

"안타깝게도 장학관으로서 동료 교수들을 감사하는 것이 제 불가피한 임무라는 걸 알아 두시길 바라요. 그러니까 아마 그리 머지않아서 다시 만나게 될 거예요."

그녀는 몸을 휙 돌려 문을 향해 성큼성큼 나아갔다.

"당신이 우리를 감사한다고요?" 해그리드가 그녀의 뒷모습을 바라보며 멍하니 되풀이했다.

"아, 그럼요." 엄브리지가 문손잡이에 손을 올려놓고 그를 돌아보며 부드럽게 말했다. "정부에서는 수준 미달인 교수들을 내쫓기로 결정했어요, 해그리드. 잘 자요."

그녀는 문을 탁 닫고 가 버렸다. 해리는 투명 망토를 벗으려 했지만 헤르미온느가 그의 손목을 잡았다.

"아직 안 돼." 그녀가 그의 귀에 속삭였다. "아직 안 갔을지 몰라."

해그리드도 그렇게 생각하는 듯했다. 그는 방 안을 쿵쿵 가로질러 가서는 커튼을 살짝 열어 보았다.

"성으로 돌아가고 있어." 그가 나직한 목소리로 말했다. "제기랄…… 감사라고?"

"네." 해리가 투명 망토를 벗으며 말했다. "트릴로니는 벌써 근신 처분을 받았어요."

"음…… 수업 때 뭘 하실 계획이에요, 해그리드?" 헤르미온느가 물었다.

"아, 그건 걱정하지 마라. 엄청나게 많은 계획을 세워 놨어." 해그리드가 용 살코기를 탁자에서 집어 올려 다시 눈에 철썩 붙이며 열정적으로 말했다. "너희 O.W.L. 학년에 대비해서 두어 종의 생물을 아껴 놨지. 기대해라, 정말 특별한 거니까."

"음…… 어떤 식으로 특별한데요?" 헤르미온느가 머뭇거리며 물었다.

"말 안 해 줄 거야." 해그리드가 기분 좋게 말했다. "깜짝 선물을 망치고 싶지 않거든."

"저기, 해그리드." 헤르미온느가 돌려 말할 것도 없이 다급히 말했다. "수업에 너무 위험한 생물을 가지고 오면 엄브리지 교수가 별로 좋아하지 않을 거예요."

"위험?" 해그리드는 다정하면서도 어리둥절한 표정으로 말했다. "바보 같은 소리. 난 너희에게 위험한 건 아무것도 주지 않을 거야! 내 말은, 뭐 좋아, 그것들은 스스로를 돌볼 줄 알지만……."

"해그리드, 엄브리지의 감사를 반드시 통과해야 해요. 그러려면 우리한테 폴락 돌보는 방법이나 크날과 고슴도치를 구분하는 방법 같은 것들을 가르치는 모습을 보여 주는 게 더 나을 거예요!" 헤르미온느가 진심을 다해 말했다.

"근데 그건 별로 재미없잖아, 헤르미온느." 해그리드가 말했다. "내가 준비한 게 훨씬 강렬할 거다. 나는 그것들을 몇 년째 키우고 있어. 아마 그것들이 영국에서 유일하게 사육되는 무리일 거야."

"해그리드…… 제발요……." 헤르미온느가 진정 애절함

이 깃든 목소리로 말했다. "엄브리지는 덤블도어 교수님과 가깝다고 생각되는 교수들을 쫓아내려고 온갖 핑계를 찾고 있어요. 제발요, 해그리드, 우리한테 분명 O.W.L.에 나올 법한 뭔가 지루한 걸 가르쳐 줘요."

하지만 해그리드는 그냥 쩍 하품을 하더니 한쪽 눈으로 구석에 있는 거대한 침대를 갈망하듯 바라보았다.

"얘들아, 오늘은 나한테 조금 긴 하루였어. 시간도 늦었고." 그가 헤르미온느의 어깨를 살짝 두드리며 말하자 그녀의 무릎이 푹 꺾여 바닥에 쿵 부딪쳤다. "아, 미안……." 그가 헤르미온느의 로브 목덜미를 잡아 그녀를 일으켜 세웠다. "뭐, 내 걱정은 하지 마라. 약속할게. 내가 돌아왔으니 너희 수업용으로 계획한 정말 멋진 걸 보여 주마……. 너희는 이제 성으로 돌아가는 게 좋겠다. 발자국 지우는 것 잊지 말고!"

"네 말이 해그리드한테 통한 건지 모르겠다." 잠시 후 론이 말했다. 근처에 아무도 없는 것을 확인한 뒤 점점 두껍게 쌓이는 눈을 헤치며 성으로 돌아가고 있을 때였다. 헤르미온느가 걸어가는 동시에 지우기 마법을 건 덕분에 발자국은 전혀 남지 않았다.

"그렇다면 내일 다시 가야지." 헤르미온느가 결연하게

말했다. "필요하다면 내가 대신 수업 계획을 짜 줄 거야. 트릴로니야 상관없지만 해그리드까지 쫓아내게 할 수는 없어!"

## 21장
# 뱀의 눈

일요일 아침이 되자 헤르미온느는 50센티미터 넘게 쌓인 눈을 헤치고 다시 해그리드의 오두막을 찾아갔다. 해리와 론도 그녀와 같이 가고 싶었지만 숙제가 또다시 위협적인 높이까지 쌓여 있었으므로 교정에서 흘러들어 오는 즐거운 고함을 애써 외면한 채 억지로 휴게실에 남아 있었다. 교정에서는 학생들이 얼어붙은 호수에서 스케이트를 타거나 눈썰매를 타고 있었다. 최악의 순간은 마법에 걸린 눈덩이가 그리핀도르 탑까지 붕 날아와 창문을 세게 두드릴 때였다.

"야!" 론이 마침내 인내심을 잃고 창밖으로 머리를 내밀며 소리쳤다. "난 반장이야. 한 번만 더 창문에 눈덩이를 던졌다간…… **아얏!**"

그는 머리를 홱 들여놓았다. 그의 얼굴이 눈으로 뒤덮여 있었다.

"프레드랑 조지야." 그가 비참한 듯 말하며 창문을 세차게 닫았다. "저 재수없는 인간들……."

헤르미온느는 점심시간 직전에 해그리드의 오두막에서 돌아왔다. 그녀는 로브가 무릎까지 젖은 채 약간 떨고 있었다.

"어떻게 됐어?" 그녀가 들어오자 론이 고개를 들고 물었다. "수업 계획 전부 대신 짜 줬어?"

"음, 시도는 했어." 그녀가 해리 옆 의자에 털썩 주저앉으며 힘없이 말했다. 그녀가 마법 지팡이를 꺼내 복잡하게 휘두르자 그 끝에서 뜨거운 공기가 뿜어져 나왔다. 헤르미온느가 마법 지팡이로 자신의 로브를 가리키자 로브가 마르면서 김이 나기 시작했다. "내가 도착했을 때는 집에 있지도 않았어. 최소 30분 정도 문을 두드리니까 금지된 숲에서 터벅터벅 걸어 나오더라."

해리가 신음했다. 금지된 숲에는 해그리드가 해고당하게 만들 가능성이 높은 생물들이 넘쳐흘렀다. "거기서 뭘 키우고 있대? 말해 줘?" 그가 물었다.

"아니." 헤르미온느가 절망스럽게 말했다. "놀라게 해 주고 싶대. 내가 엄브리지가 어떤 사람인지 설명하려고 했지만 아무리 해도 납득을 못 해. 정신이 똑바로 박힌 사람이라면 절대 키메라보다 크날을 배우고 싶어 할 리 없다는 말만 반복하면서. ……아니, 키메라를 데리고 있지는 않은 것 같아." 그녀는 해리와 론의 얼굴에 떠오른 경악한 표정을 보고 얼른 덧붙였다. "하지만 시도를 안 해 본 건 아닌가 봐. 키메라 알을 구하는 게 얼마나 어려운지 얘기한 걸 보면. 그러블리플랭크 교수님의 수업 계획을 따르는 게 훨씬 나을 거라고 얼마나 여러 번 얘기했는지 모르겠어. 솔직히 내가 한 말의 반이나 들었는지도 모르겠고. 해그리드는 약간 이상한 상태였어. 아직도 어쩌다 그렇게 다쳤는지 말하지 않으려고 해."

다음 날 아침 식사 시간에는 해그리드가 교직원 식탁에 다시 모습을 드러냈다. 모든 학생이 열렬하게 그를 환영한 것은 아니었다. 프레드와 조지, 리 같은 몇몇 학생은 기쁨의 함성을 터뜨리며 그리핀도르와 후플푸프 식탁 사이를 쏜살같이 달려가 해그리드의 거대한 손을 잡고 흔들었지만 파르바티나 라벤더 등등의 학생들은 우울한 시선을 주고받으며 설레설레 고개를 저었다. 해리는 학생들 중 많은 수가 그러블리플랭크 교수의 수업을 더 좋아한다는 사실을 알고 있었다. 그보다 더 나쁜 것은, 해리도 편견이 깃들지 않은 마음 한구석에서는 그럴 만한 이유가 충분하다는 것을 안다는 사실이었다. 그러블리플랭크 교수가 흥미롭게 생각하는 수업은 누군가의 머리가 뜯겨 나갈지도 모를 위험이 있는 수업이 아니었으니까.

화요일이 되자 해리, 론, 헤르미온느는 추위에 대비해 옷을 두껍게 껴 입고 조금은 불안한 마음을 안은 채 해그리드의 오두막으로 향했다. 해리는 걱정스러웠다. 해그리드가 뭘 가르칠지도 걱정됐지만, 엄브리지가 지켜보는 앞에서 다른 학생들, 특히 말포이 패거리가 어떤 태도를 보일지도 걱정되었다.

하지만 힘겹게 눈을 헤치고 해그리드의 오두막으로 가는 내내 장학관의 모습은 어디에도 보이지 않았다. 해그리드는 금지된 숲 가장자리에 서서 그들을 기다리고 있었다. 안심이 되는 모습은 아니었다. 토요일 밤에 보라색이던 멍들은 이제 녹색과 노란색을 띠었으며, 상처 몇 곳에서는 아직도 피가 흐르는 듯했다. 해리는 이해할 수가 없었다. 상처가 잘 낫지 않는 독을 가진 생명체에게 공격당한 걸까? 불길한 장면을 완성하려는 듯 해그리드는 죽은 소를 반으로 잘라 놓은 것처럼 보이는 뭔가를 어깨에 짊어지고 있었다.

"오늘은 저기서 공부할 거다!" 해그리드가 다가오는 학생들에게 기분 좋게 소리치며, 뒤쪽의 어두운 나무들을 고개로 홱 가리켰다. "좀 더 으슥한 곳에서! 어쨌든, 녀석들은 어두운 곳을 더 좋아하거든."

"뭐가 어두운 걸 더 좋아한다고?" 말포이가 크래브와 고일에게 날카롭게 묻는 소리가 들렸다. 목소리에는 공포의 기색이 어려 있었다. "뭐가 어두운 걸 더 좋아한다는 거야? 들었어?"

해리는 말포이가 예전에 딱 한 번 금지된 숲에 들어갔던 때를 떠올렸다. 말포이는 그때도 별로 용감한 모습을 보여 주지 못했다. 해리는 혼자 씩 웃었다. 퀴디치 시합 이후로 그는 말포이가 불편해하는 일이면 뭐든지 좋았다.

"준비됐냐?" 해그리드가 학생들을 둘러보며 명랑하게 말했다. "좋아. 뭐, 금지된 숲으로 들어가서 하는 수업은 5학년이 될 때까지 일부러 아껴 놨다. 이 녀석들은 자연 서식지에 가서 보는 게 좋을 것 같아. 자, 오늘 우리가 공부할 것은 상당히 희귀한 생명체야. 영국에서 녀석들을 길들이는 데 성공한 사람은 아마 나뿐일 거다."

"길들여진 게 확실해요?" 공포가 더욱 두드러진 목소리로 말포이가 말했다. "수업 시간에 사나운 것들을 데려온 게 한두 번이 아니잖아요?"

슬리데린 학생들이 동의의 뜻으로 웅성거렸고, 그리핀도르 학생 몇 명도 말포이가 하는 말에 일리가 있다고 생각하는 듯했다.

"당연히 길들여졌지." 해그리드가 얼굴을 찡그리면서 어깨에 멘 죽은 소를 추켜올렸다.

"그럼 얼굴은 왜 그런 거예요?" 말포이가 물었다.

"네가 상관할 일 아니야!" 해그리드가 화를 냈다. "자, 멍청한 질문을 다 마쳤으면 날 따라와라!"

그는 몸을 돌려 숲으로 곧장 성큼성큼 들어갔다. 누구도 그다지 따라갈 마음이 없는 듯했다. 해리는 론과 헤르미온느를 힐끔 바라보았다. 그들은 한숨을 쉬면서도 고개를 끄덕였다. 셋은 앞장서서 해그리드를 따라 걷기 시작했다.

10분쯤 걷자 나무들이 너무 빽빽하게 우거져 있어 해 질 녘처럼 어둡고 땅바닥에는 눈이 전혀 쌓이지 않은 곳에 이르렀다. 해그리드가 끙 소리를 내며 소 반쪽을 땅에 내려놓고 뒤로 물러서더니 몸을 돌려 학생들을 바라보았다. 그들 대부분은 당장에라도 공격당할지 모른다는 듯 초조하게 주위를 두리번거리며 나무 사이로 살금살금 다가오고 있었다.

"이리 모여라, 이리 모여." 해그리드가 학생들을 독려했다. "자, 녀석들은 고기 냄새를 맡고 몰려들 거다. 어쨌든 내가 녀석들에게 신호를 할 거야. 내가 왔다는 걸 알고 싶어 할 테니까."

그는 고개를 돌리더니, 덥수룩한 머리를 흔들어 얼굴에서 머리카락을 떼어 낸 다음 이상하고 날카로운 소리를 냈다. 그 소리는 웬 괴물 새의 울음소리처럼 어두운 나무 사이로 울려 퍼졌다. 아무도 웃지 않았다. 대부분은 너무 겁에 질려 아무 소리도 낼 수 없는 듯했다.

해그리드가 높은 비명 소리 같은 고함을 다시 내질렀다. 1분이 흘렀다. 학생들은 정체 모를 존재가 다가오는 것을 처음 보게 될까 봐 긴장한 채 어깨 너머와 나무 사이를 계속 힐끔힐끔 돌아보았다. 그때였다. 해그리드가 세 번째로 머리카락을 뒤로 젖히고 거대한 가슴을 부풀렸을 때, 해리는 론을 쿡 찌르고 옹이투성이 주목나무 두 그루 사이의 어두운 공간을 가리켰다.

멍하니 하얗게 빛나는 한 쌍의 눈이 어둠을 뚫고 점점 커지나 싶더니, 잠시 후 용처럼 생긴 얼굴과 목에 이어 날개 달린 말의 해골 같은 커다란 검은색 몸체가 어둠 속에서 모

습을 드러냈다. 그것은 몇 초 동안 길고 검은 꼬리를 흔들
며 학생들을 둘러보다가 이내 고개를 숙이고 뾰족한 송곳
니로 죽은 소의 살점을 뜯기 시작했다.

엄청난 안도감이 해리를 휩쓸었다. 드디어 그가 이 생명
체들을 상상한 게 아니라는 증거가 나타난 것이다. 이것들
은 진짜였다. 해그리드도 이 생물들을 알고 있었다. 그는
기대감에 차서 론을 바라봤지만, 론은 여전히 주변 나무들
만 두리번거리더니 잠시 후에 속삭였다. "왜 해그리드가
다시 부르지 않는 거지?"

대부분의 학생들도 론만큼 혼란스럽고 초조하게 뭔가를
기다리는 표정을 짓고 있었다. 그들은 바로 앞에 말이 서
있는데도 여전히 다른 곳만 이리저리 둘러보고 있었다. 해
리 이외에 그 말들을 볼 수 있는 사람은 겨우 둘뿐인 듯했
다. 고일 바로 뒤에 서 있는 지저분한 모습의 슬리데린 남
학생이 얼굴에 감출 수 없는 혐오감을 띤 채 그 말이 고기
뜯어 먹는 모습을 바라보고 있었다. 네빌 또한 이리저리 흔
들리는 길고 검은 꼬리를 눈으로 좇고 있었다.

"아, 저기 또 한 마리 오는구나!" 어두운 나무 사이에서
검은 말이 또 한 마리 나타났다. 그것이 가죽 같은 날개를
몸에 붙이고 머리를 숙여 고기를 게걸스럽게 먹어 치우자

해그리드가 보란 듯이 소리쳤다. "자…… 이 녀석들이 보이는 사람 손 들어 봐라."

마침내 이 말들의 비밀을 알게 될 거라는 생각에 해리는 무척 기뻐하며 손을 들었다. 해그리드가 그를 향해 고개를 끄덕였다.

"그래…… 그래, 너한텐 보일 줄 알았다, 해리." 그가 진지하게 말했다. "그리고 너한테도 보이냐, 네빌? 응? 그리고……."

"잠깐만요." 말포이가 비웃는 듯한 목소리로 말했다. "근데 정확히 뭘 봐야 되는 거죠?"

해그리드는 대답 대신 땅바닥의 소 시체를 가리켰다. 학생 모두가 잠시 그것을 바라보았다. 다음 순간 몇몇 아이들이 헉하고 숨을 들이켰고 파르바티는 꺅 하고 소리를 질렀다. 해리는 그럴 만하다고 생각했다. 살점이 뼈에서 저절로 뜯겨 나가 허공으로 사라지는 모습은 당연히 아주 이상해 보일 것이었다.

"저게 어떻게 된 거야?" 파르바티가 가장 가까운 나무 뒤로 숨으며 겁에 질린 목소리로 물었다. "뭐가 저걸 먹고 있는 거지?"

"세스트럴이야." 해그리드가 자랑스러운 듯 말했다. 헤르미온느가 알겠다는 듯 해리 옆에서 작게 "아!" 하는 소리를 냈다. "호그와트는 이 숲에 녀석들 한 무리를 데리고 있다. 자, 혹시 아는 사람······?"

"하지만 진짜진짜 불길한 생물이잖아요!" 파르바티가 경계심 가득한 표정으로 끼어들었다. "세스트럴이 보이는 사람한테는 온갖 끔찍한 불행이 닥친다던데요. 트릴로니 교수님이 한번은 저한테······."

"아냐, 아냐, 아냐." 해그리드가 낄낄 웃으며 말했다. "그건 그냥 미신이야. 세스트럴은 불길한 게 아니라 엄청나게 영리하고 쓸모 있는 생물이다! 물론, 여기 사는 녀석들은 별로 할 일이 없지. 덤블도어 교수님이 순간이동을 하지 않고 멀리 여행하고 싶으실 때를 빼면 주로 학교 마차를 끌 뿐이니까. 한 쌍이 더 오는구나. 봐라······."

두 마리가 나무 뒤에서 더 조용히 나타났다. 그중 한 마리가 파르바티를 아주 가까이 지나가자 그녀는 몸을 떨며 나무에 몸을 더 바짝 붙였다. "뭐가 느껴진 것 같아. 내 근처에 있나 봐!"

"걱정 마라. 널 해치진 않을 거야." 해그리드가 인내심을 갖고 설명했다. "좋아. 자, 왜 어떤 사람들은 이 녀석들을 볼 수 있고 또 어떤 사람들은 보지 못하는지 말해 줄 수 있는 사람?"

헤르미온느가 손을 들었다.

"말해 봐라." 해그리드가 그녀에게 활짝 웃으며 말했다.

그녀가 말했다. "세스트럴들을 볼 수 있는 건 죽음을 목
격한 사람들뿐입니다."

"정답." 해그리드가 엄숙한 어조로 말했다. "그리핀도르
에 10점. 자, 세스트럴들은……."

"흠, 흠."

어느새 엄브리지 교수가 와 있었다. 그녀는 이번에도 녹
색 모자와 망토를 걸치고 필기판을 든 채 해리에게서 1미
터쯤 떨어진 곳에 서 있었다. 엄브리지의 헛기침 소리를 한
번도 들어 본 적이 없는 해그리드가 조금 걱정스러운 눈으
로 가장 가까운 곳에 있는 세스트럴을 바라보았다. 그 녀석
이 소리를 냈다고 생각한 것이다.

"흠, 흠."

"아아, 안녕하십니까!" 해그리드가 소리의 근원지를 발
견하고 미소를 지으며 말했다.

"오늘 아침에 제가 오두막으로 보낸 편지 받으셨죠?" 엄브
리지가 지난번처럼 크고 느릿느릿한 목소리로 말했다. 마치
외국인이면서 이해가 아주 더딘 사람에게 말을 거는 듯한

태도였다. "제가 교수님 수업을 참관할 거라는 내용이었는데요."

"아, 네." 해그리드가 밝은 목소리로 말했다. "장소를 제대로 찾으셔서 다행이네요! 자, 보시다시피…… 아니, 모르겠네요. 혹시 보이시나요? 오늘은 세스트럴을 공부하고 있……."

"다시 말해 주실래요?" 엄브리지 교수가 귀에 손을 대고 얼굴을 찌푸리며 큰 소리로 물었다. "뭐라고 하셨죠?"

해그리드는 조금 혼란스러운 표정이었다.

"어…… 세스트럴요!" 그가 큰 소리로 말했다. "크고, 어…… 날개가 달린 말 있잖아요!"

그는 들뜬 얼굴로 거대한 팔을 퍼덕였다. 엄브리지 교수는 그를 쳐다보며 눈썹을 치켜올리더니 필기판에 뭔가 긁적이면서 중얼거렸다. "조악한…… 몸짓 언어에…… 의지해야…… 함."

"뭐…… 아무튼……." 해그리드가 학생들을 다시 바라보며 약간 당황한 표정으로 말했다. "음…… 무슨 말 하고 있었더라?"

"방금 전 일도…… 기억…… 못 하는 것처럼…… 보임." 엄브리지가 모두에게 들릴 만큼 큰 소리로 웅얼거렸다. 드레이코 말포이는 크리스마스가 한 달 일찍 다가온 듯한 표정이었지만 헤르미온느는 화를 억누르느라 얼굴이 새빨개졌다.

"아, 그래." 해그리드는 엄브리지의 필기판에 불편한 눈길을 던지면서도 씩씩하게 이어 나갔다. "그래, 어떻게 한 무리를 기르게 됐는지 말해 주려던 참이었지. 그래, 그러니까, 처음엔 수컷 한 마리와 암컷 다섯 마리로 시작했다. 이 녀석은……" 하고, 그는 첫 번째로 나타났던 말을 토닥였다. "테네브러스야. 내가 가장 좋아하는 녀석이지. 여기 숲에서 처음 태어난……."

"알고 계신가요?" 엄브리지가 큰 소리로 그의 말을 끊었다. "마법 정부가 세스트럴을 '위험' 등급으로 분류했다는 것을요."

해리의 심장이 철렁 내려앉았지만 해그리드는 그저 빙긋 웃기만 할 뿐이었다.

"세스트럴들은 위험하지 않아요! 뭐 그래요, 정말로 화나게 하면 사람을 한 번 깨물 수도 있지만……."

"폭력적인…… 생각을…… 즐기는…… 징후를…… 보임." 엄브리지가 다시 필기판에 뭔가를 휘갈기며 중얼거렸다.

"아니, 잠깐만요!" 해그리드가 이제는 좀 불안한 표정으로 말했다. "내 말은, 개도 약 올리면 물잖아요. 하지만 세스트럴은 죽음이란 단어 때문에 괜히 안 좋은 편견이 생겼을 뿐이에요. 사람들이 세스트럴을 나쁜 징조라고 생각하는 것뿐이라고요. 그저 이해를 못 한 거죠. 안 그래요?"

엄브리지는 대꾸하지 않았다. 그녀는 메모를 마친 다음 눈을 들어 해그리드를 바라보면서 이번에도 아주 크고 느릿느릿한 목소리로 말했다. "평소처럼 수업을 계속하세요. 저는 좀 걸을게요." 그녀는 걷는 시늉을 했다(말포이와 팬지 파킨슨이 조용히 웃음을 터뜨렸다). "학생들 사이를 (그녀는 학생들 하나하나를 가리켰다) 걸으면서 질문을 던질 거예요." 그녀는 말하겠다는 뜻으로 입을 가리켰다.

해그리드는 그녀를 뚫어지게 바라보았다. 그녀가 왜 자신이 정상적인 영어를 알아듣지 못하는 것처럼 행동하는지 전혀 이해하지 못하는 것이 분명했다. 이제 헤르미온느의 눈에는 분노의 눈물이 가득 고여 있었다.

"마귀할멈, 사악한 마귀할멈 같으니라고!" 엄브리지가 팬지 파킨슨에게로 걸어가자 그녀가 속삭였다. "당신이 뭘 하려는 건지 다 알아. 이 끔찍하고 배배 꼬이고 악랄한……."

"음…… 어쨌든" 하고, 해그리드가 수업의 흐름을 되찾으려고 애쓰는 게 분명한 투로 말했다. "그러니까, 세스트럴은 말이지, 그래, 뭐, 좋은 점이 엄청나게 많……."

"넌 어떠니?" 엄브리지 교수가 낭랑한 목소리로 팬지 파킨슨에게 물었다. "해그리드 교수가 하는 말이 이해가 잘 되니?"

헤르미온느처럼 팬지의 눈에도 눈물이 고여 있었지만 그것은 웃다가 흘린 눈물이었다. 낄낄거리는 웃음을 억누르느라 그녀의 대답이야말로 거의 알아들을 수가 없었다.

"아뇨……. 왜냐면…… 그게…… 그 말이…… 끙끙대는 것처럼 들릴 때가 아주 많아서…….'

엄브리지가 필기판에 뭔가를 휘갈겨 썼다. 해그리드의 얼굴에서 멍들지 않은 몇 안 되는 부분이 붉어졌다. 그래도 그는 팬지의 대답을 듣지 못한 것처럼 굴려고 애썼다.

"어…… 그래…… 세스트럴의 좋은 점. 뭐, 일단 이 녀석들처럼 길들여지면 결코 길을 잃어버리지 않는다. 방향 감각이 뛰어나거든. 그냥 어디에 가고 싶은지 말만 하면…….'

"물론 세스트럴들이 교수님 말을 알아들을 수 있다고 가정하면 말이죠." 말포이가 큰 소리로 말하자 팬지 파킨슨은 또 한 번 깔깔대며 웃다가 뒤로 넘어갔다. 엄브리지 교

수가 그들에게 너그러운 미소를 지어 보이더니 네빌에게
로 돌아섰다.

"세스트럴을 볼 수 있다고요, 롱보텀?" 그녀가 물었다.

네빌이 고개를 끄덕였다.

"누구의 죽음을 봤나요?" 그녀가 냉담한 말투로 물었다.

"저희…… 저희 할아버지요." 네빌이 말했다.

"그럼 저것들에 대해 어떻게 생각하죠?" 그녀가 몽땅한
손으로 말들을 가리키며 말했다. 그것들이 뜯어 먹은 소의
시체는 이제 뼈를 드러내고 있었다.

"음." 네빌이 해그리드를 힐끗 보며 긴장한 채 말했다.
"그거야…… 어…… 괜찮은데요."

"학생들이…… 주눅이 들어서…… 무섭다는…… 것
을…… 인정하지…… 못함." 엄브리지가 필기판에 또 다른
메모를 남기며 중얼거렸다.

"아니에요!" 네빌이 기분 나쁘다는 듯 말했다. "아니에
요, 무섭지 않아요!"

"괜찮아요." 엄브리지가 다 이해한다는 양 미소 지으며
네빌의 어깨를 토닥거렸다. 하지만 해리의 눈에는 그 모습
이 오히려 더 음흉해 보였다. "자, 해그리드." 그녀가 다시
돌아서서 그를 올려다보며 또 한 번 크고 느릿느릿한 목소

리로 말했다. "앞으로의 진행에 필요한 정보는 충분히 모은 것 같아요. 감사 결과는 (그녀가 필기판을 가리켰다) 열흘 안에 (그녀는 몽톡하고 몽땅한 손가락 열 개를 들어 올렸다) 받게 되실 거예요." 그녀는 허공에서 뭔가를 받아 드는 시늉을 하더니 초록색 모자 아래로 그 어느 때보다 넓적하고 두꺼비 같은 미소를 지어 보이고는 말포이와 팬지 파킨슨의 웃음 발작을 뒤로한 채 부산을 떨면서 그곳을 떠났다. 헤르미온느는 화가 나서 말 그대로 부들부들 떨고 있었으며, 네빌은 혼란스러우면서도 화가 난 표정이었다.

"저 더러운 거짓말쟁이에 배배 꼬인 가고일 같은 인간!" 30분 뒤, 그들이 수업 전 눈 속에 만들어 놓은 길을 따라 성으로 돌아갈 때 헤르미온느가 화가 머리끝까지 나서 쏟아냈다. "저 여자가 무슨 수작인지 뻔히 보이지? 그 잡종 어쩌고 하는 얘길 처음부터 다시 시작하려는 거야. 해그리드를 무슨 우둔한 트롤처럼 보이게 하려는 거라고. 단지 어머니가 거인이라는 이유로. 아, 불공평해. 아까는 정말 괜찮은 수업이었어. 내 말은, 그래, 또 폭발 꼬리 스크루트를 가져왔다면 모르겠지만 세스트럴은 괜찮단 말이야. 사실, 해그리드치고는 정말 좋은 수업이었어!"

"엄브리지는 세스트럴이 위험하다잖아." 론이 말했다.

"해그리드가 말한 것처럼 스스로를 보호할 줄 아는 것뿐이야." 헤르미온느가 못 참겠다는 듯 말했다. "그리고 그러블리플랭크 같은 교수님이라면 보통 N.E.W.T. 수준에 이르기 전까진 세스트럴을 보여 주지 않겠지. 하지만, 뭐, 실제로 아주 흥미롭잖아? 누구한테는 보이고 누구한테는 안 보인다니! 나도 볼 수 있었으면 좋겠다."

"그래?" 해리가 그녀에게 조용히 물었다.

그녀는 갑자기 겁먹은 얼굴이 되었다.

"아, 해리, 미안해……. 물론 그렇지 않아. 정말 멍청한 소리였어……."

"괜찮아." 그가 재빨리 말했다. "신경 쓰지 마."

"저것들을 볼 수 있는 사람이 그렇게 많다니 놀랐어." 론이 말했다. "한 수업에 세 명씩이나……."

"그래, 위즐리. 우리도 방금 궁금해하던 참이야." 심술 가득한 목소리가 말했다. 내리는 눈이 소리를 죽이는 바람에 말포이, 크래브와 고일이 그들 뒤를 바짝 따라 걷고 있는 것도 알아채지 못했다. "누가 뒈지는 걸 보면 퀴플을 좀 더 잘 볼 수 있는 건가?"

그와 크래브, 고일은 성을 향해 걸어가면서 웃음을 터뜨리더니 '위즐리는 우리의 왕'을 합창하기 시작했다. 론의 귀가 빨개졌다.

"무시해. 그냥 무시해." 헤르미온느가 나직이 말하며 마법 지팡이를 꺼냈다. 그녀는 다시 한 번 뜨거운 바람을 만들어 내는 마법을 걸어서 온실까지 가는 길에 새로 쌓인 눈을 녹여 발걸음을 편하게 해 주었다.

12월은 더 많은 눈과 함께 다가왔다. 5학년들에게는 숙제의 눈사태도 함께 찾아왔다. 론과 헤르미온느의 반장 임무 역시 크리스마스가 다가올수록 점점 더 많아졌다. 그들은 성을 장식하는 일을 담당하고(론은 "피브스가 장식용 줄 한 끝을 잡고 내 목을 조르려는 와중에 그 줄을 걸어야 돼"라고 말했다), 삼엄한 추위 탓에 실내에서 쉬는 시간을 보내는 1학년, 2학년 들을 감시하고(론은 "건방진 코흘리개들 같으니. 우리가 1학년 때는 그렇게 버릇없지 않았어"라고 말했다), 교대로 아거스 필치와 복도를 순찰하도록 불려 갔다. 필치는 연휴의 들뜬 분위기가 마법사 결투로 이어질 수 있다고 생각했다("그 인간은 머리에 뇌 대신 똥이 들었나 봐" 하고 론이 사납게 말했다). 얼마나 바빴는지 헤르미온느는 심지어 집요정 모자를 뜨는 일에서도 손을 놓았다. 그녀는 세 개만 더 뜨면 끝난다며 조바심했다.

"내가 아직 해방시키지 못한 그 불쌍한 집요정들이 모자가 부족한 바람에 여기서 크리스마스를 보내게 됐구나!"

그녀가 만든 털모자를 전부 도비가 가져가고 있다고 말할 용기가 없었던 해리는 마법의 역사 작문 숙제 위로 고개를 더 바짝 숙였다. 어쨌거나 그는 크리스마스를 생각하고 싶지 않았다. 호그와트가 아닌 다른 곳에서 연휴를 보내고 싶은 마음이 든 건 학교 생활을 시작한 이래 처음이었다. 퀴디치도 금지당하고 해그리드가 근신을 당하진 않을까 걱정도 되는 이 순간, 해리는 학교에 몹시 분노하고 있었다. 그가 정말로 기대하는 단 한 가지는 D.A. 모임이었지만, 대부분의 아이들이 가족과 함께 연휴를 보낼 계획이라 그 기간에는 모임이 중지될 예정이었다. 헤르미온느는 부모님과 스키를 타러 가기로 했다. 론은 머글들이 발에 좁다란 나뭇조각을 붙이고 산을 미끄러져 내려간다는 얘기를 처음 듣고 굉장히 재미있어했다. 론은 버로로 돌아갈 계획이었다. 해리가 며칠 동안 부러운 마음을 견뎌 낸 다음 크리스마스 때 집에 어떻게 갈 거냐고 묻자 론이 대답했다. "근데 너도 같이 가는 거잖아! 내가 말 안 했나? 엄마가 몇 주 전에 편지를 써서 너를 초대하라고 하셨어!"

헤르미온느가 눈알을 굴렸지만 해리는 기운이 확 솟구

쳤다. 시리우스와 연휴를 보내지 못한다는 사실이 마음에 걸리긴 했지만, 버로에서 크리스마스를 보낸다고 생각하니 정말 신이 났다. 그는 자신이 과연 대부를 잔치에 초대해 달라고 위즐리 부인을 설득할 수 있을지 의문이었다. 시리우스가 그리몰드가를 벗어나는 것을 덤블도어가 허락해 줄지도 의심스러웠지만, 그 문제를 떠나 위즐리 부인이 시리우스를 초대하고 싶어 하지 않을지도 모른다는 생각이 들었다. 두 사람은 너무 자주 말다툼을 했다. 시리우스는 지난번 벽난로에 나타난 이후 해리에게 한 번도 연락하지 않았다. 엄브리지가 계속 감시하는 마당에 시리우스와 연락하려 드는 건 현명하지 못한 일이라는 걸 알면서도, 해리는 시리우스가 어머니의 옛 저택에서 크리처와 함께 쓸쓸히 크리스마스 크래커(영국 아이들이 즐기는 크리스마스 장난감의 하나로, 두 사람이 각각 한쪽 끝을 잡고 잡아당기면 포장이 뜯어지면서 펑 소리가 난다—옮긴이)를 잡아당기는 모습 같은 것은 떠올리고 싶지 않았다.

해리는 연휴 전 마지막 D.A. 모임을 위해 약속된 것보다 이른 시간에 필요의 방에 도착했다. 일찍 와서 매우 다행이라는 생각이 들었다. 횃불이 확 타오른 순간, 도비가 그곳에다 크리스마스 장식을 해 놓은 것이 보였기 때문이다. 도비가 해 놓은 장식이라는 건 단박에 알 수 있었다. 하나하나 해리의 얼굴이 그려져 있고 '**아주아주 행복한 크리스마스 보내세요!**'라는 문구가 적힌 황금색 트리 장식 방울을 100개씩이나 천장에 매달아 놓을 사람이 도비 말고 또 누가 있겠는가.

해리는 문이 삐걱하고 열리기 전에 간신히 마지막 방울을 떼어 냈다. 루나 러브굿이 평소처럼 꿈꾸는 듯한 표정으로 들어왔다.

"안녕." 그녀가 남아 있는 장식들을 둘러보며 흐리멍덩하게 말했다. "멋지다. 네가 단 거야?"

"아니." 해리가 말했다. "집요정 도비가 한 짓이야."

"겨우살이네." 루나가 해리의 머리 위에 걸려 있는 커다란 하얀색 열매 무더기를 가리키며 몽롱하게 말했다. 해리는 얼른 그 밑에서 뛰쳐나왔다(크리스마스에 겨우살이 아래에서 키스를 하는 관습이 있기 때문이다―옮긴이). "좋은 생각이야." 루나가 꽤 심각한 목소리로 말했다. "겨우살이에는 나글이 우글거리거든."

앤젤리나와 케이티와 얼리샤가 도착한 덕분에 해리는 나글이 뭔지 묻지 않아도 되었다. 세 사람은 모두 숨을 헐떡거렸고 무척 추워 보였다.

"있지" 하고, 앤젤리나가 망토를 벗어 구석에 던지며 심드렁하게 말했다. "마침내 너를 대체할 선수를 찾았어."

"나를 대체한다고?" 해리가 멍하니 말했다.

"너랑 프레드랑 조지." 그녀가 짜증스럽게 말했다. "다른 수색꾼을 찾았다고!"

"누군데?" 해리가 재빨리 물었다.

"지니 위즐리." 케이티가 말했다.

해리는 입을 쩍 벌린 채 멍하니 그녀를 바라보았다.

"그래, 나도 알아." 앤젤리나가 마법 지팡이를 꺼내고 팔을 풀면서 말했다. "근데 솔직히 꽤 잘해. 물론 너에 비할 수는 없지만." 그녀가 그를 째려보며 말했다. "하지만 넌 경기에 못 나오니까……."

해리는 반박하고 싶은 마음이 솟구쳤지만 다시 말을 삼켰다. 팀에서 쫓겨난 것이 그녀보다는 해리 자신에게 백배는 더 유감스러운 일이라는 걸 그녀는 잠깐이라도 상상해 봤을까?

"몰이꾼들은?" 그가 태연하게 말하려고 애쓰면서 물었다.

"앤드류 커크." 얼리샤가 심드렁하게 말했다. "그리고 잭 슬로퍼. 둘 다 아주 뛰어나지는 않지만 나머지 멍청이들에

비하면……."

론, 헤르미온느, 네빌이 도착하자 이 암울한 이야기는 마무리되었다. 5분도 안 되어 방을 가득 채운 사람들이 앤젤리나의 이글이글 타오르는 비난의 눈길을 차단해 주었던 것이다.

"좋아." 해리가 모두를 조용히 시키며 말했다. "오늘 저녁에는 그냥 지금까지 했던 것들을 복습할 생각이었어. 연휴 전 마지막 모임이고, 3주간의 연휴 직전에 뭔가 새로운 마법을 시작하는 건 무의미하니까……."

"새로운 건 안 한다고?" 재커라이어스 스미스가 방 전체에 울려 퍼질 만큼 큰 소리로 불만을 터뜨렸다. "알았으면 안 왔지."

"그래? 해리가 너한테 말해 줬어야 하는데, 우리 모두 정말 유감이다." 프레드가 큰 소리로 말했다.

몇몇 아이들이 킥킥 웃었다. 해리는 초가 웃는 모습을 보고, 계단을 내려가다가 발을 헛디뎠을 때처럼 가슴이 철렁하는 것을 느꼈다.

"둘씩 짝지어서 연습하면 돼." 해리가 말했다. "방해 마법부터 시작하자. 10분 정도 연습한 다음 방석을 꺼내서 기절 마법을 다시 해 보는 거야."

모두 그 말에 따라 둘씩 짝을 지었다. 해리는 평소처럼
네빌과 짝이 되었다. 방 안은 곧 일정한 간격을 두고 "임페
디멘타!"라고 외치는 소리로 가득 찼다. 주문에 맞은 아이
들은 1분 정도 꼼짝도 못 했고, 그동안 그들의 상대는 하릴
없이 다른 아이들이 연습하는 모습을 지켜보았다. 그러다
가 마법이 풀리면 다시 번갈아 가면서 저주 마법을 걸었다.

네빌은 정말 그가 맞나 싶을 만큼 실력이 늘었다. 해리는
얼마 지나지 않아 세 차례 연속으로 온몸이 굳었다 풀려났
다. 그는 방 안을 돌아다니면서 다른 아이들을 지켜보기 위
해 네빌을 론, 헤르미온느와 짝지어 주었다. 초의 옆을 지
나는데 그녀가 활짝 웃어 주었다. 그는 몇 번 더 그녀의 곁
을 지나가고 싶은 유혹과 싸웠다.

그들은 10분 동안 방해 마법을 연습한 다음, 바닥 전체
에 방석을 깔아 놓고 기절 마법을 연습하기 시작했다. 사
실 모두가 동시에 이 마법을 연습하기에는 공간이 너무 좁
았다. 절반은 잠시 다른 아이들이 연습하는 모습을 유심히
살펴보다가 교대했다. 해리는 모두를 지켜보면서 자긍심
이 부풀어 오르는 것을 느꼈다. 물론 네빌은 겨냥했던 딘
이 아니라 파드마 파틸을 기절시키긴 했지만, 평소보다는
훨씬 가깝게 빗나갔다. 다른 아이들도 모두 엄청난 진전을

이루었다.

한 시간이 지나자 해리가 그만하라고 소리쳤다.

"정말 좋아지고 있어." 그가 활짝 웃으면서 모두를 돌아 보았다. "연휴가 끝나고 돌아오면 더 어려운 걸 시작할 수 있겠다. 어쩌면 패트로누스까지."

흥분 섞인 웅성거림이 일었다. 아이들은 평소처럼 삼삼 오오 방을 떠나기 시작했다. 대부분 방을 나가면서 해리에 게 "크리스마스 잘 보내"라고 인사했다. 그는 상쾌한 기분 으로 론, 헤르미온느와 함께 방석을 모아 한쪽에 깔끔하게 쌓아 두었다. 그는 론과 헤르미온느를 먼저 보내고 잠깐 머 뭇거렸다. 초가 아직 그곳에 있었던 것이다. 그녀에게서도 크리스마스 인사를 받고 싶었다.

"아냐, 너 먼저 가." 초가 친구 매리에타에게 말하는 소 리가 들렸다. 해리는 심장이 목젖까지 튀어 올라올 지경이 었다.

그는 방석의 주름을 펴는 척했다. 이제는 단둘뿐이라는 확신이 들었다. 그는 그녀가 입을 열기를 기다렸다. 그런데 대신 크게 훌쩍거리는 소리가 들렸다.

해리는 고개를 돌려 방 한가운데 서 있는 초를 바라보았 다. 그녀의 얼굴에 눈물이 흘러내리고 있었다.

"무슨……?"

해리는 뭘 해야 할지 몰랐다. 그녀는 그냥 가만히 서서 조용히 울기만 했다.

"왜 그래?" 그가 작은 소리로 물었다.

그녀는 고개를 젓고 소매로 눈물을 닦았다.

"난…… 미안해." 그녀가 잠긴 목소리로 말했다. "난…… 그냥…… 이 모든 걸 배우고 있으려니까…… 그냥 궁금해 져서…… 그 애도 이걸 알았으면…… 아직 살아 있었을 텐데."

해리의 심장이 곧바로 저 아래 배꼽 근처까지 떨어졌다. 짐작했어야 했다. 그녀는 세드릭 이야기를 하고 싶었던 것이다.

"세드릭도 잘 알고 있었어." 해리가 무거운 목소리로 말했다. "정말 잘했어. 그렇지 않았다면 절대 그 미로 한복판으로 가지 못했을 거야. 하지만 볼드모트가 정말로 누군가를 죽이고 싶어 하면 그 대상은 살아남을 가망이 없어."

그녀는 볼드모트의 이름을 듣고 딸꾹질을 했지만 움찔거리지 않고 해리를 똑바로 바라보았다.

"너는 그저 아기였을 때도 살아남았잖아." 그녀가 조용히 말했다.

"그래, 뭐." 해리가 문 쪽으로 움직이면서 지친 듯 말했다. "나도 이유는 몰라. 아는 사람도 없고. 그러니까 자랑스러워할 일은 아니야."

"아, 가지 마!" 초가 다시 울음을 터뜨릴 것 같은 목소리로 말했다. "이렇게 유난 떨어서 정말 미안해……. 이러려던 게 아닌데……."

그녀가 다시 딸꾹질을 했다. 눈이 빨갛게 부었는데도 그녀는 아주 예뻤다. 해리는 철저하게 비참한 기분이었다. 그냥 '메리 크리스마스' 한 마디만으로도 무척 기뻤을 텐데.

"너한테는 분명 끔찍한 일일 거라는 건 나도 알아." 그녀가 다시 소매로 눈을 훔치며 말했다. "내가 세드릭 얘기를 하는 것 말이야. 너는 세드릭이 죽는 걸 봤는데…… 그 일은 그냥 잊고 싶지?"

해리는 이 말에 아무런 대답도 하지 않았다. 진실에 가까운 말이었지만 그렇다고 인정하자니 매정한 사람이 된 것 같은 기분이었다.

"있잖아, 넌 저, 정말 좋은 선생님이야." 초가 눈물 어린 미소를 지으며 말했다. "전에는 기절 마법을 성공한 적이 없었거든."

"고마워." 해리가 어색하게 말했다.

그들은 오랫동안 서로를 바라보았다. 해리는 방에서 도망치고 싶은 격렬한 욕망과 동시에 발을 움직일 수 없는 완전한 무력함을 느꼈다.

"겨우살이다." 초가 조용히 말하며 머리 위 천장을 가리켰다.

"그러게." 해리가 말했다. 입안이 바싹 말랐다. "그렇지만 나글이 우글거릴지도 몰라."

"나글이 뭐야?"

"나도 몰라." 해리가 말했다. 그녀가 더 가까이 다가왔다. 해리는 머리에 기절 마법을 맞은 것 같았다. "루니한테 물어봐야 할 거야. 내 말은, 루나 말이야."

초는 흐느끼는 것도 아니고 웃는 것도 아닌 이상한 소리를 냈다. 그녀는 이제 그에게 더욱 가까워져 있었다. 해리는 그녀의 코에 있는 주근깨 숫자까지 헤아릴 수 있었다.

"난 널 정말 좋아해, 해리."

아무런 생각도 할 수 없었다. 얼얼한 감각이 온몸에 번지며 팔과 다리와 뇌를 마비시켰다.

너무 가까웠다. 그녀의 속눈썹에 매달려 있는 눈물방울마저 모두 보였다…….

30분 뒤 휴게실에 돌아온 그는 벽난로 앞 가장 좋은 자리에 앉아 있는 헤르미온느와 론을 보았다. 다른 사람들은 대부분 자러 간 뒤였다. 헤르미온느는 아주 긴 편지를 쓰고 있었다. 이미 반쯤 채운 양피지 두루마리가 탁자 가장자리에 대롱대롱 늘어져 있었다. 론은 벽난로 앞 깔개에 엎드려 변환 마법 숙제를 끝내려고 애쓰는 중이었다.

"왜 이렇게 늦었어?" 해리가 헤르미온느 옆의 안락의자에 털썩 주저앉자 론이 물었다.

해리는 대답하지 않았다. 그는 충격을 받은 상태였다. 론과 헤르미온느에게 방금 일어난 일을 말해 주고 싶은 마음도 있었지만 한편으로는 그 비밀을 무덤까지 가져가고 싶기도 했다.

"괜찮아, 해리?" 헤르미온느가 깃펜 꼭대기 너머로 그를 바라보며 물었다.

해리는 성의 없이 어깨를 으쓱했다. 사실, 괜찮은 건지 아닌지 알 수 없었다.

"왜 그래?" 론이 해리를 더 잘 보려고 팔꿈치를 받치고 몸을 일으키며 말했다. "무슨 일이야?"

해리는 어떻게 이야기를 시작해야 할지 알 수 없었고, 이야기를 하고 싶은 건지도 여전히 확신하지 못했다. 그가 아무 말 하지 않기로 결정하자마자 헤르미온느가 해리의 부담을 덜어 주었다.

"초 때문이야?" 그녀가 아무렇지도 않게 툭 물었다. "모임이 끝나고 나서 걔가 널 구석에 몰아넣었어?"

해리는 놀라서 멍해진 채 고개를 끄덕였다. 낄낄거리던 론은 헤르미온느와 눈이 마주치자 얼른 웃음을 그쳤다.

"그러니까, 어…… 걔가 왜?" 론이 태연한 목소리를 꾸며 내며 물었다.

"초는……." 해리는 약간 쉰 목소리로 입을 열었다가 목을 가다듬고는 다시 말하려고 애썼다. "초는…… 어……."

"너희 키스했니?" 헤르미온느가 기운차게 물었다.

론이 벌떡 몸을 일으키다가 잉크병을 깔개에 온통 엎지르고 말았다. 그는 그것에는 전혀 아랑곳 않고 궁금해 죽겠다는 눈으로 해리를 바라보았다.

"정말?" 그가 물었다.

해리는 호기심과 흥미로움이 섞인 론의 얼굴에서 살짝 찡그린 헤르미온느의 얼굴로 눈을 돌리고 고개를 끄덕였다.

"하!"

론은 의기양양하게 주먹을 불끈 쥐더니 요란하게 한바탕 웃음을 터뜨렸다. 그 바람에 창가에 앉아 있던 주눅 든 표정의 2학년생 몇 명이 화들짝 놀랐다. 론이 벽난로 깔개 위를 데굴데굴 구르는 모양을 지켜보는 해리의 얼굴에 마뜩잖은 미소가 번졌다. 헤르미온느는 정말 꼴불견이라는 표정으로 론을 한번 쳐다보더니 다시 편지를 쓰기 시작했다.

"그래서?" 론이 마침내 고개를 들어 해리를 바라보며 물었다. "어땠어?"

해리는 잠깐 생각했다.

"축축했어." 그가 솔직하게 말했다.

론은 재미있다는 건지 혐오스럽다는 건지 모를 이상한 소리를 냈다.

"초가 울고 있었거든." 해리가 무겁게 말을 이었다.

"아." 론이 말했다. 그의 미소가 살짝 희미해졌다. "너 키스 솜씨가 그렇게 안 좋아?"

"모르겠어." 해리가 말했다. 그 문제에 대해선 생각해 본 적이 없었다. 갑자기 조금 걱정되기 시작했다. "그럴지도 몰라."

"당연히 아니지." 헤르미온느가 여전히 편지를 휘갈겨 쓰면서 무심코 말했다.

"네가 어떻게 알아?" 론이 날카롭게 물었다.

"왜냐하면 초는 요즘 하루의 절반은 울면서 지내니까."

헤르미온느가 애매하게 말했다. "식사 시간에도 그러고, 화장실에서도 그러고, 어딜 가든 그래."

"키스라도 하면 기분이 나아질지 모르겠네." 론이 씩 웃으며 말했다.

"론." 헤르미온느가 깃펜 끝을 잉크병에 담그며 위엄 있는 목소리로 말했다. "넌 내가 재수 없게 마주친 멍청이 중에서도 가장 둔한 멍청이야."

"그게 무슨 뜻이야?" 론이 발끈하며 말했다. "대체 어떤 인간이 키스하면서 우냐?"

"그래." 해리가 약간 절망적인 목소리로 말했다. "누가 그러겠어?"

헤르미온느는 얼굴에 한심하다는 빛을 띠고 두 사람을 바라보았다.

"초가 지금 이 순간 어떤 기분일지 너희는 이해가 안 가?" 그녀가 물었다.

"응." 해리와 론이 동시에 대답했다.

헤르미온느는 한숨을 푹 내쉬고 깃펜을 내려놓았다.

"뭐, 뻔하잖아. 초는 세드릭이 죽어서 아주 슬퍼하고 있어. 또 내 생각에는, 한때 세드릭을 좋아했는데 지금은 해리를 좋아하게 돼서 혼란스러운 기분일 거야. 자기가 누굴 더 좋아하는지도 알 수 없을 테고. 그런 다음에는 죄책감을 느끼겠지, 해리랑 키스를 한다는 건 결국 세드릭의 기억에 대한 모독이라고 생각할 테니까. 그리고 해리랑 사귀기 시작하면 다들 뭐라고 할지 걱정될 거야. 또 어쩌면 해리에 대한 자신의 감정이 뭔지 알 수 없는 건지도 몰라. 어쨌든, 해리는 세드릭이 죽었을 때 함께 있었던 유일한 사람이니까. 그러니까 그 모든 감정이 뒤섞여서 괴로울 거야. 아, 그리고 래번클로 퀴디치 팀에서 쫓겨날까 봐 걱정하고 있기도 해. 비행이 잘 안 되고 있거든."

헤르미온느의 연설이 끝나자 약간 아연실색한 침묵이 이어졌다. 잠시 후 론이 말했다. "한 사람이 그 모든 감정을 한 번에 느낄 수는 없어. 그러다간 터져 버릴걸."

"네가 티스푼 정도의 감정을 갖고 있다고 해서 우리 모두가 그런 건 아냐." 헤르미온느가 다시 깃펜을 집어 들면서 심술궂게 말했다.

"그 애가 시작했어." 해리가 말했다. "내가 그런 게 아니라…… 걔가 그냥, 뭐랄까, 나한테 왔어. 그런 다음에는 날 붙들고 엉엉 울었고…… 난 어떻게 해야 할지 몰라서……."

"무리도 아니다, 친구." 론이 생각만으로도 두렵다는 얼굴로 말했다.

"그냥 친절하게 대해 주면 돼." 헤르미온느가 불안한 듯 눈을 들며 물었다. "그렇게 했지?"

"뭐······." 해리가 말했다. 기분 나쁜 열기가 얼굴에 슬며시 번져 나갔다. "뭐랄까······ 등을 살짝 두드려 줬어."

헤르미온느는 눈을 굴리고 싶은 마음을 힘겹게 억누르는 듯한 표정이었다.

"뭐, 최악은 아니었네." 그녀가 말했다. "다시 만날 거야?"

"그래야 하지 않을까?" 해리가 말했다. "D.A. 모임이 있잖아?"

"내 말 무슨 뜻인지 알잖아." 헤르미온느가 못 참겠다는 듯 말했다.

해리는 아무 말도 하지 않았다. 헤르미온느의 말이 새로운 전개에 대한 두려운 가능성들을 열어 준 것이다. 그는 초와 함께 어딘가(아마도 호그스미드)에 가는 것을 상상하고, 그녀와 몇 시간씩 단둘이 있는 것을 상상해 보려고 했다. 방금 그런 일이 있었으니 초는 당연히 해리가 데이트 신청을 하기를 기대할 것이다. 그 생각을 하자 속이 고통스럽게 오그라들었다.

"아, 그래." 헤르미온느가 다시 한 번 편지에 눈길을 돌린 채 냉담하게 말했다. "데이트 신청할 기회는 충분히 있을 거야."

"해리가 그러고 싶지 않다면?" 평소와 달리 눈치 빠른 표정을 짓고 해리를 지켜보던 론이 말했다.

"바보 같은 소리 하지 마." 헤르미온느가 확신 없는 투로 말했다. "해리는 오래전부터 초를 좋아했어. 안 그래, 해리?"

그는 대답하지 않았다. 그렇다, 그는 아주 오래전부터 초를 좋아했다. 하지만 둘이 함께 있는 장면을 상상할 때 떠오른 것은 항상 즐거워하는 초였다. 그의 어깨에 얼굴을 묻고 걷잡을 수 없이 흐느끼는 초가 아니었다.

"그건 그렇고, 그 소설은 누구 보라고 쓰는 거야?" 론이 헤르미온느에게 물으며 양피지를 읽으려 들었다. 편지는 이제 바닥에 끌릴 정도였다. 헤르미온느는 그가 보지 못하게 양피지를 확 끌어 올렸다.

"빅토르."

"크룸?"

"우리가 아는 빅토르가 또 있어?"

론은 아무 말도 하지 않았지만 불만스러운 표정이었다.

그들은 다시 20분 동안 조용히 앉아 있었다. 론은 초조한 듯 여러 번 콧방귀를 뀌고 썼던 내용을 지워 가며 변환 마법 작문 숙제를 마무리했고, 헤르미온느는 꾸준히 글을 써 내려가면서 끝까지 채운 다음 조심스럽게 양피지를 말고 봉했다. 해리는 무엇보다도 시리우스의 머리가 나타나 여 자들에 대해 뭔가 조언해 주기를 바라면서 벽난로를 들여 다보고 있었다. 하지만 불은 그저 타닥거리며 점점 꺼져 가 더니 마침내 빨갛게 달아오른 불씨가 되고 재로 변했다. 주 위를 둘러보니 이번에도 그들 세 사람만 휴게실에 남아 있 었다.

"그럼, 잘 자." 헤르미온느가 여학생 기숙사 계단을 오르 며 크게 하품했다.

"크룸이 어디가 좋은 걸까?" 해리와 함께 남학생 기숙사 계단을 오르며 론이 물었다.

"뭐" 하고, 해리가 생각해 보더니 말했다. "크룸은 우 리보다 나이가 많고…… 세계적인 퀴디치 선수이기도 하 고……."

"그래, 하지만 그건 빼고." 론이 짜증 난 목소리로 말했 다. "투덜거리기나 하는 재수 없는 녀석 아니냐 이거지. 안 그래?"

"그래, 조금 투덜거리긴 하지." 해리가 말했다. 그러면서도 여전히 초에 대한 생각뿐이었다.

그들은 로브를 벗고 말없이 잠옷을 입었다. 딘, 셰이머스, 네빌은 이미 잠들어 있었다. 해리는 침대 옆 탁자에 안경을 올려놓고 잠자리에 들었지만 침대 커튼을 둘러치지는 않았다. 대신 그는 네빌의 침대 옆 창문 밖으로 보이는 별이 총총한 하늘을 응시했다. 어젯밤 이 시간쯤, 24시간 내에 초 챙과 키스하게 될 거라는 사실을 알았더라면…….

"잘 자라." 해리 오른쪽 어딘가에서 론이 툴툴대듯 말했다.

"잘 자." 해리가 말했다.

어쩌면 다음번에는…… 다음번이 있다면 말이지만…… 초는 기분이 좀 더 나아진 상태일지도 모른다. 그녀에게 데이트 신청을 했어야 했다. 초는 아마 그러기를 기대했을 테고 지금 그에게 정말 화가 나 있을 것이다. ……아니면 침대에 누워서, 아직도 세드릭 때문에 울고 있을까? 그는 무슨 생각을 해야 할지 알 수 없었다. 헤르미온느의 설명은 이 모든 일을 이해하기 쉽게 만들기보다 더욱 복잡하게 만들었다.

'학교에서 그런 걸 가르쳐 줘야지.' 그는 한쪽으로 돌아누

우며 생각했다. '여자들이 무슨 생각을 하는지…… 어쨌든 그게 점술보다는 훨씬 쓸모 있을 텐데…….'

네빌이 잠결에 코를 훌쩍였다. 밤하늘 어딘가에서 부엉이 한 마리가 부엉부엉 울었다.

꿈에서 해리는 D.A. 방으로 다시 가 있었다. 초는 거짓말로 자신을 그곳까지 꾀어냈다며 그를 비난하고 있었다. 그녀는 자기가 여기 오면 해리가 개구리 초콜릿 카드 150장을 주기로 약속했다고 말했다. 해리는 아니라고 주장했지만…… 초가 소리쳤다. "세드릭은 나한테 개구리 초콜릿 카드를 이렇게나 많이 줬단 말이야. 봐!" 그러더니 그녀는 로브 안에서 카드를 한 움큼 꺼내 공중으로 내던졌다. 다음 순간 그녀는 헤르미온느로 변했다. 헤르미온느는 이렇게 말했다. "네가 약속하긴 했잖아, 해리…… 네가 초한테 대신 뭔가 주는 게 좋을 것 같아…… 파이어볼트는 어때?" 해리는 초에게 파이어볼트를 줄 수는 없다고 항의했다. 파이어볼트는 엄브리지가 갖고 있는 데다가, 어쨌거나 이 모든 일이 말도 안 되었기 때문이다. 그는 단지 도비의 머리처럼 생긴 크리스마스 방울 장식을 몇 개 달려고 D.A. 방에 온 것뿐인데…….

꿈이 바뀌었다.

몸이 부드럽고 힘차고 유연하게 느껴졌다. 그는 번쩍이는 금속 막대 사이로 미끄러져 들어가 검고 차가운 돌 위를 가로지르고 있었다……. 그는 바닥에 몸을 바짝 붙인 채 배로 기어가는 중이었다. 어두웠지만, 기이하고 생기 넘치는 색깔로 어슴푸레하게 빛나는 주위 사물들이 보였다……. 그는 고개를 돌렸다. 처음 언뜻 봤을 때는 복도가 비어 있었지만…… 아니었다. 저 앞에 한 남자가 바닥에 앉아 있었다. 가슴 위로 고개를 늘어뜨리고 어둠 속에서 희미하게 빛나는 윤곽을 드러낸 채…….

해리는 혀를 내밀었다……. 공기 중에 있는 남자의 냄새를 맛보았다……. 남자는 살아 있었지만 졸고 있었다……. 복도 끝 문 앞에 앉은 채…….

해리는 그 남자를 너무나 물고 싶었다……. 하지만 그 충동을 다스려야 했다. 더 중요한 일이 있었다…….

하지만 남자가 움찔거렸다……. 그가 벌떡 일어나자 은색 망토가 그의 다리 위에서 떨어져 내렸다. 해리는 희미하게 떨리는 남자의 흐릿한 윤곽이 그의 머리 위로 높이 솟아 있는 것을 보았다. 남자가 허리띠에서 꺼내 든 마법 지팡이가 보였다……. 선택의 여지가 없었다. 해리는 바닥에서 꼿꼿이 세운 몸을 뒤로 젖히고 한 번, 두 번, 세 번 공격했다.

남자의 살 속 깊이 송곳니를 박아 넣고, 턱 밑에서 남자의 갈비뼈가 쪼개지는 것을 느꼈다. 따뜻하게 솟구치는 피를 느꼈다…….

남자는 고통으로 울부짖다가…… 조용해졌다. 남자는 뒤로 털썩 쓰러지더니 벽에 기댔다. 피가 바닥에 후드득 떨어졌다…….

이마가 끔찍하게 아팠다……. 터지기 일보 직전의 통증…….

"해리! **해리!**"

그는 눈을 떴다. 온몸 구석구석이 차가운 땀에 흠뻑 젖어 있었다. 침대보가 구속복처럼 그의 몸을 휘감고 있었다. 해리는 누가 하얗게 달군 부지깽이를 이마에 대고 누르는 것 같은 느낌이었다.

"*해리!*"

론이 한없이 겁에 질린 표정으로 그를 내려다보고 있었다. 침대 발치에는 더 많은 아이들이 모여 있었다. 해리는 손으로 머리를 움켜쥐었다. 통증 때문에 눈이 멀 지경이었다……. 그는 몸을 굴려 매트리스 가장자리에 대고 토했다.

"진짜 아픈가 봐." 겁에 질린 목소리가 말했다. "누굴 불러야 하나?"

"*해리! 해리!*"

론에게 말해야 한다. 그건 아주 중요한 일이었다······. 해리는 숨을 크게 헐떡거리면서 침대를 짚고 몸을 일으켰다. 그는 다시 토하지 않으려고 애썼다. 통증 탓에 눈앞이 흐렸다.

"너희 아빠가······." 그가 가슴을 들썩이며 헐떡였다. "너희 아빠가······ 공격당하셨어······."

"뭐?" 론이 이해하지 못하고 물었다.

"너희 아빠 말이야! 너희 아빠가 물렸어. 심각해. 사방이 피투성이였어······."

"사람을 불러올게." 마찬가지로 겁에 질린 목소리가 말했고, 해리는 침실에서 달려 나가는 발소리를 들었다.

"해리, 인마." 론이 확신 못 하는 말투로 말했다. "넌······ 넌 그냥 꿈을 꾼 거야······."

"아니야!" 해리가 버럭 소리쳤다. 어떻게든 론을 이해시켜야 했다. "꿈이 아니었어······. 보통 꿈이 아니었다고······. 내가 거기 있었어, 내가 봤어······. 내가 그랬어······."

셰이머스와 딘이 소곤거리는 소리가 들렸지만 아무래도 좋았다. 아직도 땀이 흐르고 몸이 열병에 걸린 듯 떨리긴 했지만 이마의 통증은 조금 가라앉았다. 그가 또다시 구역질을 하자 론은 뒤로 펄쩍 물러섰다.

"해리, 너 몸이 안 좋은가 보다." 그가 떨리는 목소리로 말했다. "네빌이 도움을 청하러 갔어."

"난 괜찮아!" 해리가 잠옷으로 입을 닦고 부들부들 떨면서 목멘 소리로 외쳤다. "나는 멀쩡해. 네가 걱정해야 할 사람은 너희 아빠야. 어디 계시는지 알아야 해. 피를 철철 흘리고 계셔. 내가…… 거대한 뱀이 물었어."

그는 침대에서 일어나려고 했지만 론이 다시 그를 밀쳤다. 딘과 셰이머스는 여전히 바로 옆에서 수군대고 있었다. 1분이 지났는지 10분이 지났는지 해리는 알 수 없었다. 그는 단지 덜덜 떨면서 그 자리에 앉아 있었다. 흉터의 통증이 아주 천천히 가셨다……. 잠시 후, 허겁지겁 계단을 올라오는 발소리가 들리고 네빌의 목소리가 다시 들렸다.

"이쪽이에요, 교수님."

맥고나걸 교수가 격자무늬 가운 차림으로 서둘러 침실에 들어왔다. 뼈가 두드러진 콧잔등에 안경이 비뚜름하게 걸려 있었다.

"무슨 일이냐, 포터? 어디가 아픈 거냐?"

그녀를 보고 이렇게 기뻤던 적은 없었다. 지금 해리에게 필요한 건 불사조 기사단 단원이지, 야단법석을 떨며 쓸모 없는 마법약을 처방할 사람이 아니었다.

"론의 아빠요." 그가 다시 몸을 일으켜 세우며 말했다. "뱀한테 공격을 당하셨는데 상황이 심각해요. 제가 봤어요."

"무슨 뜻이냐? 봤다니?" 맥고나걸 교수가 물었다. 그녀의 검은 눈썹이 찌푸려졌다.

"모르겠어요……. 잠이 들었는데, 다음 순간 거기 있었어요……."

"꿈을 꿨다는 뜻이냐?"

"아니에요!" 해리가 화를 내며 소리쳤다. 아무도 이해하지 못하는 걸까? "처음에는 완전히 다른 꿈을 꾸고 있었어요. 어떤 멍청한 꿈을요……. 그러다가 그 장면이 끼어들었어요. 실제로 벌어진 일이었어요. 제가 상상한 게 아니에요. 위즐리 아저씨가 바닥에서 자고 있다가 거대한 뱀한테 공격당했어요. 아저씨는 피를 엄청나게 흘리면서 쓰러졌어요. 아저씨가 어디 계신지 찾아야 해요……."

맥고나걸 교수는 비뚜름한 안경 너머로 두려운 광경을 보듯 그를 바라보고 있었다.

"거짓말하는 것도 아니고 미친 것도 아니에요!" 해리가 그녀에게 말했다. 목소리가 고함치듯 커졌다. "그런 일이 일어나는 걸 제 눈으로 똑똑히 봤다고요!"

　"난 네 말을 믿는다, 포터." 맥고나걸 교수가 딱 잘라 말했다. "옷 입거라. 교장 선생님을 만나러 가야겠다."

# 22장
# 세인트 멍고 마법 질병 상해 병원

    해리는 그녀가 자기 말을 진지하게 받아들인다는 사실에 마음이 놓인 나머지 망설이지도 않고 즉시 침대에서 벌떡 일어나 가운을 걸치고 안경을 썼다.

    "위즐리, 너도 같이 가자." 맥고나걸 교수가 말했다.

    그들은 조용히 서 있는 네빌, 딘, 셰이머스를 지나쳐 맥고나걸 교수를 따라 침실을 나섰다. 그리고 나선형 계단을 내려가 휴게실로 들어간 뒤 초상화 구멍을 지나 달빛이 비치는 뚱뚱한 귀부인의 복도를 걸어갔다. 해리는 당장에라도 내면의 두려움이 밖으로 쏟아질 것 같은 기분이었다. 달리고 싶었다. 덤블도어를 소리쳐 부르고 싶었다. 그들이 이렇게 침착하게 걸어가는 동안에도 위즐리 씨는 피를 흘리고 있었다. 그 송곳니(해리는 '내 송곳니'라고 생각하지 않으려고 무진 애를 썼다)에 독이라도 들었다면? 그들은 노리스 부인을 지나쳤다. 노리스 부인은 등잔불 같은 눈을 그들에게 돌리며 희미하게 쉭 소리를 냈지만 맥고나걸 교수가 "쉿!" 하자 어둠 속으로 살금살금 멀어져 갔다. 잠시 뒤 그들은 덤블도어의 연구실 입구를 지키는 가고일 석상 앞에 이르렀다.

"피징 위즈비." 맥고나걸 교수가 말했다.

가고일이 불쑥 살아나더니 옆으로 펄쩍 자리를 옮겼다. 그 뒤에 있는 벽이 반으로 갈라지면서 나선형 에스컬레이터처럼 계속 위로 움직이는 돌계단이 드러났다. 세 사람은 움직이는 계단에 올라섰다. 등 뒤에서 벽이 쿵 닫혔다. 그들은 가파르게 원을 그리며 위로 올라간 끝에 그리폰 모양의 고리가 달린 윤이 나는 오크나무 문에 이르렀다.

자정이 한참 지난 시간이었는데도 연구실 안에서는 상당히 와자지껄한 소리가 들려오고 있었다. 덤블도어가 적어도 열두 명은 되는 손님을 대접하고 있는 듯했다.

맥고나걸 교수가 그리폰 고리로 문을 세 번 두드리자 누가 전원이라도 내린 것처럼 목소리들이 뚝 끊겼다. 문이 저절로 열리자 맥고나걸 교수는 해리와 론을 데리고 안으로 들어갔다.

방은 반쯤 어둠에 잠겨 있었다. 탁자들마다 놓여 있는 기이한 은제 기구들은 평소처럼 웅웅거리면서 연기를 뿜어내는 대신 소리 없이 가만히 있었다. 벽을 뒤덮은 전임 교장들의 초상화는 모두 액자 속에서 졸고 있었다. 문 뒤에서는 참으로 아름다운 빨간색과 금색의 백조만 한 새가 날개에 머리를 묻은 채 횃대 위에서 잠들어 있었다.

"아, 맥고나걸 교수님이셨군요……. 그리고…… 아."

덤블도어는 책상 뒤 등받이가 높은 의자에 앉아 있었다. 그는 앞에 놓인 보고서들을 밝히고 있는 촛불 빛 안으로 몸을 기울였다. 눈처럼 흰 잠옷 셔츠 위에 보라색과 금색이 섞인 화려한 가운을 걸치고 있었지만 졸린 기색은 어디에도 없었다. 꿰뚫어 보는 듯한 밝은 파란색 눈은 오로지 맥고나걸 교수를 향해 있었다.

"덤블도어 교수님, 포터가 어떤…… 뭐라고 할까요, 악몽을 꿨습니다." 맥고나걸 교수가 말했다. "포터 말로는……."

"악몽이 아니었어요." 해리가 재빨리 말했다.

맥고나걸 교수는 얼굴을 살짝 찌푸리며 해리를 돌아보았다.

"좋다, 그럼. 포터, 네가 직접 교장 선생님께 말씀드려라."

"저는…… 그러니까, 자고 있었던 건 맞아요……." 해리가 말했다. 두려움과 덤블도어를 이해시켜야 한다는 간절함 속에서도, 교장이 그를 쳐다보지 않고 대신 맞닿은 그 자신의 손가락만 바라보고 있는 모습에 약간 짜증이 났다. "하지만 평범한 꿈이 아니었어요……. 실제로 벌어지는 일이었어요……. 제가 봤어요." 그는 심호흡을 했다. "론의 아빠가…… 위즐리 아저씨가…… 거대한 뱀한테 공격당했어요."

해리의 입에서 내뱉어진 그 단어들이 공기 중에 울리는 듯했다. 약간은 터무니없고 심지어 우스꽝스럽게도 들렸다. 잠깐 침묵이 흘렀다. 덤블도어는 의자에 기대고 생각에 잠긴 채 천장을 바라보았다. 론은 하얗게 질리고 충격받은 얼굴로 해리에게서 덤블도어에게로 눈을 돌렸다.

"어떻게 봤니?" 덤블도어가 여전히 해리를 쳐다보지 않은 채 조용히 물었다.

"그게…… 모르겠어요." 해리가 조금 화가 나서 말했다. 그게 뭐가 중요하지? "머릿속에서겠죠, 뭐……."

"내 말을 오해했구나." 덤블도어가 여전히 침착한 말투로 말했다. "그러니까…… 기억이 나니? 흠…… 그 공격이 발생했을 때 네가 어느 위치에 보고 있었는지 말이다. 피해자 옆에 서 있었니? 아니면 위에서 그 장면을 내려다보고 있었니?"

너무나 이상한 질문이어서 해리는 입을 쩍 벌리고 덤블도어를 바라보았다. 그가 꼭 알고 있는 것만 같았다.

"제가 그 뱀이었어요." 해리가 말했다. "뱀의 시점에서 그 모든 걸 봤어요."

잠시 아무도 입을 열지 않았다. 덤블도어가 여전히 얼굴이 하얗게 질린 론을 바라보며 좀 더 날카로운 목소리로 물었다. "아서가 심각하게 다쳤니?"

"네." 해리가 힘주어 말했다. 왜 다들 이토록 이해가 느리단 말인가? 그렇게 긴 송곳니가 옆구리를 찌르면 사람이 얼마나 많은 피를 흘리는지 모르는 건가? 그리고 왜 덤블도어는 그를 바라보면서 이야기하는 예의조차 갖추지 않는 걸까?

하지만 덤블도어는 해리가 깜짝 놀랄 정도로 벌떡 일어섰다. 그러고는 천장 가까운 곳에 걸려 있는 낡은 초상화 중 하나에게 말을 걸었다. "에버라드?" 그가 날카로운 목소리로 말했다. "그리고, 딜리스!"

짧고 검은 앞머리에 얼굴이 누르께한 남자 마법사와 그

의 옆 액자 속 은색 곱슬머리의 나이 든 여자 마법사가 곧 바로 눈을 떴다. 두 사람 모두 조금 전까지 깊은 잠에 빠져 있었던 것처럼 보였다.

"듣고 있었습니까?" 덤블도어가 물었다.

남자 마법사가 고개를 끄덕였다. 여자 마법사는 "물론" 이라고 말했다.

"빨간 머리에 안경을 쓴 남자입니다." 덤블도어가 말했 다. "에버라드, 당신이 경보를 울려 주세요. 위즐리가 엉뚱 한 사람들에게 발견되어선 안 됩니다."

둘 다 고개를 끄덕이더니 액자 옆으로 빠져나갔다. 하지 만 두 사람은 평소 호그와트에서 보던 것처럼 근처 액자에 나타나지 않았고 다시 모습을 드러내지도 않았다. 이제 한 액자에는 배경이 되는 검은색 커튼 말고는 아무것도 없었 고, 다른 액자에는 멋들어진 가죽 안락의자만 남아 있었다. 해리는 벽에 걸린 여러 명의 역대 교장들이 아주 그럴듯하 게 코를 골고 침을 흘리면서도 눈꺼풀 아래로 몰래 그를 힐 끔거리고 있다는 사실을 눈치챘다. 해리는 방금 전 문을 두 드렸을 때 대화를 나누고 있던 사람들이 누구였는지 문득 깨달았다.

"에버라드와 딜리스는 호그와트의 역대 교장 중에서 가

장 유명한 분들이다." 덤블도어가 해리, 론, 맥고나걸 교수 옆을 휙 지나쳐, 문 옆 횃대에서 잠들어 있는 아름다운 새 에게 다가가면서 말했다. "명성이 높은 만큼 다른 주요 마법 기관에도 초상화가 걸려 있지. 자기 초상화 사이는 마음대로 이동할 수 있으니, 어디에서 무슨 일이 벌어지고 있는지 우리에게 알려 줄 수도 있단다."

"하지만 위즐리 아저씨가 어디에 있는지는 모르잖아요!" 해리가 말했다.

"세 사람 모두 앉으세요." 덤블도어는 해리의 외침을 들은 척도 하지 않고 말했다. "에버라드와 딜리스는 몇 분 뒤에야 돌아올 겁니다. 맥고나걸 교수님, 의자 몇 개만 더 마련해 주시겠습니까?"

맥고나걸 교수가 가운 주머니에서 마법 지팡이를 꺼내 휘두르자 허공에서 의자 세 개가 나타났다. 등받이가 곧은 나무 의자로, 덤블도어가 해리의 청문회에서 만들어 냈던 편안한 안락의자와는 상당히 달랐다. 해리는 어깨 너머로 덤블도어를 계속 바라보며 자리에 앉았다. 덤블도어는 이제 한 손가락으로 폭스의 깃털 달린 황금색 머리를 쓰다듬고 있었다. 불사조는 곧바로 깨어나 아름다운 머리를 쭉 뻗고 선명한 검은색 눈으로 덤블도어를 바라보았다.

덤블도어가 새에게 아주 조용히 말했다. "경고를 해 줘야겠구나."

빛이 번뜩이더니 불사조는 모습을 감췄다.

덤블도어는 이제 어디에 쓰는지 알 수 없는 섬세한 은제 기구들 쪽으로 빠르게 걸어가더니 그중 하나를 책상으로 가지고 왔다. 그는 다시 세 사람을 마주 보고 앉아 마법 지팡이 끝으로 그것을 부드럽게 두드렸다.

그 기구는 리듬감 있는 땡그랑땡그랑 소리를 내며 즉시 살아 움직였다. 꼭대기에 달린 작은 은빛 관에서 조그맣고 희미한 녹색 연기 덩어리들이 뿜어 나왔다. 덤블도어는 이마를 찌푸리고 그 연기를 자세히 살펴보았다. 몇 초가 지나자 그 작은 연기 덩어리들은 끊이지 않는 짙은 연기 줄기가 되어 공중으로 꼬불꼬불 올라갔다. 연기 끄트머리에서 뱀의 머리가 자라 나오더니 입을 쩍 벌렸다. 해리는 그 기구가 그의 이야기가 사실임을 확인해 주는 건지 궁금해하면서 덤블도어를 바라봤지만 덤블도어는 눈을 들지 않았다.

"그래, 그럼 그렇지." 덤블도어가 여전히 놀란 기색 하나 없이 연기 줄기를 유심히 바라보면서 혼잣말하듯 중얼거렸다. "하지만 본질은 나뉘어 있다?"

도무지 종잡을 수 없는 말이었다. 그러나 연기로 만들어진 뱀은 즉시 둘로 나뉘더니 두 마리 모두 어두운 밤하늘 아래 이리저리 휘감기고 물결쳤다. 덤블도어는 우울한 만족감이 어린 표정을 지으며 마법 지팡이로 그 기구를 다시 부드럽게 두드렸다. 땡그랑거리는 소리가 느려지다가 멈췄고, 연기 뱀들은 점점 희미해지면서 형체 없는 아지랑이가 되었다가 사라졌다.

덤블도어는 원래 있던 작은 탁자 위에 그 기구를 다시 가져다 놓았다. 해리는 초상화 속 여러 역대 교장들이 눈으로 그를 좇다가, 해리가 자신들을 지켜보는 것을 깨닫고 곧바로 다시 잠든 척하는 모습을 보았다. 해리는 그 이상한 은제 기구가 뭔지 묻고 싶었지만 그럴 겨를도 없이 오른쪽 벽 꼭대기에서 고함 소리가 들렸다. 에버라드라는 남자 마법사가 숨을 살짝 헐떡거리며 자기 초상화에 다시 나타난 것이다.

"덤블도어!"

"무슨 소식이 있습니까?" 덤블도어가 곧바로 물었다.

"난 누가 달려올 때까지 고함을 쳤네." 그 마법사가 말하며 등 뒤의 커튼으로 이마를 닦았다. "아래층에서 뭔가가 움직이는 소리가 들렸다고 했지. 사람들은 나를 믿어야 할지 말아야 할지 확신하진 못했지만 어쨌든 확인하러 갔네.

자네도 알겠지만 거기에는 내가 들어가서 지켜볼 만한 초 상화가 없거든. 아무튼, 몇 분 뒤에 사람들이 위즐리를 데 리고 올라왔네. 상태가 좋아 보이지는 않았어. 피범벅이었 네. 사람들이 지나간 뒤에는 더 잘 보려고 엘프리다 크래그 의 초상화로 달려갔는데……."

"알겠습니다." 론이 부르르 떨자 덤블도어가 말했다. "그 럼 도착하는 건 딜리스가 봤겠군요."

잠시 후, 은색 곱슬머리 여자 마법사도 자기 그림에 다시 나타났다. 그녀가 기침을 하면서 자기 안락의자에 털썩 주 저앉더니 말했다. "그래. 사람들이 그를 세인트 멍고로 데 려갔네, 덤블도어……. 내 초상화를 지나갔는데 상태가 안 좋아 보였어."

"고맙습니다." 덤블도어가 말했다. 그는 맥고나걸 교수 를 돌아보았다.

"미네르바, 가서 다른 위즐리 아이들을 깨워 주세요."

"알겠습니다."

맥고나걸 교수는 일어나서 신속히 문으로 향했다. 해리는 론을 흘낏 곁눈질했다. 그는 잔뜩 겁에 질린 표정이었다.

"그런데 덤블도어…… 몰리는 어쩌죠?" 맥고나걸 교수가 문 앞에 잠시 멈춰 서서 물었다.

"그 일은 폭스에게 맡기지요. 누가 오고 있는지 살펴본 다음 몰리에게 연락해 줄 겁니다." 덤블도어가 말했다. "하지만 몰리는 이미 알고 있을지도 몰라요. 그 훌륭한 시계가 있으니……."

해리는 덤블도어가 말하는 것이, 시간이 아닌 위즐리 가족의 위치와 상태를 알려 주는 시계라는 것을 알았다. 지금 이 순간에도 위즐리 씨의 바늘이 '치명적 위험'을 가리키고 있을 게 분명하다는 생각이 들자 가슴이 찌르는 듯 아팠다. 하지만 지금은 아주 늦은 시간이었다. 위즐리 부인은 아마 잠들어서 시계를 보지 못했을 것이다. 해리는 위즐리 부인 앞에 나타난 보가트가 안경을 비뚤게 쓰고 얼굴에서 피를 흘리는 위즐리 씨의 생기 없는 시체로 변하던 장면을 떠올리며 등골이 오싹해지는 것을 느꼈다. 하지만 위즐리 씨는 죽지 않을 것이다. 그럴 리 없었다…….

덤블도어는 이제 해리와 론 뒤에 있는 붙박이장을 뒤지고 있었다. 그는 시커멓게 변한 낡은 주전자를 꺼내 와서 책상에 조심스럽게 올려놓더니 마법 지팡이를 들어 올리고 주문을 외웠다. "포르투스!" 주전자는 잠시 부르르 떨며 기묘한 파란빛을 발하다가, 곧 언제 그랬냐는 듯 흔들림을 멈추고 원래의 검은색으로 돌아갔다.

덤블도어는 또 다른 초상화로 성큼성큼 다가갔다. 이번에는 턱수염을 뾰족하게 기른, 영리해 보이는 남자 마법사였다. 그는 슬리데린의 색깔인 녹색과 은색 옷을 입고 있는 모습으로 그려져 있었으며, 너무 깊이 잠들어서 덤블도어가 깨우는 소리도 듣지 못하는 듯했다.

"피니어스. 피니어스."

방 안의 벽을 둘러싼 초상화 속 주인공들은 더 이상 자는 척하지 않고, 액자 속에서 이리저리 움직이며 무슨 일이 일어나는지 더 잘 보기 위해 기를 쓰고 있었다. 영리해 보이는 남자 마법사가 계속 자는 척하자 그중 몇몇도 그를 소리쳐 불렀다.

"피니어스! 피니어스! **피니어스!**"

더 이상 자는 척할 수 없게 된 그가 과장되게 움찔하더니 눈을 크게 떴다.

"누가 날 불렀나?"

"당신의 다른 초상화를 다시 한 번 방문해 줬으면 좋겠군요, 피니어스." 덤블도어가 말했다. "또 다른 메시지가 있어요."

"내 다른 초상화를 방문하라고?" 피니어스가 길게 하품하는 척하며 높은 목소리로 말했다(방을 훑어보던 그의 눈이 해리에게 머물렀다). "이런, 안 돼, 덤블도어. 오늘 밤엔 너무 피곤하단 말이야."

피니어스의 목소리가 왠지 익숙했다. 어디에서 들어 봤더라? 하지만 더 생각할 겨를도 없이 주위의 초상화들이 격하게 항의하기 시작했다.

"불복하는 거요, 교장!" 뚱뚱하고 코가 빨간 남자 마법사가 주먹을 휘두르며 고함쳤다. "직무 유기요!"

"우리는 명예를 걸고 호그와트의 현 교장에게 봉사해야 할 의무를 지고 있소!" 허약해 보이는 나이 든 마법사가 소리쳤다. 해리는 그가 덤블도어의 전임자인 아만도 디핏이라는 것을 알아보았다. "부끄러운 줄 아시오, 피니어스!"

"내가 설득해 볼까, 덤블도어?" 날카로운 눈을 가진 여자 마법사가 자작나무 몽둥이와 다르지 않아 보이는 유난히 굵은 마법 지팡이를 들어 올리며 외쳤다.

"아, 거참. 알았네." 피니어스라는 마법사가 살짝 겁먹은 듯 마법 지팡이를 힐끗 보며 말했다. "그 녀석이 지금쯤 내 초상화를 망가뜨렸을지도 모르지만. 가족 초상화 대부분을 망가뜨렸거든……."

"시리우스는 당신의 초상화를 망가뜨릴 만큼 어리석지 않습니다." 덤블도어가 말했다. 그 순간 해리는 피니어스

의 목소리를 어디에서 들어 봤는지 깨달았다. 그리몰드가
의 침실에 걸려 있는 텅 빈 액자에서 들리던 목소리가 분
명했다. "시리우스에게 아서 위즐리가 심각한 부상을 당했
고, 그의 아내와 아이들과 해리 포터가 곧 그 집에 도착할
거라고 전해 주세요. 이해하셨죠?"

"아서 위즐리 부상, 아내와 아이들과 해리 포터가 가서
머물 것." 피니어스가 지루한 목소리로 읊었다. "알았어,
알았어……. 잘 알겠네……."

그는 초상화 액자 속으로 들어갔고, 연구실 문이 다시 열
리는 순간 시야에서 사라졌다. 프레드와 조지, 지니가 맥고
나걸 교수에게 떠밀려 안으로 들어왔다. 셋 다 부스스하고
충격을 받은 모습이었으며 여전히 잠옷 바람이었다.

"해리, 무슨 일이야?" 지니가 겁에 질린 얼굴로 물었다.
"맥고나걸 교수님이 그러시는데 네가 우리 아빠가 다치는
걸 봤다고……."

"너희 아버지는 불사조 기사단 일을 하던 중에 부상을 당
하셨다." 해리가 입을 열기도 전에 덤블도어가 말했다. "세
인트 멍고 마법 질병 상해 병원으로 이송되셨어. 내가 너희
를 시리우스의 집으로 돌려보낼 거란다. 버로에서 가는 것
보다 병원에 들르기 훨씬 편할 테니……. 거기서 너희 어머

니를 만나거라."

"어떻게 가죠?" 프레드가 충격받은 얼굴로 물었다. "플루 가루로 가나요?"

"아니다." 덤블도어가 말했다. "지금 상황에서 플루 가루는 안전하지 않아. 네트워크가 감시당하고 있단다. 포트 키를 쓸 거다." 그는 책상 위에 아무렇지도 않게 놓여 있는 낡은 주전자를 가리켰다. "피니어스 나이젤러스가 돌아와서 상황을 알려 줄 때까지 기다리는 중이란다. 너희를 보내기 전에 주변을 확인해야 하니까……."

연구실 한가운데서 불꽃이 번뜩이더니 황금색 깃털 하나가 부드럽게 둥실둥실 바닥으로 내려앉았다.

"폭스의 경고로구나." 덤블도어가 떨어지는 깃털을 잡으며 말했다. "엄브리지 교수가 너희가 잠자리에서 나온 걸 아는 게 틀림없다. 미네르바, 가서 엄브리지 교수를 돌려보내 주세요. 무슨 얘기든 해서 말입니다."

맥고나걸 교수는 격자무늬 가운을 휘날리며 사라졌다.

"기꺼이 환영한다는군." 덤블도어의 등 뒤에서 따분해하는 목소리가 말했다. 피니어스라는 마법사가 슬리데린 현수막 앞에 다시 나타나 있었다. "내 고손자는 예전부터 집 안에 들이는 손님 취향이 독특해서 말이지."

"그럼 이리 오너라." 덤블도어가 해리와 위즐리 남매에게 말했다. "누가 방해하기 전에 서둘러야 한다."

해리와 다른 아이들은 덤블도어의 책상 주위에 모였다.

"모두 포트키는 써 본 적 있겠지?" 덤블도어가 묻자 그들은 고개를 끄덕였다. 저마다 손을 뻗어 그을린 주전자에 갖다 댔다. "좋아. 셋을 세마……. 하나…… 둘……."

그 일은 눈 깜짝할 사이에 일어났다. 덤블도어가 "셋"이라고 말하기 직전 극도로 짧은 순간, 해리는 그를 올려다보았다. 두 사람은 아주 가까이 서 있었다. 덤블도어의 맑고 푸른 시선이 포트키에서 해리의 얼굴로 옮겨 갔다.

그 즉시 해리의 흉터가 불로 지지는 것처럼 고통스럽게 타올랐다. 오래된 상처가 갑자기 다시 벌어진 것 같았다. 그러자 예상치 않게, 또 원치 않게 해리의 내면에서 두려울 만큼 강력하고 너무도 강렬한 증오가 치밀었다. 그는 당장 눈앞의 남자를 공격하고, 물고, 그에게 송곳니를 박아 넣는 것 말고는 아무것도 바라지 않았다.

"……셋."

해리는 배꼽 바로 안쪽을 확 잡아당기는 힘을 느꼈다. 발밑에서 땅이 사라졌고, 손은 주전자에 딱 달라붙었다. 주전자가 색깔의 소용돌이와 돌풍 속에서 그들을 끌어당기자 모두가 앞으로 빠르게 날아갔다. 해리는 다른 사람들과 마구 부딪친 끝에…… 바닥을 너무 세게 딛는 바람에 무릎이 풀썩 꺾였다. 주전자는 쨍그랑 소리를 내며 바닥에 떨어졌고, 가까운 곳 어딘가에서 어떤 목소리가 말했다.

"또 왔군, 혈통 배신자 놈들. 저놈들의 아버지가 죽어 간다는 게 사실일까?"

"나가!" 또 다른 목소리가 고함을 질렀다.

해리는 허둥지둥 일어나서 주위를 둘러보았다. 그들은 그리몰드가 12번지의 우울한 지하 부엌에 도착해 있었다. 빛이라고는 벽난로 불빛과 깜빡거리며 타오르는 촛불 하나뿐이었고, 그 촛불이 한 사람이 먹다 남긴 저녁 식사를 비추고 있었다. 복도로 나가던 크리처가 허리에 두른 걸레 같은 천을 끌어 올리며 악의를 담은 눈으로 그들을 돌아보았다. 시리우스가 걱정스러운 표정을 짓고 다급히 모두에게 다가왔다. 그는 면도를 하지 않았으며, 늦은 시간임에도 아직 평상복 차림이었다. 그에게서 먼덩거스와 비슷한 퀴퀴한 술 냄새가 살짝 풍겼다.

"무슨 일이냐?" 그가 손을 뻗어 지니를 일으켜 세우며 말했다. "피니어스 나이젤러스 말로는 아서가 심하게 다쳤다던데……."

"해리한테 물어보세요." 프레드가 말했다.

"네, 저도 듣고 싶네요." 조지도 말했다.

쌍둥이와 지니는 그를 바라보고 있었다. 바깥 계단에서 크리처의 발소리가 멈췄다.

"그게……." 해리가 입을 열었다. 맥고나걸 교수와 덤블도어 교수에게 말할 때보다도 힘이 들었다. "제가…… 환각 같은 것을 봤는데요……."

그는 자신이 본 모든 것을 말해 주었다. 뱀이 된 자신의 시선이 아니라 옆에서 뱀의 공격을 본 것처럼 들리도록 이야기를 바꾸긴 했지만. 여전히 얼굴빛이 창백한 론이 아주 잠깐 그를 바라봤지만 입을 열지는 않았다. 해리가 이야기를 마치자 프레드와 조지, 지니는 한동안 그를 뚫어지게 쳐다보았다. 이 또한 상상인지 아닌지 알 수 없었지만, 해리는 그들의 시선에 비난하는 기색이 어려 있는 것 같다는 생각이 들었다. 공격을 봤다는 이유로 해리를 탓하는 걸 보니 그 일이 일어났을 때 뱀 안에 있었다고 말하지 않은 것이 다행으로 느껴졌다.

"엄만 여기 계세요?" 프레드가 시리우스를 돌아보며 물었다.

"아마 아직 무슨 일이 일어났는지도 모르실 거다." 시리우스가 말했다. "엄브리지가 끼어들기 전에 너희를 빼내는 게 시급했지. 지금쯤 덤블도어 교수님이 몰리에게 알려 주고 계실 거야."

"세인트 멍고에 가야 해요." 지니가 다급히 말하며 오빠들을 돌아보았다. 그들은 당연히 아직 잠옷 차림이었다. "시리우스, 망토든 뭐든 빌려주실 수 있어요?"

"잠깐 기다려라. 그냥 그렇게 세인트 멍고로 곧장 가서는 안 돼!" 시리우스가 말했다.

"당연히 가도 되죠. 우리가 가고 싶다는데!" 프레드가 고집스러운 얼굴로 말했다. "우리 아빠라고요!"

"병원에서 아직 부인에게도 알리지 않았는데, 아서가 공격당했다는 사실을 어떻게 알았냐고 물으면 뭐라고 설명할 셈이냐?"

"그게 뭐가 중요해요?" 조지가 열을 내며 말했다.

"해리가 수백 킬로미터 떨어진 곳에서 벌어지는 일들을 볼 수 있다는 사실에 이목을 집중시키고 싶지 않기 때문에 중요한 거야!" 시리우스가 화를 냈다. "정부가 그 정보를 어떻게 이용할지 한 번이라도 생각해 봤냐?"

프레드와 조지는 정부가 뭘 어떻게 이용하든 눈곱만큼도 신경 쓰지 않는다는 표정이었다. 론은 여전히 잿빛이 된 얼굴로 말없이 서 있었다.

지니가 말했다. "다른 사람이 말해 줬을 수도 있잖아요. 해리가 아닌 다른 사람한테서 들었을 수도 있고요."

"예를 들면?" 시리우스가 못 참겠다는 듯 말했다. "잘 들어. 너희 아빠는 기사단 임무를 수행하던 중에 다쳤다. 그것만으로도 충분히 수상한 상황인데, 일이 발생하고 불과 몇 초 만에 그의 자식들이 그 사실을 알았다고 해 봐라. 너희는 기사단에 심각한 피해를 끼칠 수……."

"멍청한 기사단 따위는 어떻게 되든 상관없어요!" 프레드가 소리쳤다. "우리 아빠가 죽어 가고 있단 말이에요!" 조지가 고함을 질렀다.

"너희 아버지는 본인이 어떤 상황에 뛰어드는 건지 알고 계셨고, 너희가 기사단 일을 망친다면 고마워하지 않으실 거다!" 시리우스가 마주 화를 내며 말했다. "바로 이래서야. 이래서 너희가 기사단에 들어올 수 없는 거다. 너흰 이해를 못 해. 목숨을 바칠 만한 일들이 있다는 걸!"

"아저씨야 쉽게 말하겠죠, 여기 처박혀 있으니까." 프레드가 소리 질렀다. "아저씨가 목숨 바치는 모습은 본 적이 없는데요!"

시리우스의 얼굴에 남아 있던 얼마 안 되는 핏기가 사라

237

졌다. 그는 잠깐 프레드를 한 대 치고 싶은 표정이었지만, 곧 침착해지기로 작정한 듯한 목소리로 입을 열었다.

"어렵다는 건 알지만, 우리 모두 아직 아무것도 모르는 것처럼 굴어야 해. 적어도 너희 엄마한테서 소식을 듣기 전까지는 가만히 있어야 한다. 알았니?"

프레드와 조지는 아직도 반항적인 표정이었지만 지니는 가장 가까운 의자로 몇 걸음 걸어가더니 털썩 주저앉았다. 해리는 론 쪽을 보았다. 그는 고개를 끄덕이는 것 같기도 하고 어깨를 으쓱하는 것 같기도 한 이상한 동작을 해 보였다. 그들도 자리에 앉았다. 쌍둥이는 1분쯤 더 시리우스를 노려본 다음 각각 지니의 양옆에 앉았다.

"바로 그거야." 시리우스가 격려하듯 말했다. "자, 우리 모두…… 우리 모두 기다리면서 뭐 좀 마시자. 아씨오 버터 맥주!"

그가 마법 지팡이를 들어 올리면서 외치자 식료품 저장고에서 맥주병 대여섯 개가 날아왔다. 그것들은 식탁에 미끄러지면서 시리우스가 남긴 음식을 흩어 놓고 여섯 사람 앞에 깔끔하게 멈춰 섰다. 모두 버터맥주를 마셨다. 잠시 동안 들려오는 소리라고는, 부엌 벽난로가 타닥거리는 소리와 맥주병을 식탁에 가만히 내려놓는 소리뿐이었다.

해리는 단지 손을 움직이기 위해서 버터맥주를 마셨다. 속이 끔찍할 정도로 뜨겁고 부글부글 끓어오르는 죄책감으로 가득 찼다. 해리가 아니었다면 저들은 여기에 와 있지 않을 것이다. 여전히 자고 있을 것이다. 그가 경고한 덕분에 위즐리 씨를 발견할 수 있었던 거라고 스스로를 타일러도 아무 소용이 없었다. 애초에 위즐리 씨를 공격한 것이 그 자신이라는 사실은 부정할 수 없었기 때문이다.

'멍청하게 굴지 마. 너한텐 송곳니가 없잖아.' 그는 스스로를 타이르며 냉정을 유지하려고 애썼다. 그러나 버터맥주를 들고 있는 손은 부들부들 떨렸다. '넌 침대에 누워 있었어. 넌 아무도 공격하지 않았어…….'

그는 스스로에게 물었다. '그럼 조금 전 덤블도어 교수님의 연구실에서 일어난 일은? 덤블도어 교수님을 공격하고 싶은 기분이 들었는데…….'

그는 의도했던 것보다 조금 세게 병을 내려놓았다. 맥주가 출렁이며 탁자에 흘러넘쳤다. 하지만 아무도 알아채지 못했다. 그때 공중에서 불꽃이 터지면서 앞에 놓인 더러운 접시들을 비췄다. 다들 놀라서 비명을 지르는데, 식탁 위로 황금색 불사조 꼬리 깃 하나와 함께 양피지 두루마리가 털썩 떨어졌다.

"폭스다!" 시리우스가 즉시 말하며 양피지를 집어 들었다. "덤블도어 교수님 글씨가 아니야. 분명 너희 어머니가 보내신 메시지다. 자⋯⋯."

그가 조지의 손에 편지를 쥐여 주자, 조지는 그것을 펼치고 소리 내서 읽었다. "'아빠는 아직 살아 계셔. 나는 지금 세인트 멍고로 출발할 거야. 너희는 거기 그대로 있어라. 최대한 빨리 소식 전해 줄게. 엄마가.'"

조지는 식탁을 둘러보았다.

"아직 살아 계신다니⋯⋯." 그가 천천히 말했다. "하지만 이 얘기는 꼭⋯⋯."

그는 말을 마칠 필요가 없었다. 해리에게도 그 말은 위즐리 씨가 삶과 죽음 사이를 오가고 있다는 말처럼 들렸던 것이다. 론은 여전히 유달리 창백한 얼굴로, 어머니의 편지가 위로의 말이라도 전해 줄 것처럼 그 뒷면을 뚫어지게 바라보고 있었다. 프레드는 조지의 손에서 양피지를 빼내 직접 읽어 보더니 고개를 들고 해리를 바라보았다. 해리는 버터맥주 병을 쥔 손이 다시 떨리는 것을 느끼고, 그 떨림을 멈추려고 병을 더욱 꽉 움켜잡았다.

이날 밤만큼 긴 밤을 지새운 적이 있다 해도 기억은 나지 않았다. 시리우스가 별 설득력 없는 목소리로 모두에게 자

러 갈 것을 제안했지만, 위즐리 남매는 얼굴을 찡그리는 것
으로 대답을 대신했다. 그들은 대부분 식탁에 조용히 둘러
앉아 가끔씩 병을 입으로 들어 올리며, 양초 심지가 녹아
버린 밀랍 속으로 점점 깊이 가라앉는 모습을 지켜보기만
했다. 시간을 확인할 때나 어떻게 됐을까 소리 내어 걱정할
때, 위즐리 부인이 이미 한참 전에 세인트 멍고에 도착했을
테니 나쁜 소식이 있었다면 그때 바로 알게 됐을 거라고 서
로를 안심시킬 때만 입을 열었다.

프레드가 머리를 옆으로 기울이고 꾸벅꾸벅 졸기 시작했
다. 지니는 의자에 고양이처럼 웅크리고 있으면서도 눈은
뜨고 있었다. 해리는 그 눈에 비친 벽난로 불빛을 보았다.
론은 두 손에 머리를 묻고 있었는데, 깨어 있는지 잠들었
는지는 알 수 없었다. 해리와 시리우스는 자주 서로 시선을
주고받았다. 그들은 한 가족의 슬픔에 끼어든 불청객 입장
에서 기다리고…… 또 기다렸다…….

론의 손목시계로 새벽 5시 10분이 됐을 때 문이 활짝 열
리고 위즐리 부인이 부엌에 들어왔다. 위즐리 부인은 극도
로 창백한 얼굴을 하고 있었지만 모두가 고개를 돌려 그녀
를 바라보자 파리한 미소를 지었다. 프레드와 론과 해리는
의자에서 일어나다시피 했다.

"아빠는 괜찮으실 거야." 그녀가 피곤에 지친 목소리로 말했다. "지금 주무시고 계셔. 좀 있다가 너희 모두 가서 봐도 된다. 지금은 빌이 같이 있어. 오전에 일을 쉬겠다는 구나."

프레드는 두 손으로 얼굴을 감싼 채 의자에 털썩 주저앉 았다. 조지와 지니는 재빨리 걸어가 어머니를 끌어안았다. 론은 떨리는 웃음소리를 내더니 남은 버터맥주를 단숨에 들이켰다.

"아침 먹자!" 시리우스가 벌떡 일어나며 큰 소리로 기쁘 게 외쳤다. "망할 놈의 집요정 같으니, 어딜 간 거야? 크리 처! **크리처!**"

하지만 크리처는 부름에 응답하지 않았다.

"아, 집어치워, 그럼." 시리우스는 눈앞의 사람들을 헤아 리며 중얼거렸다. "자, 그럼 아침 식사는…… 어디 보자, 일곱 명이군. 베이컨이랑 달걀이면 어떨까? 차를 끓이고, 토스트랑……."

해리는 그를 도우러 얼른 스토브로 향했다. 그는 위즐리 가족의 행복한 순간에 끼어들고 싶지 않았고, 위즐리 부인 이 그가 본 환각을 다시 이야기해 달라고 할까 봐 두려웠 다. 하지만 그가 찬장에서 접시들을 꺼내자마자 위즐리 부인이 그것들을 빼앗아 들더니 그를 와락 껴안았다.

"네가 아니었으면 무슨 일이 일어났을지 모르겠구나, 해리." 그녀가 잠긴 목소리로 말했다. "아서는 몇 시간 뒤에나 발견됐을 거야. 그랬다면 너무 늦었을 테고. 하지만 네 덕분에 아서가 목숨을 건졌고, 덤블도어 교수님은 아서가 그곳에 있었던 그럴싸한 핑계를 생각해 내실 수 있었어. 안 그랬다간 아서가 얼마나 큰 곤경에 처했을지 넌 전혀 모를 거야. 가엾은 스터지스를 보렴……."

해리는 그녀의 감사 인사를 견딜 수 없었다. 다행히 그녀는 곧 그를 놓아주고 시리우스에게 고개를 돌려 밤새 아이들을 돌봐 준 일에 고마움을 전했다. 시리우스는 도움이 될 수 있어서 아주 기뻤다고 하면서, 위즐리 씨가 병원에 있는 동안 모두 함께 여기서 지내는 게 어떻겠느냐고 말했다.

"아, 시리우스, 정말 고마워요……. 아서는 당분간 입원해야 한다니까, 좀 더 가까운 곳에 있으면 참 좋을 거예요……. 그러려면 아무래도 크리스마스 동안 우리가 여기 있어야 할 것 같아요."

"사람이야 많을수록 즐겁지요!" 시리우스가 진심 어린 기색이 역력한 목소리로 말하자 위즐리 부인이 활짝 웃더니 앞치마를 척 걸치고 아침 식사 준비를 돕기 시작했다.

"시리우스." 한순간도 더 견딜 수 없어진 해리가 작은 소리로 말했다. "잠깐 얘기 좀 할 수 있을까요? 어…… 지금요."

그가 어두운 식료품 저장고로 들어가자 시리우스가 뒤따라왔다. 해리는 거두절미하고 대부에게 자신이 보았던 환각에 대해 자세히 들려주었다. 그 자신이 위즐리 씨를 공격한 뱀이었다는 사실까지 포함해서.

그가 숨을 고르려고 잠깐 말을 멈추자 시리우스가 물었다. "덤블도어 교수님한테는 얘기했니?"

"네." 해리가 조바심을 내며 말을 이었다. "하지만 덤블도어 교수님은 그게 뭘 뜻하는지 말해 주시지 않았어요. 뭐, 이젠 저한테 아무것도 말해 주시지 않아요."

"걱정할 만한 일이었으면 분명히 말해 주셨을 거다." 시리우스가 흔들림 없이 말했다.

"하지만 그게 다가 아니에요." 해리가 귓속말에 가까운 목소리로 말했다. "시리우스, 아무래도 제가…… 제가 미쳐 가는 것 같아요. 아까 덤블도어 교수님 연구실에 있을 때 말이에요, 포트키를 잡기 직전에…… 잠깐 동안 저 자신을 뱀이라고 생각했어요. 뱀이 된 것처럼 느꼈어요. 덤블도어 교수님을 보고 있으니까 흉터가 정말 아팠어요. 시리우스, 저는 덤블도어 교수님을 공격하고 싶었어요!"

그의 눈에는 시리우스의 얼굴이 아주 조금밖에 보이지 않았다. 남은 부분은 어둠 속에 있었다.

"분명 환각의 여파였을 거다. 그게 다야." 시리우스가 말했다. "꿈이든 아니든 여전히 그걸 생각하고 있었으니까……."

"그게 아니었어요." 해리가 고개를 저으며 말했다. "마치 제 마음속에서 뭔가가 일어나는 것 같았어요. 제 속에 뱀이 있는 것처럼요."

"너 좀 자야겠다." 시리우스가 단호하게 말했다. "아침 식사를 한 다음 위층 침대로 가거라. 점심을 먹고 나서 다른 아이들이랑 같이 아서를 보러 가면 될 거다. 너는 충격을 받은 상태야, 해리. 그저 목격했을 뿐인데 너 자신을 탓하고 있잖니. 게다가 네가 목격을 해서 다행이었지. 네가 아니었다면 아서는 죽었을 거야. 그러니까 걱정은 그만하거라."

그는 해리의 어깨를 툭툭 두드리더니 식료품 저장고를 나갔다. 해리를 어둠 속에 홀로 남겨 둔 채.

해리를 제외한 모두는 잠을 자면서 남은 아침을 보냈다.

245

해리는 여름방학 마지막 몇 주 동안 론과 함께 썼던 침실로 올라갔지만, 론이 침대로 기어들어 가 몇 분 만에 잠든 것과 달리 완전히 옷을 갖춰 입고 앉아 있었다. 그는 침대의 차가운 금속 틀에 기댄 채 움츠리고 앉아 일부러 몸을 불편하게 만들었다. 졸지 않을 작정이었다. 꿈속에서 다시 뱀이 될까 봐, 깨어나 보니 자신이 론을 공격했거나 집 안을 기어 다니며 다른 사람을 해치려 들고 있을까 봐…….

론이 깨어났을 때, 해리는 자신도 상쾌한 낮잠을 즐긴 척했다. 점심을 먹는 동안 호그와트에서 짐 가방이 도착한 덕분에 그들은 머글 옷차림으로 세인트 멍고에 갈 수 있었다. 로브를 벗고 청바지와 셔츠로 갈아입을 때는 해리를 제외한 모두가 야단스럽게 기뻐하며 수다를 떨었다. 통스와 매드아이가 런던 시내를 가로지르는 그들을 호위하려고 나타났을 때는 다들 신이 나서 그들을 맞이했다. 그들은 매드아이가 마법 눈을 가리기 위해 비뚜름하게 쓴 중절모를 보고 웃음을 터뜨리면서, 지하철에서는 또다시 밝은 분홍색 짧은 머리를 한 통스가 오히려 시선을 덜 끌 거라고 진심을 담아 충고했다.

통스는 해리가 위즐리 씨의 피습 장면을 본 것에 매우 관심이 많았다. 해리는 전혀 입에 올리고 싶지 않은 주제였다.

"너희 집안에 예언자의 피가 흐르는 건 아니지?" 덜컹거리며 도시 중심부로 나아가는 열차에 나란히 앉아 있을 때 그녀가 호기심에 가득 차서 물었다.

"네." 해리는 트릴로니 교수를 떠올리고 모욕감을 느꼈다.

"그렇구나." 통스가 생각에 잠겨 말했다. "그래, 솔직히 네가 하는 게 예언은 아니겠지. 그러니까, 너는 미래를 보는 게 아니라 현재를 보잖아……. 이상하네. 안 그래? 아무튼 쓸모가 있어."

해리는 대꾸하지 않았다. 다행히 그들은 다음 정거장에서 내렸다. 런던 한복판에 있는 역이었다. 부산스럽게 열차를 떠나는 와중에 해리는 일부러 프레드와 조지가 앞장서 가던 통스와 자신 사이에 끼어들도록 했다. 모두 통스를 따라 에스컬레이터에 올랐다. 무디가 중절모를 비스듬히 눌러쓰고 상처투성이 한쪽 손을 코트 단추 사이에 넣어 마법 지팡이를 쥔 채 일행의 맨 뒤에서 턱턱 소리를 내며 따라왔다. 해리는 그의 가려진 마법 눈이 자신을 줄곧 바라보고 있는 것을 느꼈다. 해리는 더 이상 꿈에 대한 질문이 나오는 것을 피하려고 매드아이에게 세인트 멍고가 어디에 숨겨져 있는지 물었다.

"여기서 멀지 않다." 양옆에 상가가 늘어서 있고 크리스마스 쇼핑객들로 가득한 널찍한 거리의 겨울 공기 속으로 나서면서 무디가 걸걸한 목소리로 말했다. 그는 해리를 약간 앞으로 밀더니 바로 뒤에서 쿵쿵거리며 따라왔다. 해리는 그 눈이 비스듬한 모자 아래에서 이리저리 굴러다니고 있다는 것을 알았다. "병원을 지을 적당한 장소를 찾는 일은 쉽지 않았다. 다이애건 앨리에는 그만한 공간이 없고, 병원을 정부처럼 지하에다 만들 수도 없었지. 건강에 좋지 않을 테니까. 결국 이곳에 있는 건물을 간신히 얻을 수 있었다. 이론적으로는, 아픈 마법사들이 군중에 섞여서 드나들 수 있게 하려는 구상이었지."

그는 해리의 어깨를 꽉 움켜잡았다. 가전제품이 가득한 근처 가게에 들어가는 것 말고는 아무 생각도 없는 시끌벅적한 쇼핑객들 때문에 서로 떨어지게 되는 일을 방지하기 위해서였다.

"가자." 잠시 후 무디가 말했다.

그들은 '퍼지 앤 다우스 Ltd.'라는 간판이 달린, 빨간 벽돌로 지은 커다란 구식 백화점 건물 앞에 이르렀다. 건물에는 초라하고 우울한 분위기가 감돌았다. 진열창에는 가발을 비딱하게 쓴 부서진 마네킹 몇 개가 아무렇게나 서서 적어도 10년은 유행에 뒤떨어진 옷들을 선보이고 있었다. 먼지 가득한 문마다 '수리 중'이라고 적힌 커다란 팻말이 걸려 있었다. 해리는 비닐 쇼핑백을 잔뜩 들고 있는 덩치 큰 여자가 지나가면서 친구에게 하는 말을 똑똑히 들었다. "절대 여는 법이 없다니까, 저 가게는……."

"다 왔다." 통스가 유난히 못생긴 여자 마네킹 말고는 아무것도 진열되어 있지 않은 창문 쪽으로 그들을 부르며 말했다. 초록색 나일론 점퍼스커트를 입은 마네킹의 가짜 속눈썹이 눈에서 떨어져 대롱대롱 매달려 있었다. "다들 준비됐지?"

모두 그녀 주위에 모여들며 고개를 끄덕였다. 무디가 또한 번 해리의 어깨뼈 사이를 눌러 그를 앞으로 떠밀었다. 통스는 유리창에 바짝 기대며 아주 못생긴 마네킹을 올려다보았다. 그녀의 숨결이 닿자 유리창에 김이 서렸다. "안녕하십까." 그녀가 말했다. "아서 위즐리를 만나러 왔는데요."

해리는 통스가 유리 너머로 그토록 조용히 말하면서 마네킹이 듣기를 바라다니 너무 터무니없다고 생각했다. 뒤에서는 버스들이 부르릉거리고, 쇼핑객이 넘쳐나는 거리에는 소음이 가득한 상황이었다. 그제야 해리는 어쨌거나 마네킹들은 소리를 들을 수 없다는 사실을 떠올렸다. 하지만 다음 순간, 마네킹이 고개를 살짝 끄덕이고 관절로 연결

된 손가락을 움직여 손짓하자 해리는 깜짝 놀라서 입을 쩍 벌렸다. 지니와 위즐리 부인의 팔을 잡고 있던 통스가 곧장 유리창을 뚫고 들어가더니 사라졌다.

프레드와 조지, 론도 그들을 따라 걸어갔다. 해리는 거칠게 서로를 떠미는 군중을 힐끔 돌아보았다. 그중 누구도 퍼지 앤 다우스의 보기 흉한 진열창에 눈길을 줄 여유 따위는 없는 듯했다. 방금 여섯 사람이 눈앞에서 사라진 사실을 눈치챈 것처럼 보이는 사람도 전혀 없었다.

"가자." 무디가 해리의 등을 다시 한 번 쿡 찌르며 걸걸하게 말했다. 나란히 시원한 물의 장막처럼 느껴지는 것을 지나 맞은편으로 나온 그들은 추위에 벌벌 떨거나 쫄딱 젖은 모습이 아니었다.

못생긴 마네킹이나 그 마네킹이 서 있던 공간은 흔적조차 보이지 않았다. 그들은 붐비는 접수처처럼 보이는 곳에 와 있었다. 여러 명의 마법사가 곧 무너질 듯한 나무 의자에 줄지어 앉아 있었다. 그중 몇몇은 완벽하게 멀쩡한 모습으로 지난 《주간 마녀》를 읽고 있었고, 또 다른 몇몇은 가슴에서 코끼리 코나 손이 돋아 나오는 등 섬뜩한 모습을 하고 있었다. 이곳 역시 바깥 거리만큼 시끄러웠다. 수많은 환자가 아주 이상한 소리를 내고 있었던 것이다. 앞줄 가운데에 있는 여자 마법사는 《예언자일보》로 땀이 흥건한 얼굴을 세차게 부채질하면서, 입에서 증기가 쏟아져 나올 때마다 고음의 호루라기 소리를 내고 있었다. 구석에 있던 지저분한 생김새의 마전사는 움직일 때마다 종이 딸랑거리는 소리를 냈는데, 그와 동시에 머리가 끔찍하게 진동하는 탓에 손으로 귀를 꽉 잡아야 했다.

연두색 로브를 입은 마법사들이 환자들 사이를 이리저리 돌아다니며 질문을 던지고 엄브리지의 것과 같은 필기판에 대답을 받아 적었다. 그들의 가슴에 마법 지팡이와 뼈가 교차된 엠블럼이 수놓여 있었다.

"저 사람들이 의사야?" 그가 론에게 조용히 물었다.

"의사?" 론이 깜짝 놀란 표정으로 되물었다. "사람 몸을 칼로 긋는 그 미친 머글들 말이야? 아니야, 저 사람들은 치유사들이야."

"이쪽이야!" 구석에 있는 마전사가 다시 한 번 딸랑거리는 소리를 내는 가운데 위즐리 부인이 소리쳤다. 그들은 그녀를 따라 '안내'라고 표시된 책상에 앉아 있는 통통한 금발 머리 여자 마법사 앞에 줄을 섰다. 마법사 뒤의 벽은 공고문과 포스터로 뒤덮여 있었는데, 거기에는 '**솥 닦는 습관, 독약도 마법약으로**', '**자격을 갖춘 치유사가 승인하지**

**않은 해독약은 독약입니다**' 같은 말들이 적혀 있었다. 은빛의 긴 곱슬머리를 늘어뜨린 여자 마법사의 커다란 초상화도 있었는데, 거기에는 이런 설명이 붙어 있었다.

### 딜리스 더웬트

세인트 멍고 치유사(1722~1741)

호그와트 마법학교 교장(1741~1768)

딜리스는 수를 헤아리는 듯 위즐리 일행을 살펴보았다. 해리와 눈이 마주치자 그녀는 눈을 살짝 찡긋하더니 옆걸음으로 초상화를 빠져나가 모습을 감췄다.

한편, 줄 맨 앞에는 어떤 젊은 남자 마법사가 제자리에서 기이한 동작으로 지그(빠르고 경쾌한 춤의 한 종류—옮긴이)를 추면서 고통스럽게 울부짖는 사이사이, 책상 뒤 의자에 앉아 있는 여자 마법사에게 자신의 질병을 설명하려 애쓰고 있었다.

"이…… 아얏, 이건 우리 형이 준 신발인데요, 아이고, 이게…… **아얏**, 제 발을, 깨물고 있어요. 보시라니까요, 틀림없이 뭔가…… **아악**, 저주 같은 게 걸려 있을 거예요. 전 이걸…… **아아아아악**, 벗을 수가 없어요." 그는 뜨거운 석탄

위에서 춤을 추는 것처럼 발을 번갈아 디디며 폴짝폴짝 뛰었다.

"그 신발 때문에 글도 못 읽게 된 건 아니죠?" 금발의 마법사가 짜증스럽게 책상 왼쪽에 있는 커다란 팻말을 가리키며 말했다. "5층, 주문 상해과로 가세요. 층별 안내판에 쓰여 있는 그대로예요. 다음!"

마법사가 절뚝거리며 껑충껑충 옆으로 비키자 위즐리 일행은 앞으로 몇 걸음 움직였다. 해리는 층별 안내판을 읽었다.

**사물 사고과 - 1층**
솥단지 폭발, 마법 지팡이 역발사, 빗자루 충돌 등

**생물 상해과 - 2층**
물린 상처, 쏘인 상처, 화상, 가시가 박힌 경우 등

**마법 감염과 - 3층**
용 천연두, 소멸병, 연주창 곰팡이 등 감염성 질병

**마법약 및 식물 중독과 - 4층**
발진, 구토, 통제 불가능한 웃음 등

**주문 상해과 - 5층**
해제 불가능한 저주, 공격 마법, 잘못 사용된 일반 마법 등

## 문병객 휴게실 / 구내 상점 - 6층

어디로 가야 할지 잘 모르거나 정상적인 언어 구사가 불가
능하거나 왜 여기 왔는지 기억이 나지 않는 경우 도우미 마
법사가 기꺼이 도와드리겠습니다.


이제는 트럼펫처럼 생긴 보청기를 낀 나이가 꽤 많고 허
리가 꼬부라진 남자 마법사가 발을 질질 끌며 줄의 맨 앞에
있었다. "브로더릭 보드를 만나러 왔소!" 그가 쌕쌕거리며
말했다.

"49호 병동인데, 안됐지만 시간 낭비실 것 같네요." 여자
마법사가 일축했다. "완전히 정신이 나갔거든요. 아직도
자기가 찻주전자라고 생각해요. 다음!"

잔뜩 시달린 표정의 남자 마법사가 어린 딸의 발목을 꽉
붙들고 있었다. 한편 딸은 아기 옷 등 부분을 곧장 뚫고 나
온 어마어마하게 큰 깃털 달린 날개로 아빠의 머리를 탁탁
쳤다.

"5층요." 여자 마법사가 묻지도 않고 심드렁하게 내뱉었
다. 남자는 이상한 모양의 풍선이라도 되는 양 딸을 들고
책상 옆에 있는 큰 문으로 사라졌다. "다음!"

위즐리 부인이 책상 앞으로 다가갔다.

"안녕하세요." 그녀가 말했다. "제 남편 아서 위즐리가 오늘 아침에 다른 병동으로 옮겨졌다는데 혹시 어디인지……?"

"아서 위즐리요?" 여자 마법사가 앞에 놓인 긴 명단을 손가락으로 훑으며 말했다. "네, 2층이네요. 오른쪽 두 번째 문, 다이 르웰린 병동이에요."

"고맙습니다." 위즐리 부인이 말했다. "가자, 얘들아."

그들은 그녀를 뒤따라 큰 문을 지나 좁은 복도를 걸어갔다. 양쪽으로 유명한 치유사들의 초상화가 더 많이 걸려 있는 복도는 천장 근처를 둥둥 떠다니는, 거대 비눗방울처럼 생긴 크리스털 구체들로 밝혀져 있었다. 조금 전보다 더 많은 연두색 로브 차림의 마법사들이 그들이 지나가는 문들을 들락거리고 있었다. 어느 문을 지날 때는 고약한 냄새가 나는 노란색 가스가 통로로 퍼져 나왔고, 가끔씩 멀리서 울부짖는 소리가 들리기도 했다. 한 층 올라가 생물 상해과 복도에 들어서자 오른쪽 두 번째 문에 '위험천만한 다이 르웰린 병동: 중증 물린 상처'라고 적힌 문구가 보였다. 그 밑의 놋쇠 틀에는 손 글씨로 '담당 치유사: 히포크라테스 스메스윅, 수습 치유사: 아우구스투스 파이'라고 적힌 카드가 꽂혀 있었다.

"우린 밖에서 기다릴게요, 몰리." 통스가 말했다. "아서도 한꺼번에 이렇게 많은 손님이 찾아오는 건 바라지 않을 거예요. 일단은 가족부터 만나야죠."

매드아이가 그 생각에 동의한다는 뜻으로 끙 소리를 내더니 마법 눈을 이리저리 굴리며 한쪽으로 물러나 복도 벽에 등을 기대고 섰다. 해리도 물러나려는데 위즐리 부인이 손을 뻗어 그를 문 안쪽으로 떠밀었다. "바보같이 굴지 마라, 해리. 아서는 너한테 고맙다는 말을 하고 싶어 해."

병동은 작았다. 그나마 하나 있는 좁다란 창문도 문을 마주 보는 벽 높은 곳에 자리 잡고 있었기에 약간 우중충했다. 병동 안을 밝히는 빛은 대부분 천장 한가운데 모여 있는 많은 수의 빛나는 크리스털 구체에서 나오는 것이었다. 오크나무 널빤지를 댄 벽에는 조금 악랄해 보이는 마법사의 초상화가 걸려 있었다. 덧붙어 있는 설명은 이랬다.

### 어커트 래크해로

1612~1697

내장 방출 마법의 창시자

환자는 세 명뿐이었다. 위즐리 씨는 작은 병동 가장 안쪽 작은 창문 앞에 있는 침대에 누워 있었다. 그가 베개 몇 개를 괴고 앉아 침대로 떨어지는 한 줄기 햇빛에 비춰 《예언자일보》를 읽고 있는 모습을 보자 해리는 기쁘고 마음이 놓였다. 그들이 다가가자 위즐리 씨는 고개를 들고 누구인지 확인하더니 활짝 웃었다.

"안녕!" 그가 《예언자일보》를 옆으로 치우며 소리쳤다. "빌은 방금 갔어, 몰리. 회사에 돌아가 봐야 한대. 하지만 이따가 당신한테 잠깐 들른댔어."

"좀 어때, 아서?" 위즐리 부인이 허리를 구부려 그의 뺨에 입을 맞추고 걱정스러운 듯 그의 얼굴을 바라보며 말했다. "아직도 약간 창백해 보이는데."

"난 정말 괜찮아." 위즐리 씨가 다치지 않은 팔을 내밀어 지니를 안아 주면서 밝은 목소리로 말했다. "붕대만 풀면 집에 갈 수 있겠어."

"왜 못 푸는 거예요, 아빠?" 프레드가 물었다.

"뭐, 붕대를 풀려고 할 때마다 미친 듯이 피가 나기 시작하더구나." 위즐리 씨가 명랑하게 말했다. 그가 팔을 뻗어 침대 옆 보관함 위에 놓여 있던 마법 지팡이를 들고 휘두르자 그들 모두가 앉을 수 있는 의자 여섯 개가 나타났다.

"그 뱀 송곳니에 상처가 아물지 못하게 하는 좀 특이한 독이 들어 있었던 것 같아. 그래도 꼭 해독제를 찾아낼 거래. 나보다 훨씬 심각한 경우도 있었다더라. 그때까지는 그냥 한 시간에 한 번씩 혈액 보충 마법약을 마시면 돼. 하지만 저기 저 친구는……." 그가 목소리를 낮추고 맞은편 침대를 고갯짓하며 말했다. 거기에는 낯빛이 퍼렇게 질리고 병색이 짙은 남자가 천장을 바라보며 누워 있었다. "늑대인간한테 물렸어. 불쌍한 친구 같으니. 치료제가 전혀 없지."

"늑대인간?" 위즐리 부인이 깜짝 놀란 표정으로 속삭였다. "일반 병동에 있어도 괜찮은 거야? 1인실에 있어야 하는 거 아니고?"

"보름달이 뜰 때까지 2주 남았잖아." 위즐리 씨가 조용한 목소리로 그녀에게 상기시켰다. "오늘 아침에 그 사람들이, 그러니까 치유사들 말이야, 저 친구한테 정상적인 삶을 살 수 있다는 것을 납득시키려고 애를 쓰더군. 나도 저 친구한테 말했지. 당연히 이름은 대지 않고, 내가 개인적으로 늑대인간을 하나 아는데 아주 괜찮은 사람이고 꽤 쉽게 이 질환을 관리하고 있다고."

"그랬더니 뭐래요?" 조지가 물었다.

"닥치지 않으면 또 한 번 물리게 해 주겠대." 위즐리 씨가 슬프게 말했다. "그리고 *저기* 저 여자는" 하고 그는 문 바로 옆에 있는 침대 중 사람이 있는 유일한 침대를 가리켰 다. "뭐한테 물렸는지 치유사들한테 말하지 않으려고 해. 그래서 다들 저 사람이 사육이 금지된 생물한테 물린 거라 고 생각하고 있지. 뭔지는 모르지만 다리가 정말 뭉텅이로 뜯겨 나갔더구나. 붕대를 푸니까 아주 고약한 냄새가 나더 라고."

"그래서, 무슨 일이 있었는지 말해 주실 거예요, 아빠?" 프레드가 의자를 침대 더 가까이 끌어당기며 물었다.

"뭐, 너희도 벌써 알잖니?" 위즐리 씨가 해리를 향해 의미 심장한 미소를 지으며 말했다. "아주 단순해. 아주 긴 하루 를 보내고 졸고 있었는데 놈이 몰래 다가와서 날 물었어."

"《예언자일보》에도 실렸어요? 아빠가 공격당한 얘기요." 위즐리 씨가 옆으로 던진 신문을 가리키며 프레드가 물었 다.

"아니, 당연히 안 났지." 위즐리 씨가 약간 씁쓸한 미소를 지으며 말했다. "정부는 아무한테도 알리고 싶어 하지 않 을 거다. 그 망할 놈의 뱀이……."

"아서!" 위즐리 부인이 경고하듯 소리쳤다.

"뱀이…… 어…… 나를 물었다는 걸 말이야." 위즐리 씨가 서둘러 말했다. 그러나 해리는 그것이 그가 원래 하려던 말이 아니라고 확신했다.

"그러니까 아빠는 어디서 그런 일을 당하신 건데요?" 조지가 물었다.

"그건 아빠 일이니까 신경 끄고." 위즐리 씨는 살짝 미소지으면서도 그렇게 말했다. 그는 《예언자일보》를 집어 들고 흔들어서 다시 펼쳤다. "내가 막 윌리 위더신즈 체포 기사를 읽고 있을 때 너희가 도착했어. 지난여름 역류하는 변기 사건의 범인이 윌리로 밝혀졌다는 거 알고 있니? 저주하나가 거꾸로 발사되는 바람에 변기가 터졌고, 사람들이 발견했을 때 윌리는 난장판 속에서 정신을 잃고 쓰러져 있었다는구나. 머리부터 발끝까지 그걸 뒤집어쓰⋯⋯."

프레드가 낮은 목소리로 말을 끊었다. "'임무 수행 중'이었다고 하던데 뭘 하고 계셨던 거예요?"

"아빠 말씀 들었잖니." 위즐리 부인이 속삭였다. "여기서 그런 얘기를 할 수는 없어. 윌리 위더신즈 얘기나 더 해 봐, 아서."

"뭐, 어떻게 그랬는지는 모르지만, 그 작자는 사실상 변기 관련 혐의를 벗었어." 위즐리 씨가 험악하게 말했다. "돈으로 판결을 바꿨다고밖에⋯⋯."

"아빠가 그걸 지키고 있었던 거죠?" 조지가 조용히 말했다. "그 무기 말이에요. '그 사람'이 찾으려는 거."

"조지, 조용히 해라!" 위즐리 부인이 쏘아붙였다.

"아무튼" 하고, 위즐리 씨가 목소리를 높였다. "이번에 윌리는 머글들한테 깨무는 문손잡이를 팔다가 잡혔어. 이번에는 빠져나갈 수 없을 거다. 왜냐하면, 이 기사에 따르면 머글 두 명이 손가락을 잃고 지금 응급 뼈 재생과 기억 수정 조치를 받기 위해 세인트 멍고에 와 있거든. 생각해 봐라, 머글들이 세인트 멍고에 와 있다니! 어느 병동에 있으려나?"

그러더니 그는 표지판이라도 보게 될 거라 생각하는 듯 기대감에 차서 주위를 둘러보았다.

"'그 사람'이 뱀을 데리고 있다고 하지 않았어, 해리?" 프레드가 아버지의 반응을 살피며 물었다. "거대한 놈으로 말이야. 그자가 돌아온 날 밤에 봤다며?"

"그만하면 됐다." 위즐리 부인이 매섭게 말했다. "아서, 매드아이랑 통스가 밖에 와 있어. 당신을 만나고 싶어 해. 너희는 나가서 기다려라." 그녀는 아이들과 해리에게 덧붙였다. "나중에 와서 인사하렴. 나가 봐."

그들은 우르르 복도로 나갔다. 매드아이와 통스가 들어

가며 병동 문을 닫았다. 프레드는 눈썹을 치켜올렸다.

"좋아." 그가 주머니를 뒤지며 싸늘하게 말했다. "이런 식으로 나온다 이거지. 우리한테는 아무 얘기도 안 해 주고."

"이거 찾냐?" 조지가 살구색 실꾸리처럼 보이는 것을 꺼내며 말했다.

"역시 넌 내 마음을 잘 알아." 프레드가 씩 웃으며 말했다. "세인트 멍고가 병동 문에 철벽 마법을 걸어 놨는지 한번 볼까?"

그와 조지는 실꾸리를 풀어 다섯 개의 길어지는 귀를 각자에게 나누어 주었다. 해리는 받아 들기가 망설여졌다.

"얼른, 해리. 받아! 넌 우리 아빠의 목숨을 구했어. 아빠가 하는 얘기를 엿들을 자격이 있는 사람이 있다면 바로 너라고."

해리는 의지와는 다르게 씩 웃으며, 쌍둥이들처럼 길어지는 귀 한쪽 끝을 자기 귀에 집어넣었다.

"좋아, 가자." 프레드가 속삭였다.

살구색 끈들이 길고 가느다란 애벌레처럼 꿈틀거리더니 문 아래로 기어들어 갔다. 처음에는 아무 소리도 들리지 않았지만, 해리는 곧 움찔했다. 통스가 바로 옆에 있는 것처럼 또렷한 속삭임이 들려왔기 때문이다.

"……그 구역 전체를 수색했는데 어디에서도 뱀을 찾지 못했어요. 당신을 공격하자마자 사라진 것 같더라고요, 아서. 하지만 '그 사람'도 뱀이 들어갈 수 있을 거라고 생각하진 않았을 거예요. 안 그래요?"

"내 생각에는 그자가 정찰하려고 뱀을 보낸 거다." 무디가 으르렁거리듯 말했다. "지금까지는 운이 안 따라 주지 않았냐. 그래, 그자는 자기가 상대하고 있는 것에 대해 더 명확한 그림을 그리려는 거야. 아서가 그곳에 없었다면 그 짐승은 훨씬 여유를 갖고 주위를 둘러봤겠지. 그래서, 포터는 이 모든 걸 목격했다던가?"

"네." 위즐리 부인이 대답했다. 조금 불편한 목소리였다. "그게, 덤블도어 교수님은 해리가 이런 일을 목격하기를 거의 기다리고 있었던 것 같더라고요."

"그래, 뭐." 무디가 말을 이었다. "포터 녀석한테 뭔가 이상한 구석이 있긴 하지. 다들 알겠지만."

"오늘 아침에 이야기 나눴을 때는 해리를 걱정하시는 것 같았어요." 위즐리 부인이 속삭였다.

"당연히 걱정되겠지." 무디가 걸걸한 목소리로 말했다. "그 녀석은 '그 사람'의 뱀 안에 들어가서 보고 있는 거니까. 포터는 분명 그게 뭘 의미하는지 모르는 것 같았지만,

'그 사람'이 그 아이를 지배하고 있는 거라면…….”

　해리는 귀에 꽂고 있던 길어지는 귀를 빼냈다. 심장이 아주 빠르게 두근거렸고 열기가 얼굴로 훅 밀려 올라왔다. 그는 다른 사람들을 둘러보았다. 여전히 귀에서 끈을 늘어뜨린 채 모두 그를 뚫어지게 바라보고 있었다. 하나같이 갑자기 겁에 질린 표정이었다.

## 23장
# 폐쇄 병동에서의 크리스마스

　그래서 덤블도어가 더 이상 해리와 눈을 마주치지 않으려고 한 걸까? 볼드모트가 해리의 눈을 통해 내다보고 있을 거라고, 해리의 선명한 초록색 눈이 돌연 진홍색으로 변하면서 눈동자가 고양이처럼 가늘어질 거라고 생각한 걸까? 혹시 두려워한 건 아닐까? 해리는 언젠가 퀴럴 교수의 뒤통수에서 볼드모트의 뱀 같은 얼굴이 억지로 비어져 나왔던 일을 떠올렸다. 그리고 손으로 자신의 뒤통수를 쓸어보면서 볼드모트가 두개골을 뚫고 나오는 건 어떤 기분일지 생각했다.

　더러워지고 오염된 듯한 기분이었다. 마치 자신이 어떤 치명적인 병균을 지니고 다니는 것처럼 느껴졌다. 아무것

도 모르는 깨끗한 사람들, 몸과 마음이 볼드모트에게 오염
되지 않은 사람들과 병원에서 돌아오는 지하철에 함께 앉
아 있을 자격이 없는 것 같았다. 그는 단순히 뱀을 본 게 아
니었다. 그는 뱀이 되었었다. 이제 확실히 알았다…….

그때 정말로 끔찍한 생각이 떠올랐다. 그의 머릿속에 띠
오를 듯 말 듯한 기억, 속이 뒤틀리고 뱀처럼 꿈틀거리게
만드는 기억.

'추종자들 말고 또 뭘 노리는데요?'

'오직 비밀스럽게만 손에 넣을 수 있는 것……. 무기 같
은 것 말이다. 지난번에는 갖지 못했던 거지.'

내가 그 무기야. 해리는 생각했다. 독극물이 혈관을 따라
퍼지는 것처럼 몸이 차가워지고, 기차가 덜컹거리며 어두
운 터널을 통과하는 내내 온몸이 땀으로 축축해졌다. 내가
바로 볼드모트가 이용하려는 무기야. 그래서 내가 어디를
가든 호위가 따라붙은 거야. 나를 보호하기 위해서가 아니
라 다른 사람들을 보호하기 위해서. 그래 봐야 소용없겠지.
내가 호그와트에 있는 내내 누군가를 붙여 놓을 수는 없으
니까……. 어젯밤에는 내가 진짜로 위즐리 아저씨를 공격
한 거야. 나였어. 볼드모트가 날 그렇게 만든 거야. 그자는
내 안에 들어올 수 있어. 지금 이 순간에도 내 생각을 읽을

266

수 있어…….

"해리, 괜찮니?" 기차가 어두운 굴속을 덜컹거리며 나아갈 때, 위즐리 부인이 지니 너머로 몸을 기울이며 속삭였다. "별로 안 좋아 보이는데. 어디 아프니?"

모두가 그를 지켜보고 있었다. 그는 세차게 고개를 젓고 주택보험 광고를 올려다보았다.

"해리, 정말로 괜찮은 거니?" 다 함께 그리몰드가 한복판의 마구 자란 잔디밭을 가로질러 갈 때 또다시 위즐리 부인이 걱정스러운 목소리로 물었다. "정말 창백해 보이는구나……. 오늘 아침에 좀 잔 거 맞니? 지금 당장 침실로 올라가렴. 그러면 저녁 식사 하기 전에 두어 시간쯤 잘 수 있을 거야. 알았지?"

그는 고개를 끄덕였다. 누구와도 말을 섞지 않아도 될 핑계가 이미 준비되어 있다니 그가 바라던 바였다. 해리는 그녀가 현관문을 열자마자 곧장 트롤 다리 우산꽂이를 지나 빠르게 계단을 오른 뒤 론과 함께 쓰는 침실로 들어갔다.

그는 두 개의 침대와 피니어스 나이젤러스의 텅 빈 액자 사이를 왔다 갔다 하기 시작했다. 그의 머릿속이 의문들과 점점 더 끔찍해지는 생각들로 부글부글 끓어올랐다.

어쩌다 뱀이 됐을까? 어쩌면 그는 애니마구스인지도 모

른다……. '아니, 그럴 리 없어. 그랬다면 알았겠지. 어쩌면 볼드모트가 애니마구스일지도……. 그럴 거야.' 해리는 생각했다. '그러면 말이 돼. 그자라면 당연히 뱀으로 모습을 *바꾸겠지*……. 그리고 그자가 나를 지배하고 있을 때는 우리 둘 다 변신하는 거고……. 그렇더라도 내가 어떻게 겨우 5분 만에 런던에 갔다가 침대로 돌아왔는지는 설명이 안되는데……. 하지만 덤블도어를 제외하면 볼드모트는 세상에서 가장 강력한 마법사야. 아마 사람을 그런 식으로 이동시키는 것쯤은 문제도 아닐걸…….'

그리고 잠시 후, 끔찍한 공포가 덮쳐 오는 가운데 그는 생각했다. '하지만 이건 미친 짓이야. 만약 볼드모트가 나를 지배하고 있다면, 나는 지금 이 순간에도 그자에게 불사조 기사단 본부를 속속들이 보여 주고 있는 거잖아! 그자는 누가 기사단에 속해 있고 시리우스가 어디 있는지 알게 될 거야……. 게다가 나는 들어서는 안 될 얘기도 엄청나게 들었어. 내가 여기 온 첫날 밤 시리우스가 해 준 그모든 얘기도…….'

할 수 있는 건 하나뿐이었다. 즉시 그리몰드가를 떠나야 한다. 홀로 호그와트에서 크리스마스를 보내야 한다. 그러면 적어도 연휴 동안은 호그와트가 그를 안전하게 잡아 둘 테니까……. 아니, 그것만으로는 안 된다. 불구로 만들고 해칠 사람은 호그와트에 아직 많았다. 만약에 셰이머스나 딘, 네빌이 다음 차례가 된다면? 그는 왔다 갔다 하던 것을 멈추고 피니어스 나이젤러스의 텅 빈 액자를 들여다보았다. 가슴이 납덩이처럼 무거웠다. 다른 대안은 없었다. 프리빗가로 돌아가야 한다. 다른 마법사들에게서 스스로를 완전히 단절시켜야 한다.

그래, 꼭 그래야만 한다면 머뭇거려 봤자 아무 의미가 없다고 그는 생각했다. 그는 더즐리 가족이 예상보다 6개월 일찍 자기네 현관 계단에 서 있는 그를 보면 어떻게 나올지 생각하지 않으려고 기를 쓰면서 성큼성큼 짐 가방으로 다가가 뚜껑을 쾅 닫고 잠갔다. 그리고 자기도 모르게 헤드위그를 찾아 주위를 쓱 둘러봤다가 헤드위그가 아직 호그와트에 있다는 사실을 떠올렸다. 뭐, 헤드위그의 새장이라도 짐에서 덜 수 있으니 됐다. 그는 짐 가방 한쪽 끝을 잡고 문으로 질질 끌고 갔다. 그때 어떤 교활한 목소리가 들렸다.

"도망가는 거냐?"

해리는 방을 둘러보았다. 어느새 피니어스 나이젤러스가 초상화 캔버스에 나타나 액자 틀에 기댄 채 즐거워하는 기색이 역력한 얼굴로 해리를 바라보고 있었다.

"아뇨, 도망가는 거 아니에요." 해리가 짧게 말하고는 짐 가방을 끌고 몇 걸음 더 나아갔다.

"나는 말이야……." 피니어스 나이젤러스가 뾰족한 턱수염을 쓰다듬으며 입을 열었다. "네가 용감해서 그리핀도르 기숙사에 들어간 줄 알았지. 내가 보기에 넌 우리 기숙사에 들어왔으면 더 잘 해냈을 것 같구나. 물론 우리 슬리데린 사람들도 용감하지만, 멍청하지는 않거든. 예컨대 선택이 주어진다면, 우리는 언제나 우리 자신의 목숨을 지키는 편을 택하지."

"제가 지키려는 건 제 목숨이 아니에요." 해리가 문 바로 앞의 유난히 고르지 않은 좀먹은 카펫 위로 짐 가방을 끌어당기며 딱 잘라 말했다.

"아하, 알겠다." 피니어스 나이젤러스가 여전히 턱수염을 쓰다듬으며 말했다. "비겁한 도주가 아니구나. *고귀한 행동을 하는 거로군.*"

해리는 그 말을 못 들은 척했다. 그의 손이 문손잡이에 닿았을 때 피니어스 나이젤러스가 느릿느릿 말했다. "알버스 덤블도어가 너에게 보낸 메시지가 있다."

해리는 홱 돌아보았다.

"뭔데요?"

"'그 자리에 그대로 있어라.'"

"지금 가만히 있잖아요!" 해리가 손을 여전히 문손잡이에 올려놓은 채 말했다. "메시지가 뭐냐니까요?"

"방금 전해 줬잖아, 얼간이 같으니라고." 피니어스 나이젤러스가 능청스럽게 말했다. "덤블도어가 그렇게 말했다고. '그 자리에 그대로 있어라.'"

"왜죠?" 해리가 짐 가방을 잡고 있던 손을 놓으며 간절하게 물었다. "왜 저더러 가만히 있으라는 거죠? 다른 말은요?"

"다른 말은 없었다." 피니어스 나이젤러스는 해리가 건방지다고 생각하는 듯 가느다란 검은색 눈썹을 치켜올렸다.

무성한 수풀에서 뱀이 몸을 꼿꼿이 세우듯 해리의 성질이 머리끝까지 뻗쳤다. 그는 기진맥진했고, 헤아릴 수 없을 만큼 혼란스러웠다. 지난 열두 시간 동안 공포와 안도, 그다음 또다시 공포를 경험했다. 그런데도 덤블도어는 그에게 아무 얘기도 해 주지 않으려 하다니!

"그게 다라고요?" 그가 큰 소리로 말했다. "'그 자리에 그대로 있어라'? 제가 그 디멘터들한테 공격당했을 때도 사람들이 저한테 한 말은 그것뿐이었어요! 어른들이 해결하는 동안 넌 그냥 가만히 있어라, 해리! 하지만 우리는 굳이 너한테 뭔가 말해 줄 생각은 없어. 네 작디작은 머리로는 감당할 수 없을 테니까!"

"바로 그거다." 피니어스 나이젤러스가 해리보다도 더 큰 소리로 말했다. "이러니까 내가 선생질을 혐오하는 거야! 젊은 애들은 모든 일에 대해서 자기들이 절대적으로 옳다는 지독한 확신을 가지고 있지. 한심하게 입만 살아서는. 호그와트의 교장이 너한테 자기 계획을 일일이 털어놓지 않는 데는 그럴 법한 이유가 있을지도 모른다는 생각은 안 들던? 부당한 취급을 받고 있다는 생각을 잠깐 멈추고, 덤블도어의 지시를 따랐다가 손해 본 적은 한 번도 없다는 사실을 깨달을 시간이 아예 없었느냐는 말이다. 없겠지. 그래, 젊은 애들이 다 그렇듯 너는 너만이 느끼고 생각한다고 확신하지. 너만이 위험을 알아차린다고, 너만이 어둠의 왕이 계획하고 있는 것들을 알아차릴 만큼 영리하다고……."

"그럼 그자가 정말 저와 관련된 뭔가를 꾸미고 있는 거네요?" 해리가 재빨리 말했다.

"내가 그렇게 말했던가?" 피니어스 나이젤러스가 한가로이 자신의 비단 장갑을 살펴보며 말했다. "자, 미안하지만 나에게는 사춘기 소년의 고민을 듣는 것 말고도 할 일이 많아서……. 잘 있거라."

그는 액자 가장자리로 어슬렁어슬렁 걸어가더니 모습을 감췄다.

"좋아요, 그럼 가 버려요!" 해리는 텅 빈 액자에 대고 소리쳤다. "가서 덤블도어 교수님한테 전혀 고맙지 않다고 전해 줘요!"

텅 빈 캔버스는 그저 침묵을 지켰다. 해리는 열을 내면서 짐 가방을 다시 침대 발치로 끌어다 놓고 눈을 감은 채 좀먹은 이불 위에 풀썩 엎드렸다. 몸이 무겁고 아파 왔다.

엄청나게 먼 거리를 여행하고 온 것 같은 기분이었다. 초챙이 겨우살이 밑에서 그에게 다가오고 아직 스물네 시간도 지나지 않았다는 사실이 믿기지 않았다……. 너무 피곤했다……. 잠들기가 무서웠다……. 하지만 얼마나 오랫동안 잠과 싸울 수 있을지 확신할 수 없었다……. 덤블도어는 그대로 있으라고 말했다……. 그 말은 분명 잠을 자도 괜찮다는 뜻이었지만…… 그는 두려웠다. 그런 일이 다시 일어나면 어쩌지?

그는 어둠 속으로 가라앉았다…….

머릿속의 영화는 필름이 돌아가기만 기다리고 있었던 것 같았다. 그는 아무 장식 없는 검은색 문을 향해 텅 빈 복도를 걸어가고 있었다. 거친 돌벽과 횃불들, 아래층으로 향하는 돌계단으로 이어지는 왼쪽의 열린 문을 지나서…….

그는 검은 문에 도착했지만 그것을 열 수 없었다…….
그는 들어가고 싶은 간절한 마음에 가만히 서서 그 문을
바라보았다……. 그가 온 마음을 다해 원하는 무언가가 그
문 너머에 있었다. 꿈도 꿀 수 없는 보상이……. 흉터가 쑤
시지만 않으면…… 그러면 좀 더 또렷하게 생각할 수 있을
텐데…….

"해리." 론의 목소리가 아득하게 들려왔다. "엄마가 저녁
다 됐대. 근데 네가 자고 싶으면 따로 음식을 남겨 두시겠
대."

해리는 눈을 떴지만 론은 이미 방을 나가고 없었다.

'나랑 단둘이 있고 싶지 않은 거야.' 해리는 생각했다. '무
디가 하는 말을 들었을 테니까.'

그는 아무도 더 이상 그가 거기에 있기를 바라지 않을 거
라고 생각했다. 그의 내면에 무엇이 있는지 다들 알게 되었
으니까.

그는 저녁을 먹으러 내려가지 않을 작정이었다. 사람들
에게 굳이 그와 함께해야 하는 부담을 지우진 않을 것이다.
해리는 돌아누웠고, 잠시 뒤 다시 잠으로 미끄러져 들어갔
다. 그는 한참 뒤, 이른 새벽에 깨어났다. 배가 고파 속이

쓰렸다. 론은 옆 침대에서 코를 골고 있었다. 눈을 가늘게 뜨고 방을 둘러보던 그는 다시 초상화 안에 들어와 있는 피니어스 나이젤러스의 윤곽을 보았다. 덤블도어는 아마 해리가 다른 사람을 공격할 경우에 대비해서 피니어스 나이젤러스를 보내 그를 지켜보게 했을 것이다.

자신이 더러워졌다는 느낌이 더 강해졌다. 덤블도어의 말을 듣지 말 걸 그랬다는 마음도 들었다. 앞으로 그리몰드 가에서의 생활이 계속 이런 식이라면, 어쨌거나 프리빗가에 있는 게 더 나을 테니까.

다음 날 아침, 다른 사람들은 모두 크리스마스 장식을 꾸미면서 시간을 보냈다. 해리가 기억하는 한 그렇게 기분 좋아 보이는 시리우스의 모습은 처음이었다. 그는 실제로 캐럴을 흥얼거리며, 크리스마스를 함께 보낼 사람이 있다는 사실에 기뻐하는 기색을 감추지 못했다. 싸늘한 응접실에 혼자 앉아 있던 해리는 바닥을 타고 울리는 시리우스의 목소리를 들었다. 그러면서 창밖으로 당장에라도 눈을 쏟을 듯 점점 하얗게 변하는 하늘을 바라보았다. 해리는 다른 사람들에게 뒤에서 그에 대해 이야기할 기회를 주고 있다는 것에 잔혹한 쾌감을 맛보고 있었다. 분명 그러고 있을 것이다. 점심시간 즈음 위즐리 부인이 계단 밑에서 다정하게 그의 이름을 부르자, 해리는 위층으로 더 올라가면서 그녀의 말을 못 들은 척했다.

저녁 6시쯤 되자 초인종이 울렸고, 블랙 부인이 다시 비명을 지르기 시작했다. 벅빅이 있는 방에 숨어 있던 해리는 먼덩거스나 다른 기사단원이 왔을 거라 생각하면서 벽에 좀 더 편안히 몸을 기댔다. 그는 히포그리프에게 죽은 쥐들을 먹이면서 얼마나 배가 고픈지 잊어버리려고 애썼다. 그러다가 잠시 후 누군가가 문을 세차게 두드렸을 때는 약간 놀랐다.

"거기 있는 거 알아." 헤르미온느의 목소리가 들렸다. "좀 나와 볼래? 얘기하고 싶어."

"넌 여기서 뭐 하는 거야?" 벅빅이 떨어뜨렸을지 모를 살점 조각을 찾아 지푸라기가 흩뜨려진 바닥을 벅벅 긁기 시작할 때 해리가 문을 열며 그녀에게 물었다. "엄마 아빠랑 스키를 타고 있는 줄 알았는데?"

"뭐, 솔직히 말하면 스키는 정말 내 취향이 아니야." 헤르미온느가 말했다. "그래서 여기서 크리스마스를 보내려고 왔어." 헤르미온느의 머리카락에는 눈이 내려앉아 있었고 얼굴은 추위로 발그레했다. "근데 론한테는 말하지 마. 너무 심하게 웃어 대길래 스키 타는 게 정말 재밌다고 말했거든. 엄마 아빠가 조금 섭섭해하시긴 했지만, 시험을 진지하게 생각하는 사람은 누구나 호그와트에 남아서 공부하고 있다고 말씀드렸어. 엄마 아빠는 내가 잘 해내기를 바라시니까 이해하실 거야. 아무튼……." 그녀가 활기차게 말했다. "네 방으로 가자. 론네 엄마가 불을 피워 놓으셨어. 샌드위치도 갖다주셨고."

해리는 그녀를 따라 3층 방으로 돌아갔다. 침실에 들어선 그는 론과 지니가 론의 침대에 앉아서 기다리고 있는 모습을 보고 조금 놀랐다.

"나는 나이트 버스를 타고 왔어." 해리가 입을 열 새도 없이 헤르미온느가 재킷을 벗으며 유쾌하게 말했다. "덤블도어 교수님이 어제 아침에 무슨 일이 일어났는지 말해 주셨는데, 학기가 공식적으로 끝날 때까지 기다렸다가 와야 했어. 너희가 코앞에서 사라진 것 때문에 엄브리지가 이미 잔뜩 열 받은 상태거든. 덤블도어 교수님이 위즐리 씨가 세인트 멍고에 입원해서 너희 모두에게 문병을 허락했다고 말했는데도 말이야. 그래서……."

그녀는 지니 옆에 앉았다. 두 소녀와 론 모두 아직껏 서 있는 해리를 올려다보았다.

"넌 좀 어때?" 헤르미온느가 물었다.

"괜찮아." 해리가 딱딱하게 대답했다.

"아, 거짓말하지 마, 해리." 그녀가 참지 못하고 말했다. "네가 세인트 멍고에서 돌아온 뒤부터 사람들을 피한다고 론이랑 지니가 다 말해 줬어."

"그래?" 해리가 론과 지니를 노려보았다. 론은 자신의 발을 내려다봤지만 지니는 아주 태연했다.

"뭐, 사실이잖아!" 그녀가 말했다. "아무도 안 보려고 하고!"

"나를 보지 않으려 한 건 너희지!" 해리가 화를 내며 말했다.

"서로 번갈아 가면서 보다가 계속 엇갈렸나 보네." 헤르미온느가 입 끝을 씰룩거리며 말했다.

"거 되게 웃기네." 해리가 고개를 돌리며 쏘아붙였다.

"야, 아무한테도 이해 못 받는다는 생각은 좀 그만해." 헤르미온느가 날카롭게 말했다. "저기, 네가 어젯밤에 길어지는 귀로 뭘 들었는지 사람들이 얘기해 줬는데……."

"그래?" 해리가 으르렁거리듯 말했다. 이제 그는 양손을 주머니 깊숙이 찔러 넣고, 바깥에 두껍게 내려앉는 눈을 바라보고 있었다. "다들 내 얘기를 하고 있었구나? 뭐, 이젠 익숙하니까."

"우린 *너*와 얘기하고 싶었던 거야, 해리." 지니가 말했다. "하지만 여기 돌아온 이후로 네가 계속 숨어 다녔으니까……."

"누구와도 이야기하고 싶지 않았어." 해리가 말했다. 점점 더 화가 나는 기분이었다.

"뭐, 좀 멍청했네." 지니가 화를 내며 말했다. "네가 아는 사람 중에서 '그 사람'한테 지배당했던 사람이 나 말고 아무도 없다는 걸 생각하면 말이야. 난 그게 어떤 기분인지 말해 줄 수 있거든."

해리는 그 말에 충격을 받고 조용해졌다. 그는 그 자리에서 몸을 돌려 그녀를 마주 보았다.

"잊어버렸어." 그가 말했다.

"좋겠네, 그럴 수 있다니." 지니가 싸늘하게 말했다.

"미안해." 해리가 말했다. 진심이었다. "그래서…… 그래서, 넌 내가 지배당하고 있다고 생각해?"

"음, 넌 무슨 일을 했는지 다 기억나?" 지니가 물었다. "내가 뭘 하고 있었는지 기억 안 나는 뭉텅뭉텅 비는 시간들이 있어?"

해리는 기억을 뒤져 보았다.

"아니." 그가 말했다.

"그럼 넌 '그 사람'한테 지배당해 본 적이 없는 거야." 지니가 간단히 말했다. "내가 지배당했을 때는 한 번에 몇 시간씩 내가 뭘 하고 있었는지 전혀 기억이 안 났어. 정신을 차려 보면 어딘가에 있었는데 거기에 어떻게 갔는지도 알수 없었고."

해리는 그녀의 말이 선뜻 믿기진 않았지만 본의와는 달리 마음이 가벼워졌다.

"하지만 너희 아빠랑 그 뱀에 관한 꿈은……."

"해리, 그런 꿈은 전에도 꿨잖아." 헤르미온느가 말했다. "너는 작년에 볼드모트가 무슨 일을 꾸미고 있는지 문득문득 봤어."

"이번에는 달랐어." 해리가 고개를 저으며 말했다. "나는 그 뱀 안에 있었어. 내가 그 뱀이 된 것 같았다고……. 볼드모트가 어떤 방법으로 나를 런던으로 이동시킨 거면……?"

"언젠가는" 하고, 헤르미온느가 짜증 가득한 목소리로 입을 열었다. "너도 《호그와트의 역사》를 읽겠지. 그러면 호그와트 안에서는 순간이동으로 나타날 수도, 사라질 수도 없다는 사실이 떠오를 거야. 아무리 볼드모트라도 네가 침실 밖으로 날아가게 만들 수는 없어, 해리."

"넌 침대를 떠난 적 없어, 인마." 론이 말했다. "난 네가 자면서 적어도 1분은 몸부림치는 걸 봤어. 그다음에 겨우 널 깨운 거야."

해리는 생각에 잠긴 채 다시 방 안을 서성거리기 시작했다. 모두의 말은 위로가 됐을 뿐만 아니라 일리도 있었다. 그는 별다른 생각 없이 침대 위 접시에서 샌드위치를 집어 허겁지겁 입에 밀어 넣었다.

'어쨌든 난 무기가 아니구나.' 해리는 생각했다. 행복감과 안도감으로 가슴이 벅차올랐다. 시리우스가 발을 쿵쿵거리며 그들이 있는 곳을 지나 벅빅의 방으로 가면서 목청껏 "히포그리프야, 기뻐하여라"라고 노래하는 소리가 들리자 같이 노래 부르고 싶은 기분마저 들었다.

어떻게 크리스마스 연휴 동안 프리빗가로 돌아갈 생각을 할 수 있었을까? 집 안이 사람들로 가득 찼고, 특히 해리가 돌아온 것에 대한 시리우스의 기쁨은 다른 사람들에게도 전염될 정도였다. 그는 더 이상 여름의 그 시무룩한 집주인이 아니었다. 그는 마치 모두가 호그와트에 머물 때보다 더 즐거워야 한다고, 그렇지는 않더라도 최대한 즐거워야 한다고 결심한 듯했다. 시리우스는 모두의 도움을 받아 청

소를 하거나 집 안을 장식하면서 크리스마스 당일까지 내
내 지치지 않고 움직였다. 그래서 크리스마스이브에 모두
가 잠자리에 들 때쯤 집은 거의 알아볼 수 없는 모습이 되
었다. 빛바랜 샹들리에마다 거미줄 대신 호랑가시나무 화
환이며 금색과 은색 장식 끈이 걸렸고, 해진 카펫 위에는
마법으로 만든 눈이 무더기로 쌓여서 반짝거렸다. 먼덩거
스가 구해 온 거대한 크리스마스트리가 살아 있는 요정들
로 장식되어 시리우스 집안의 가계도를 떡하니 가렸고, 복
도 벽에 늘어선 박제된 집요정들의 머리도 산타 모자와 턱
수염으로 장식되었다.

해리가 크리스마스 아침에 깨어났을 때 침대 발치에는
선물이 쌓여 있었다. 론은 이미 자기가 받은 선물을 반 정
도 풀어 본 뒤였다. 론의 선물 더미가 그의 것보다 조금 더
컸다.

"올해는 대박이네." 론이 잔뜩 어질러진 포장지 사이로 해
리에게 말했다. "빗자루 나침반 고마워. 멋진걸. 헤르미온느
선물보다 훨씬 좋은데. 걘 나한테 숙제 알림장을 줬어."

해리는 선물들을 정리하다가 헤르미온느의 손 글씨를 발
견했다. 그녀는 해리에게도 일기장 비슷한 책을 주었다. 다
만 그 책은 해리가 페이지를 넘길 때마다 큰 소리로 "오늘

하지 않으면 나중에 대가를 치르게 될 것이다!" 같은 말을
외쳤다.

시리우스와 루핀은 해리에게 《실용적 방어 마법과 어둠
의 마법에 대항한 그 활용법》이라는 제목의 훌륭한 책 시
리즈를 선물해 주었다. 책에서 설명하고 있는 온갖 해제 및
반격 마법을 묘사한 움직이는 멋진 컬러 삽화가 들어간 책
이었다. 해리는 기대감에 차서 첫 번째 권을 휘리릭 넘겼
다. D.A.에서 어떤 마법을 다룰지 계획을 세울 때 큰 도움
이 될 것 같았다. 해그리드는 송곳니가 달린, 털이 북슬북
슬한 갈색 지갑을 보냈다. 원래는 도난을 방지한답시고 달
려 있는 송곳니였지만, 불행하게도 해리 역시 손가락을 물
어뜯기지 않고는 도저히 돈을 넣을 수가 없었다. 통스의 선
물은 실제로 움직이는 조그만 파이어볼트 모형이었다. 해
리는 방 안을 날아다니는 빗자루 모형을 보며, 완전한 크기
의 그 빗자루를 아직 가지고 있다면 얼마나 좋을까 생각했
다. 론은 어마어마한 크기의 모든 맛이 나는 강낭콩 젤리
한 상자를 줬다. 위즐리 부부는 평소처럼 직접 뜬 스웨터와
고기 파이를 주었고, 도비는 직접 그린 것으로 짐작되는 정
말로 끔찍한 그림을 보내 주었다. 해리는 좀 나아 보일까
하고 그림을 뒤집어 보았다. 바로 그때 요란한 '펑' 소리와

함께 프레드와 조지가 순간이동으로 그의 침대 발치에 나타났다.

"메리 크리스마스." 조지가 말했다. "잠깐 밑에 내려가지마."

"왜?" 론이 물었다.

"엄마가 또 울고 있어." 프레드가 무거운 목소리로 말했다. "퍼시가 크리스마스 스웨터를 돌려보냈거든."

"쪽지 한 장 없이." 조지가 덧붙였다. "아빠가 어떤지 묻지도 않고, 병문안도 안 오고, 뭐 아무것도 안 했어."

"우리가 엄마를 위로하려고 해 봤지." 프레드가 침대를 빙 돌아와 도비가 그린 해리의 초상화를 보며 말했다. "퍼시는 큼직한 쥐똥 덩어리 이상도 이하도 아니라고 말이야."

"안 통하더라." 조지가 개구리 초콜릿을 하나 먹으며 말했다. "그래서 루핀이 이어받았어. 아침 먹으러 내려가기 전에 루핀이 엄마 기분을 좀 북돋워 주도록 놔두는 게 가장 좋을 것 같아."

"아무튼, 그건 뭘 그린 거야?" 프레드가 눈을 가늘게 뜨고 도비의 그림을 바라보며 물었다. "검은 눈이 두 개 달린 긴팔원숭이처럼 보이는데."

"해리네!" 조지가 그림 뒷면을 가리키며 말했다. "뒤에 그렇게 적혀 있어!"

"꼭 닮았는걸." 프레드가 씩 웃으며 말했다. 해리가 선물로 받은 숙제 알림장을 그에게 던졌다. 맞은편 벽에 맞고 바닥에 떨어진 알림장이 기분 좋게 외쳤다. "띄어쓰기, 맞춤법까지 확인했다면 하고 싶은 건 뭐든지 해도 좋아!"

그들은 자리에서 일어나 옷을 입었다. 집 안에 있는 사람들이 저마다 서로에게 "메리 크리스마스" 하고 외치는 소리가 들렸다. 그들은 밑으로 내려가는 길에 헤르미온느를 만났다.

"책 고마워, 해리." 그녀가 기쁜 듯 말했다. "《숫자점의 새로운 이론》은 아주 오래전부터 갖고 싶었던 책이야! 그리고 향수 정말 특이하더라, 론."

"별말씀을." 론이 말했다. "근데, 그건 누구 거야?" 그는 그녀가 들고 있는 깔끔하게 포장된 선물을 고갯짓으로 가리키며 물었다.

"크리처." 헤르미온느가 해맑은 목소리로 말했다.

"설마 옷은 아니겠지!" 론이 그녀에게 경고하듯 말했다. "시리우스가 뭐라고 했는지 기억 안 나? 크리처는 너무 많은 걸 알고 있기 때문에 해방시킬 수 없어!"

"옷 아냐." 헤르미온느가 말했다. "내 뜻대로 할 수 있었다면 확실히 그 더럽고 낡은 걸레 조각 대신 뭔가 입을 만한 걸 줬겠지만. 근데 아니야. 이건 조각보 이불이야. 이게 크리처의 침실 분위기를 밝게 만들 수 있을 것 같아서."

"웬 침실?" 시리우스의 어머니 초상화를 지나가던 해리가 목소리를 낮추며 속삭였다.

"음, 시리우스 말로는 침실 같은 건 아니래. 그보다는 뭐랄까…… 소굴이라고 했어." 헤르미온느가 말했다. "부엌 저 끝에 있는 벽장 속 보일러 밑에서 자는 것 같아."

지하실에 도착해 보니 그곳에는 위즐리 부인뿐이었다. 그녀는 스토브 앞에 서 있었는데, "메리 크리스마스"라고 말할 때 들으니 심한 코감기에 걸린 듯한 목소리였다. 그들은 모두 시선을 피했다.

"그러니까, 이게 크리처의 침실이라고?" 론이 식료품 저장고 맞은편 구석에 있는 우중충한 문으로 어슬렁어슬렁 걸어가며 말했다. 해리는 그 문이 열려 있는 것을 한 번도 본 적이 없었다.

"응." 헤르미온느의 목소리는 이제 약간 초조하게 들리고 있었다. "음…… 문을 두드려 보는 게 좋겠어."

론이 손마디로 문을 마구 두드렸지만 아무런 대답도 없었다.

"위층을 살금살금 돌아다니고 있을 게 뻔해." 그가 말하더니 다짜고짜 문을 확 열었다. "으악!"

해리는 안을 들여다보았다. 아주 커다란 구식 보일러가 벽장 안 대부분을 차지하고 있었지만, 파이프 밑의 빈 공간에는 크리처가 만들어 둔 둥지 비슷한 것이 있었다. 뒤죽박죽 섞인 갖은 걸레들과 냄새 나는 낡은 담요들이 바닥에 쌓여 있었는데, 그 한가운데가 작게 움푹 파여 있어서 크리처가 매일 밤 어디에서 웅크리고 자는지 알 수 있었다. 잡동사니 이곳저곳에는 바싹 마른 빵 부스러기와 곰팡이가 핀 오래된 치즈 조각들이 떨어져 있었다. 맨 구석에서는 시리우스가 집 안을 샅샅이 털어내는 동안 크리처가 까치처럼 모아 온 것으로 짐작되는 작은 물건들과 동전들이 반짝거렸다. 크리처는 또한 지난여름 시리우스가 내다 버린 은제 액자에 끼워진 가족사진들도 되찾아왔다. 유리는 깨졌을지 몰라도, 그 흑백사진들 속 사람들은 아직도 거만하게 그를 올려다보고 있었다. 그중에는(해리는 가슴이 살짝 철렁하는 것을 느꼈다) 덤블도어의 펜시브에서 목격했던 재판의 주인공인, 검은색 머리카락에 눈꺼풀이 두꺼운 여자도 있었다. 벨라트릭스 레스트레인지였다. 보아하니 크리처가 가장 좋아하는 사진인 듯했다. 크리처는 그녀의 사진을 다른 사진들 앞에 놓아두고, 깨진 액자 유리에 서툴게 마법 테이프를 붙여 놓기도 했다.

"선물은 그냥 여기 놔둬야겠다." 헤르미온느가 걸레와 이불 들 한가운데 우묵한 곳에 선물을 가만히 놓아두고 조용히 문을 닫으며 말했다. "나중에 크리처가 발견할 거야. 그거면 됐어."

"생각이 나서 말인데……." 그들이 벽장문을 닫을 때, 시리우스가 커다란 칠면조를 들고 식료품 저장고에서 나오며 말했다. "최근에 크리처를 본 사람 있니?"

"여기 돌아온 날 밤 이후로는 못 봤어요." 해리가 말했다. "아저씨가 크리처한테 부엌에서 나가라고 했을 때 이후로는요."

"그래……." 시리우스가 얼굴을 찌푸렸다. "그게 말이지, 내가 그 녀석을 본 것도 그때가 마지막이었던 것 같다……. 위층 어딘가에 숨어 있는 게 틀림없어."

"떠나진 않았겠죠?" 해리가 물었다. "그러니까, 아저씨가 '나가'라고 말했을 때 크리처는 그걸 집에서 나가라는 뜻으로 생각했을지도 모르잖아요."

"아니, 그건 아니다. 집요정들은 옷을 받지 않는 한 떠날 수 없어. 가문의 저택에 매여 있거든." 시리우스가 말했다.

"정말 바란다면 떠날 수 있어요." 해리가 그의 말에 반박했다. "도비는 그렇게 했으니까요. 도비는 3년 전에 말포이네 집을 떠나서 저한테 경고를 해 줬어요. 나중에 자기 자신한테 벌을 줘야 하긴 했지만, 그래도 해냈어요."

시리우스는 잠시 약간 당황한 표정을 짓더니 다시 말했다. "나중에 내가 찾아보마. 분명 위층에서 우리 어머니의 낡은 속바지 같은 걸 놓고 징징 우는 꼴을 보게 될 것 같긴 하다만. 물론, 건조용 장롱에 기어들어 가 죽었을지도……. 너무 기대하지는 말아야지."

프레드와 조지, 론이 웃음을 터뜨렸다. 그러나 헤르미온느는 나무라는 듯한 표정이었다.

크리스마스 점심을 먹자마자 위즐리 남매와 해리, 헤르미온느는 매드아이와 루핀의 호위를 받아 위즐리 씨를 또한 번 문병하러 갈 계획을 세웠다. 크리스마스 당일에는 지하철이 운행되지 않으므로, 먼덩거스는 이 일을 위해 자동차를 '빌려' 갖고 크리스마스 푸딩과 트라이플 먹을 시간에 늦지 않게 나타났다. 해리 생각에 과연 주인의 동의를 받고 가져왔는지 심히 의심스러운 그 자동차는 위즐리네 옛 포드 앵글리아가 그랬듯 마법으로 확대되어 있었다. 겉으로 보기에는 보통 크기였지만, 운전을 맡은 먼덩거스 외에도 열 명의 사람이 꽤 편안하게 들어갈 수 있었다. 위즐리 부인은 차에 타기 전까지 망설였다(해리는 먼덩거스에 대한 탐탁지 않은 마음이 마법 없이 다니기 싫은 마음과 싸우고 있다는 것을 알 수 있었다). 하지만 결국 바깥의 추위와 자식들의 애원이 승리했고, 그녀는 순순히 뒷좌석 프레드와 빌 사이에 앉았다.

길에 차가 거의 없었기 때문에 세인트 명고에는 금방 도착했다. 여기저기에서 몇몇 마법사가 병원을 향해 인적 없는 거리를 살금살금 나아가고 있었다. 해리와 다른 사람들은 차에서 내렸고 먼덩거스는 그들을 기다리겠다며 차를 몰고 모퉁이를 돌았다. 그들은 초록색 나일론 옷을 입은 마네킹이 서 있는 창문으로 태연하게 다가가 한 명 한 명 유리창을 지나갔다.

접수 공간은 유쾌한 축제 분위기에 휩싸여 있었다. 병원을 밝히던 크리스털 구체들은 빨간색과 황금색이 입혀진 크고 빛나는 크리스마스 장식용 방울로 변했고, 문마다 호랑가시나무가 걸려 있었다. 마법의 눈으로 덮인 새하얀 크리스마스트리들이 반짝이는 고드름이 매달린 모퉁이마다 놓여 있고, 각 트리 꼭대기에는 빛나는 황금색 별이 얹혀 있었다. 지난번 방문했을 때보다는 덜 붐볐지만, 접수 공간

을 반쯤 가로질렀을 때 어느새 해리는 왼쪽 콧구멍에 귤이
박힌 여자 마법사에게 떠밀리고 있었다.

"집안싸움인가요?" 책상 뒤 의자에 앉은 금발 머리 여자
마법사가 피식 웃었다. "오늘만 벌써 세 번째네요. 5층 주
문 상해과요."

잠시 후 그들은 위즐리 씨가 먹다 남은 칠면조 고기가 담
긴 쟁반을 무릎에 올려놓은 채 침대에 기대 앉아 있는 모습
을 보았다. 그는 조금 당황한 표정을 짓고 있었다.

"아서, 괜찮아?" 모두가 위즐리 씨에게 인사하고 선물을
건넨 다음 위즐리 부인이 물었다.

"그럼, 그럼." 위즐리 씨가 약간 과장된 활기가 넘치는
목소리로 말했다. "당신, 어…… 스메스윅 치유사 못 만났
지?"

"응." 위즐리 부인이 의심스럽다는 듯 물었다. "왜?"

"아냐, 아냐." 위즐리 씨는 아무것도 아니라는 듯 말하며
쌓여 있던 선물의 포장을 뜯기 시작했다. "음, 모두 오늘
하루 즐겁게 보냈니? 다들 크리스마스에 뭘 받았니? 이야,
*해리. 이거 정말 멋지구나!*" 그는 방금 퓨즈 선과 스크루드
라이버라는 해리의 선물을 풀어 본 터였다.

위즐리 부인은 위즐리 씨의 답변이 그다지 만족스럽지

않은 모양이었다. 그가 해리와 악수하려고 몸을 숙이자 그녀는 남편의 잠옷 상의 밑으로 붕대를 살펴보았다.

"아서." 그녀가 목소리에 쥐덫처럼 딱딱거리는 기색을 실어 말했다. "붕대 갈았네. 왜 하루 일찍 붕대를 간 거야? 병원에서는 내일까지 그럴 필요가 없을 거라고 했는데."

"응?" 위즐리 씨가 겁에 질린 표정으로 이불보를 가슴 더 높은 곳까지 끌어당기며 말했다. "아냐, 아냐. 아무것도 아냐. 이건…… 난……."

그는 위즐리 부인의 꿰뚫어 보는 듯한 시선 앞에서 쭈그러드는 듯했다.

"그게…… 화내지 마, 몰리. 아우구스투스 파이가 한 가지 생각을 떠올렸어……. 그 수습 치유사 말이야. 당신도 알지? 아주 멋진 젊은이인데, 대체 의학에…… 음…… 굉장히 관심이 많아. 그러니까, 우리 머글들의 치료법 같은…… 음, 봉합이라고 하는 건데, 몰리, 이 방법이 아주 잘 들어. 머글 상처에는 말이야……."

위즐리 부인이 비명도 으르렁거림도 아닌 불길한 소리를 냈다. 루핀은 침대에서 슬금슬금 멀어져, 문병객 하나 없이 위즐리 씨 주위에 몰린 사람들을 시샘하듯 바라보던 늑대인간에게로 갔다. 빌이 차를 한 잔 마셔야겠다는 둥 중얼거리자 프레드와 조지가 씩 웃으며 함께 가겠다고 벌떡 일어났다.

"그러니까 당신 지금······." 위즐리 부인이 말했다. 단어 하나하나 내뱉을 때마다 목소리가 점점 커졌다. 그녀는 같이 병문안을 온 사람들이 허둥지둥 달아나고 있는 것도 눈치채지 못하는 듯했다. "머글 치료법으로 장난을 치고 있었다는 얘기야?"

"장난을 친 게 아냐, 여보." 위즐리 씨가 애원하듯 말했다. "그냥······ 그냥 파이랑 나는 해 볼 만한 일이라고 생각해서······. 다만 정말 유감스럽게도······ 그게, 이런 특별한 종류의 상처에는 우리가 기대했던 만큼 잘 듣지 않는 것 같아서······."

"그래서?"

"그게······ 그러니까, 당신이 알고 있는지 모르겠네. 봉합이 뭔지 말이야."

"나한테는 당신이 피부를 꿰매 붙이려 했다는 얘기로 들리는데." 위즐리 부인이 전혀 즐거운 기색 없이 코웃음을 치며 말했다. "하지만 아서, 아무리 당신이라도 *그렇게까지* 멍청할 리는······."

"저도 차나 한 잔 마셔야겠네요." 해리가 벌떡 일어나며

293

말했다.

헤르미온느, 론, 지니도 그와 함께 문으로 돌진하다시피 했다. 문이 홱 닫히자마자 위즐리 부인의 날카로운 고함이 들려왔다. **"개념은 그렇다니, 그게 무슨 뜻이야?"**

"아빠답다." 복도를 걸어가면서 지니가 고개를 설레설레 저으며 말했다. "봉합이라니…… 나 참……."

"뭐, 비마법적 상처에는 그게 잘 통해." 헤르미온느가 객관적으로 평했다. "내 생각에는 그 뱀의 독에 들어 있는 성분이 실을 녹이거나 뭐 그러는 것 같아. 휴게실이 어디 있는지 모르겠네?"

"6층." 해리가 도우미 마법사의 책상 위에 있던 안내판을 떠올리고 말했다.

큰 문을 지나 복도를 따라 걸어가자 양옆에 험상궂은 인상의 치유사 초상화들이 더 많이 늘어서 있는 곧 무너질 것 같은 계단이 나왔다. 그 계단을 올라가는데, 수많은 치유사가 그들을 소리쳐 부르며 이상한 병을 진단하고 끔찍한 치료법을 제안했다. 중세 남자 마법사 하나가 론에게 분명 심한 알알이 곰팡이에 걸린 것 같다고 소리치자 론은 크게 상처받았다.

"대체 그게 뭔데?" 치유사가 원래 주인들을 밀치며 초상화

여섯 점을 더 지나서까지 따라오자 론이 화를 내며 물었다.

"매우 심각한 피부 질환이라오, 젊은 선생. 그 병에 걸리면 얼굴이 얽고 지금보다도 더 소름 끼치는 모습이……."

"누구한테 소름 끼친다는 거야!" 론이 귀가 빨개져서 소리쳤다.

"유일한 치료법은 두꺼비의 간을 목 근처에 꽉 묶은 다음 보름달이 떴을 때 알몸으로 장어 눈알이 든 나무통 안에 서 있는 건데……."

"난 알알이 곰팡이 같은 거 안 걸렸어!"

"하지만 선생의 안면에 있는 그 보기 흉한 흠집들은……."

"이건 주근깨야!" 론이 버럭 화를 내며 말했다. "이제 날 좀 내버려 두고 당신 그림으로 돌아가!"

그는 일행을 돌아보았다. 모두 웃지 않으려고 단단히 마음먹고 있었다.

"여기 몇 층이야?"

"6층인 것 같아." 헤르미온느가 대답했다.

"아냐, 5층이야." 해리가 말했다. "한 층 더 가야……."

하지만 층계참에 발을 디딘 그는 갑작스럽게 멈춰 섰다. 복도가 시작되는 곳을 알리는 큰 문에 '**주문 상해과**'라는 표지판이 붙어 있었다. 해리는 그 문에 달린 작은 창문을 뚫어지게 바라보았다. 거기에서 한 남자가 유리창에 코를 대고 그들 모두를 바라보고 있었다. 곱슬곱슬한 금발에 선명한 파란 눈을 갖고 있는 그 남자가 눈부시게 하얀 치아를 드러내며 멍하니 활짝 웃었다.

"제기랄!" 론 역시 그 남자를 보았다.

"아, 세상에." 헤르미온느가 갑자기 숨 가쁜 듯 외쳤다. "록하트 교수님!"

전직 어둠의 마법 방어법 교수가 문을 열고 그들에게 다가왔다. 그는 긴 연보라색 가운을 걸치고 있었다.

"안녕, 애들아!" 그가 말했다. "내 사인을 받으러 왔구나?"

"별로 변한 게 없네." 해리가 지니에게 중얼거리자 지니는 싱긋 웃었다.

"어…… 어떻게 지내세요, 교수님?" 론이 살짝 죄책감 어린 목소리로 말했다. 애초에 록하트 교수가 기억에 심한 손상을 입고 세인트 멍고로 오게 된 건 론의 고장 난 마법 지팡이 때문이었다. 물론 당시 록하트가 해리와 론의 기억을 영원히 지워 버리려고 했었기 때문에 해리도 마냥 동정하지만은 않았지만.

"나는 정말로 잘 지낸단다. 고마워!" 록하트가 생기 넘치는 목소리로 말하며, 주머니에서 상당히 낡은 공작새 깃펜을 꺼냈다. "자, 사인을 몇 장 해 줄까? 이젠 필기체 사인도 해 줄 수 있단다!"

"어…… 지금 당장은 필요 없어요. 고맙습니다." 론이 해리에게 눈썹을 치켜들며 말했다. 해리가 물었다. "교수님, 복도를 돌아다니셔도 돼요? 병동에 있어야 하는 거 아니에요?"

록하트의 얼굴에서 미소가 천천히 사라졌다. 그는 잠시 골똘히 해리를 바라보더니 물었다. "우리 어디서 만난 적 있나?"

"어…… 네, 만난 적 있어요." 해리가 말했다. "교수님은 예전에 호그와트에서 우리를 가르치셨어요. 기억나세요?"

"가르쳐?" 록하트가 약간 동요한 얼굴로 되풀이했다. "내가? 그랬니?"

그의 얼굴에 다시 미소가 떠올랐다. 너무나 갑작스러워서 경계심이 들 정도였다.

"너희가 지금 알고 있는 모든 걸 가르쳐 줬겠지? 안 그러니? 자, 그럼 사인은 어떠니? 딱 열두 개 정도면 어떨까? 그 시절의 네 어린 친구들한테 다 나눠 줄 수 있도록!"

하지만 바로 그때 복도 저편에 있는 문에서 머리 하나가
삐죽 튀어나오더니 소리쳤다. "길더로이, 이 말썽꾸러기.
어딜 간 거야?"

어머니처럼 자애로워 보이는 치유사가 장식용 반짝이 화
관을 머리에 쓰고 부산스럽게 복도를 달려왔다. 그녀는 해
리를 비롯한 아이들에게 따뜻한 미소를 지어 보였다.

"아, 길더로이, 손님이 왔구나. 얼마나 멋진 일이야, 그것
도 크리스마스에! 길더로이한테는 병문안을 오는 사람이
한 명도 없었거든요. 불쌍한 어린 양 같으니. 대체 왜 그런
지 모르겠어요. 이렇게 착한데. 그치?"

"사인을 하던 중이었어요!" 록하트가 또 한 번 치아를 반
짝이면서 치유사에게 말했다. "사인을 엄청 많이 받고 싶
대요. 싫대도 듣질 않아요! 사진이 모자라지만 않았으면 좋
겠는데!"

"이 친구 얘기 좀 들어줘요." 치유사는 록하트의 팔을 잡
고 그가 조숙한 두 살짜리라도 되는 것처럼 애정 어린 미
소를 지으며 말했다. "그래도 몇 년 전에는 꽤 유명했었답
니다. 우린 이렇게 사인하기를 좋아하는 게 어쩌면 기억이
돌아오기 시작한다는 신호가 아닐까 무척 기대하고 있어
요. 이쪽으로 오시겠어요? 이 친구는 폐쇄 병동에 있거든

요. 내가 크리스마스 선물을 가지러 간 사이에 슬쩍 빠져나왔을 거예요. 보통 때는 문이 잠겨 있으니까……. 그렇다고 이 녀석이 위험한 건 아니에요! 하지만……." 그녀는 목소리를 낮추고 속삭였다. "자기 자신한테는 좀 위험하죠. 딱하기도 하지……. 그게, 자기가 누군지를 모르거든요. 멀리 나갔다가 돌아오는 방법을 잊어버려요. 이 친구를 보러 와줘서 정말 고마워요."

"어……." 론이 하릴없이 위층을 손짓하며 더듬거렸다. "사실 우린 그냥…… 어……."

하지만 치유사는 기대 가득한 미소를 짓고 있었고, "차를 마시러 가는 중이었어요"라는 론의 미약한 중얼거림은 질질 끌리다가 사라져 버렸다. 그들은 별수 없다는 듯 서로 시선을 주고받은 다음 록하트와 그의 치유사를 따라 복도를 걸어갔다.

"오래 있지는 말자." 론이 조용히 말했다.

치유사가 마법 지팡이를 '제이너스 티키 병동' 문에 겨누고 중얼거렸다. "알로호모라." 문이 홱 열리자 그녀가 앞장서 들어갔다. 그녀는 록하트의 팔을 단단히 잡고 침대 옆 안락의자에 앉혔다.

"여긴 장기 입원 환자들이 있는 곳이에요." 그녀가 해리,

론, 헤르미온느, 지니에게 나직한 목소리로 일러 주었다.
"주문으로 영구적인 상해를 입은 사람들이 있는 곳이죠.
물론, 강력한 치료용 마법약과 마법을 쓰고 운도 약간 따라
준다면 조금 나아질 수는 있어요. 길더로이는 실제로 자기
정체성을 어느 정도 되찾고 있는 걸로 보여요. 그리고 보
드 씨의 경우 실제로 효과가 있었죠. 말할 힘을 되찾아 가
고 있는 것 같더라고요. 아직 우리가 알아들을 수 있는 말
은 전혀 못 하지만 말이에요. 자, 크리스마스 선물을 마저
나눠 줘야겠네요. 이야기들 나눠요."

해리는 주위를 둘러보았다. 병동 곳곳에 환자들이 영원
히 머무는 곳이라는 사실을 알려 주는 분명한 신호들이 있
었다. 위즐리 씨가 있는 병동보다 침대 주위에 개인적인 물
건들이 훨씬 더 많았다. 예컨대 록하트의 침대 머리맡 벽에
는 하나같이 이를 드러내고 활짝 웃으며 새로 온 문병객들
에게 손을 흔드는 그 자신의 사진들이 붙어 있었다. 그중
여러 장에 필기체가 아닌 아이 같은 글씨로 사인이 되어 있
었다. 그는 치유사의 손에 이끌려 의자에 앉자마자 새 사진
뭉치를 끌어당기더니 깃펜을 쥐고 모든 사진에 열정적으
로 사인을 하기 시작했다.

"봉투에 넣어도 된다." 그는 사인을 마칠 때마다 사진을

한 장씩 지니의 무릎에 던지며 그렇게 말했다. "그게 말이지, 난 아직 사람들한테 잊히지 않았어. 그렇고말고. 아직도 엄청난 양의 팬레터를 받거든……. 글래디스 거전은 매주 편지를 쓴단다……. 단지 내가 그 이유를 몰라서 그렇지……." 그는 잠깐 동안 희미하게 알쏭달쏭한 표정을 짓더니 다시 활짝 웃으며 새로운 활기를 띠고 사인을 계속했다. "그냥 내가 잘생겨서 그런가 봐……."

맞은편 침대에는 누르께한 피부에 슬픔에 잠긴 얼굴을 한 남자 마법사가 천장을 바라보며 누워 있었다. 그는 혼자 뭔가를 중얼거리고 있었고 주위에 있는 건 아무것도 의식하지 못하는 듯했다. 침대 두 개 건너에는 얼굴이 온통 털로 뒤덮인 여자가 있었다. 해리는 2학년 때 헤르미온느에게 비슷한 일이 일어났던 것을 떠올렸다. 물론 헤르미온느의 경우 다행히 그런 상해가 영구적이지는 않았다. 맞은편 끝에 있는 두 개의 침대는 꽃무늬 커튼으로 둘러져 있어, 침대 주인과 그 문병객들에게 약간의 개인 공간을 제공해 주었다.

"여기 있어요, 애그니스." 치유사가 얼굴에 털이 난 여자에게 작은 크리스마스 선물 더미를 건네며 밝게 말했다. "봐요, 잊지 않았죠? 그리고 아드님이 부엉이를 보내서 오늘 밤에 들른다고 했어요. 잘됐죠?"

애그니스는 몇 차례 큰 소리로 짖었다.

"그리고 봐요, 브로더릭. 누가 화분이랑, 달마다 멋진 히 포그리프가 한 마리씩 그려진 사랑스러운 달력을 보내왔 어요. 덕분에 분위기가 밝아지겠네요. 그쵸?" 치유사는 중 얼중얼대는 남자에게 부산스럽게 다가가, 흔들거리는 긴 촉수가 달린 상당히 흉측한 식물을 침대 옆 보관함 위에 올려놓고 마법 지팡이로 달력을 벽에 고정시켰다. "그리 고…… 아, 롱보텀 부인, 벌써 가세요?"

해리의 머리가 홱 돌아갔다. 병동 끝 침대 두 개에 둘러 친 커튼이 걷히고 문병객 두 사람이 침대들 사이로 걸어오 고 있었다. 긴 초록색 드레스와 좀이 슨 여우 털 목도리 차 림에 박제한 독수리로 장식된 뾰족 모자를 쓴 만만찮아 보 이는 나이 든 여자 마법사와, 한없이 우울한 표정으로 그녀 를 뒤따르고 있는…… 네빌이었다.

갑작스러운 깨달음이 밀려왔다. 해리는 저 끝에 있는 침 대에 있는 사람들이 누구인지 알아차렸다. 그는 네빌이 눈 에 띄지도, 질문을 받지도 않고 병동을 떠날 수 있도록 다 른 아이들의 주의를 분산시킬 방법을 찾아 황급히 주위를 둘러봤지만, 론 역시 '롱보텀'이라는 이름을 듣고 고개를 든 뒤였다. 해리가 말릴 겨를도 없이 그가 소리쳤다. "네빌!"

네빌은 깜짝 놀라 그 자리에서 펄쩍 뛰더니 총알이 아슬아슬하게 비껴간 것처럼 몸을 움츠렸다.

"우리야, 네빌!" 론이 밝은 목소리로 말하며 일어섰다. "너 혹시 봤어? 록하트가 여기 있어! 너는 누굴 만나러 왔어?"

"친구들이냐, 네빌?" 네빌의 할머니가 힘찬 발걸음으로 그들 모두에게 다가오며 우아하게 말했다.

네빌은 무슨 수를 써서라도 빨리 이곳을 벗어나고 싶은 표정이었다. 그의 통통한 얼굴이 칙칙한 자줏빛으로 물들어 갔다. 그는 누구와도 눈을 마주치지 않으려고 했다.

"아, 그래." 그의 할머니가 해리를 향해 맹금류의 발톱 같은 쪼글쪼글한 손을 내밀어 악수를 청했다. "그래, 그래. 네가 누군지는 당연히 알지. 네빌은 네가 아주 좋은 친구라고 말하더구나."

"어…… 고맙습니다." 해리가 그녀의 손을 맞잡으며 말했다. 네빌은 해리가 아니라 자신의 발을 내려다보고 있었다. 그의 얼굴이 점점 더 빨개졌다.

"그리고 너희 둘은 틀림없이 위즐리일 테고." 롱보텀 부인이 당당한 태도로 론과 지니에게 차례차례 손을 내밀며 말을 이었다. "그래, 너희 부모님을 안다. 물론 잘 아는 건 아니지만, 좋은 분들이지. 좋은 사람들……. 넌 분명 헤르미온느 그레인저겠구나?"

헤르미온느는 롱보텀 부인이 자기 이름을 알자 살짝 놀란 표정이었지만 어쨌든 그녀와 악수했다.

"그래, 네빌이 너에 대해서도 다 얘기해 줬단다. 네빌이 곤경에 빠졌을 때 몇 번 도와줬다면서? 네빌은 착한 아이야." 그녀는 뼈가 두드러진 코 밑으로 네빌에게 엄격한 눈길을 던지며 말했다. "하지만 유감스럽게도 아버지의 재능을 물려받지는 못했지." 그녀가 병동 끝에 있는 두 개의 침대를 향해 고개를 홱 젖히자 모자 위의 박제된 독수리가 위협적으로 흔들렸다.

"네?" 론이 깜짝 놀란 표정으로 말했다(해리는 론의 발을 밟고 싶었지만, 로브가 아닌 청바지를 입고 있을 때는 눈에 띄지 않게 그런 일을 하기가 훨씬 어려웠다). "저쪽 끝에 계신 게 너희 *아빠*야, 네빌?"

"무슨 말이냐?" 롱보텀 부인이 날카롭게 물었다. "친구들에게 부모님 얘기를 하지 않은 게냐, 네빌?"

네빌은 심호흡을 하고 천장을 올려다보더니 고개를 저었다. 해리는 누군가가 이렇게 안쓰럽게 느껴졌던 적이 없었다. 하지만 네빌을 도와 이 상황을 모면할 방법은 전혀 생각나지 않았다.

"이건 부끄러운 일이 아니야!" 롱보텀 부인이 화를 내며 말했다. "자랑스러운 일이다, 네빌. 너는 자랑스러워해야 해! 너희 부모님은 하나뿐인 아들을 부끄럽게 만들려고 몸과 마음을 바친 게 아니란 말이야!"

"부끄럽지 않아요." 네빌은 여전히 해리와 다른 아이들 쪽을 절대 쳐다보지 않은 채 기어들어 가는 목소리로 말했다. 이제 론은 까치발을 들고 서서 두 침대에 있는 사람들을 보려 하고 있었다.

"그런데 네 태도가 참 수상쩍구나!" 롱보텀 부인이 말했다. "내 아들 부부는……." 그녀가 고개를 꼿꼿이 들고 해리와 론, 헤르미온느와 지니를 돌아보며 말했다. "'그 사람' 의 추종자들에게 고문을 당한 끝에 정신이 나가 버렸다."

헤르미온느와 지니 둘 다 손을 들어 입을 막았다. 론은 네빌의 부모님을 한번 보려고 쭉 빼던 목을 집어넣고 몹시 당황한 표정을 지었다.

"두 사람은 마법사 사회에서 대단히 존경받는 오러였단다." 롱보텀 부인이 말을 이었다. "둘 다 재능이 뛰어났어. 난…… 그래, 앨리스, 왜 그러니?"

네빌의 어머니가 잠옷 차림으로 천천히 걸어왔다. 그녀는 더 이상 해리가 불사조 기사단 원년 멤버들을 찍은 무디의 오래된 사진에서 본 통통하고 행복해 보이는 얼굴이 아니었다. 지금 그녀의 얼굴은 야위고 지쳐 보였으며, 두 눈은 퀭했고, 하얗게 변한 머리카락은 생기 없이 푸석푸석했다. 그녀는 말을 하고 싶어 하지 않는 것 같았다. 아니면 할 수 없는지도 몰랐다. 하지만 그녀는 뭔가를 손에 쥐고 수줍어하듯 네빌에게 내밀었다.

"다시 말해 주겠니?" 롱보텀 부인이 약간 피곤한 목소리로 말했다. "그래, 좋아, 앨리스. 잘했다. 네빌, 뭔지는 모르겠지만 받아 보려무나."

하지만 네빌은 이미 손을 내밀고 있었다. 네빌의 어머니가 그 손에 드루블의 엄청 잘 불어지는 풍선껌 빈 껍질을 떨어뜨렸다.

"아주 잘했다, 애야." 네빌의 할머니가 네빌 어머니의 어깨를 토닥이며 명랑한 목소리를 꾸며 냈다.

네빌이 조용히 말했다. "고마워요, 엄마."

네빌의 어머니는 혼자 콧노래를 흥얼거리며 다시 비틀비틀 멀어져 갔다. 네빌은 다른 아이들을 쭉 둘러보았다. 웃을 테면 웃으라는 듯 도전적인 표정이었지만, 해리는 살면서 그만큼 우습지 않은 장면은 다시 보지 못할 것 같았다.

"자, 우리는 그만 돌아가는 게 좋겠다." 롱보텀 부인이 긴 녹색 장갑을 끼며 한숨을 쉬었다. "너희 모두 만나서 정말 반가웠다. 네빌, 그 껌 종이는 쓰레기통에 버려라. 지금쯤이면 네 엄마가 준 종이로 네 침실을 도배하고도 남을 거다."

하지만 해리는 두 사람이 떠날 때 네빌이 껌 종이를 몰래 주머니에 넣는 것을 똑똑히 보았다.

그들이 나가자 문이 닫혔다.

"난 전혀 몰랐어." 헤르미온느가 울음을 터뜨릴 것 같은 얼굴이 되어 말했다.

"나도." 론이 목멘 소리로 말했다.

"나도." 지니가 속삭였다.

그들은 모두 해리를 바라보았다.

"난 알고 있었어." 그가 침울하게 말했다. "덤블도어 교수님이 말해 줬는데, 아무한테도 말하지 않겠다고 약속했어……. 벨라트릭스 레스트레인지는 저 일 때문에 아즈카반에 갇힌 거야. 네빌의 부모님이 정신을 놓을 때까지 크루시아투스 저주를 썼기 때문에."

"벨라트릭스 레스트레인지가 저랬다고?" 헤르미온느가

겁에 질려서 속삭였다. "크리처가 자기 잠자리에 숨겨 놓은 사진 속의 그 여자 말이야?"

긴 침묵이 이어졌다. 잠시 후 록하트의 화난 목소리가 그 침묵을 깨뜨렸다.

"이봐, 내가 괜히 필기체를 배운 줄 알아!"

(제5권《해리 포터와 불사조 기사단 4》에서 계속됩니다.)

**강동혁**은 서울대학교 영문학과와 사회학과를 졸업하고 같은 학교 대학원에서 영문학 석사학위를 받았다. 옮긴 책으로는 《신비한 동물사전 원작 시나리오》, 《일곱 건의 살인에 대한 간략한 역사》, 《레스》, 《이 소년의 삶》 등이 있다.

# 해리 포터와 불사조 기사단 3(슬리데린 기숙사 에디션)

초판 1쇄 인쇄 2022년 8월 17일
초판 1쇄 발행 2022년 9월 20일

지은이 | J.K. 롤링
옮긴이 | 강동혁
발행인 | 강봉자, 김은경

펴낸곳 | (주)문학수첩
주소 | 경기도 파주시 회동길 503-1(문발동 633-4) 출판문화단지
전화 | 031-955-9088(마케팅부), 9532(편집부)
팩스 | 031-955-9066
등록 | 1991년 11월 27일 제16-482호

홈페이지 | www.moonhak.co.kr
블로그 | blog.naver.com/moonhak91
이메일 | moonhak@moonhak.co.kr

ISBN 978-89-8392-949-5 04840
        978-89-8392-901-3 (세트)

* 파본은 구매처에서 바꾸어 드립니다.